CHILDREN
OF THE
RUNE
DEMONIC

6

전민희
장편
판타지

6

룬의 아이들
데모닉

CHILDREN
OF THE
RUNE
DEMONIC

엘릭시르

11

막

MERIDIAN

12

막

YEARNING

나의 인형.
너는 비밀의 말을 알고 있니?

11

막

MERIDIAN

천사의 얼굴과 악마의 심장에 흐르는 피

네 몸에 흐르는 흰 피는 흡사 신주神酒와 같은 맛이 난다고
하던데 과연 그러한가?

～

조슈아는 순식간에 머릿속으로 가문의 가계도를 그려보았
다. 자기가 모르는 '폰 아르님'이 존재할 만한 경로를 찾았다.
없었다. 그런 사람이, 무엇보다 이 섬에 존재할 가능성은 너
무 멀고 미미했다.

"당신의 아버지는?"

"말해도 모를 거예요."

"그런데 어째서 당신이 아르님이지?"

아우렐리에는 두 손을 치마폭에 모아 쥐며 켈스니티를 바라봤다.

"제가 좀 심하게 놀린 건가요?"

「그러지 말아요, 아우렐리에. 다툼은 원치 않는다고 했잖아요.」

"하지만요, 이 말만은 하고 싶었어요."

아우렐리에는 조슈아에게 고개를 돌렸다.

"나도 폰 아르님이 될 수 있었다는 것 말예요. 내가 그걸 원하는가와는 별개로."

조슈아는 키 작은 소녀를 쏘아보았다.

"난 농담할 기분이 아니군요. 당신이 정말로 누구인지 밝혀요. 난 당신이 켈스를 볼 수 있어서 놀랐지만, 이 세상에 영매가 나 하나뿐일 리는 없겠죠. 하지만 아르님과 관계없는 사람이라면 켈스가 여기까지 데려오진 않았을 테니까. 내 집안의 일이라면 얼마든지 들어줄 준비가 됐습니다. 자, 말해보시죠."

"준비가 됐다고 하지만 실은 화를 내고 있잖아요?"

조슈아는 대답하지 않았다. 하지만 내심으로는 자신이 왜 이렇게 발끈했는가 돌이켜보고 있었다. 아우렐리에는 눈을 내리깔았다. 치떴던 눈을 내리니 아기처럼 앳된 얼굴이었다. 도톰한 뺨은 색칠한 인형 같았다.

"그래요. 기분이 나쁠 수도 있겠죠. 낯선 사람이 나타나 일족이라고 하면 보통은 기뻐하기보다 싫어하더라고요. 사람들은 참 재밌죠. 새 일족이 하나 더 생긴다고 가문의 고상함에 흠집이라도 난다는 걸까요? 자, 난 전설 시대에서 온 기묘한 누이동생이에요. 아르님 소공작, 당신의 존재를 오래전부터 알고 있었고, 보고 싶기도 했죠. 내 기대와 같은 사람이라면 좋겠다고 상상하면서. 사람들이 하는 말은 어디까지 진실일까. 절반쯤? 반의반?"

아우렐리에는 다시 조슈아를 정면으로 바라보며 웃지도 않고 말했다.

"놀랍게도 거의 다 진실이었네요. 당신은 아름답네요. 기적같아요. 내 인생에서 기대란 거의 다 어그러지기만 했는데."

조슈아는 고개를 저으며 시선을 돌렸다.

"당신이 무슨 말을 하는 건지 모르겠군요."

'누이'라는 단어가 저절로 이브노아의 기억을 가져다주었다. 이브노아의 금빛 머리와 섬세한 얼굴과…… 조슈아는 다시 고개를 저었다. 인정하고 싶지 않았다. 하지만 그는 잘못볼 수 있는 눈을 갖지 못했다.

아우렐리에의 얼굴은 이브노아와 비슷했다.

"모른다니 가르쳐드려야겠죠. 켈스니티도 내가 말해주기전에는 몰랐으니 당신도 진실을 알 리 없죠. 하지만 이젠 알

천사의 얼굴과 악마의 심장에 흐르는 피

아야죠."

"제발 해봐요. 수수께끼 놀이 하지 말고."

"놀이가 아니에요. 내 인생은 나한테도 너무나 수수께끼니까. 난 아우렐리에 폰 아르님이고, 또한 아우렐리에 로어티카람이에요. '로어'는 일족이 노을섬을 떠나 페리윙클로 들어온후에 생겼어요. 우리는 자신을 낮추었어요. 고향을 버리고 떠나왔기 때문에. 성을 완전히 바꿔야 된다는 이야기도 있었지만 어차피 아르님 가문 사람들조차 그분을 기억하지 못하는지경이라 이 정도로도 충분했지요."

조수아는 얼른 대꾸하지 못했다. 결론이 하나뿐이라는 사실이 그를 혼란스럽게 했다.

"아우렐리에, 당신이 아나로즈 티카람의 자손이라는 주장도 믿기는 힘들지만…… 그것까지는 내가 상관할 문제가 아니라 하겠습니다. 하지만 '폰 아르님'이라는 주장만은 받아들이지 못하겠군요."

아우렐리에는 조그만 입술을 오므리며 조수아를 올려다보았다.

"설마 아직도 알아듣지 못한……."

"아니, 알아들었지만 납득할 수가 없어서요."

아우렐리에의 눈가가 살짝 좁아졌다.

"인정하지 못하겠다, 그 뜻인가요?"

"……."

조슈아는 시선을 내렸다. 아우렐리에는 손끝으로 치맛자락을 살짝 펼쳐 보였다.

"오늘 난 상복을 입고 왔어요. 당신의 옷도 잘 어울리네요. 우리의 첫 만남은 상복이어야 했을 거예요. 애도했어야 마땅하지만 아직껏 한 번도 애도하지 않은 사람을 위해서."

조슈아가 입은 옷은 상복이 아니었지만 바지가 검고 셔츠는 희어서 굳이 따지자면 상복의 요건을 갖추긴 했다. 아우렐리에는 말을 하면서 조슈아의 표정이 어떻게 변하는지 예리하게 살폈다. 조슈아는 조용히 아우렐리에를 내려다보다가 답했다.

"난 당신이 말하는 애도할 사람이 누구인지 모릅니다. 하지만 당신이 페리윙클 사람인 이상 난 당신의 슬픔을 위해 얼마든지 상복을 입을 겁니다. 이곳에 안 계신 아버지를 대신해서 내가 해야 할 일이니까."

조슈아의 대답을 들은 아우렐리에의 얼굴이 미묘하게 변화를 일으켰다. 긴장이 한 겹 벗겨지고 풀어져 좀더 소녀의 얼굴에 가까워졌다.

"기대하지 않으려 했지만, 당신이 그렇게 대답할 수 있는 사람이라는 사실이 슬프기도 하고 기쁘기도 하군요. 그게 아르님의 힘이라고 누군가가 말해줬죠. 좋아요. 내 가문에 슬픈 일이 있어서 난 상복을 입었어요. 당신은 방금 한 말대로 장례식에 참석해줄 건가요? 상복을 입고?"

거절할 명분은 없었다. 조슈아가 고개를 끄덕이자 아우렐리에는 주머니에서 검은 머플러를 꺼내 들고 조슈아에게 가까이 오라고 손짓했다. 조슈아가 허리를 굽히자 그녀가 손수 머플러를 셔츠 깃에 돌려 매주었다.

"우리 가문의 장례 표지예요. 자, 따라와요."

"지금?"

"네. 지금."

아우렐리에는 몸을 돌려 문을 향해 나아갔다. 저절로 문이 열렸고, 그녀는 밖으로 나갔다. 이번에 조슈아는 문을 연 손길을 보지 못했다. 다시 말해 그 존재는 유령일지라도 조슈아에게 보이지 않았다.

새벽 3시가 넘었다. 이런 시각에 어디서든 장례식이 치러질 거라고 추측하기는 힘들었다. 밤샘하며 관을 지키는 것은 가족의 몫이기에 조슈아가 페리윙클의 공작이라 해도 그 자리에 참석해야 할 의무는 없었다. 하지만 그런 것은 상식적인 판단일 뿐이었다. 장례와 같은 일을 거짓으로 말하는 사람은 드물 것이다. 지금이 새벽이든 아니든, 장례가 치러지고 있다고 한 이상 그 말을 믿어야 한다는 생각도 들었다. 그렇지만……

"켈스."

그림자처럼 서 있던 켈스니티가 고개를 끄덕였다.

"어째서 저 사람을 데려왔죠?"

「저녁 무렵에 북쪽 해변을 걷고 있었어.」

켈스니티는 벽에 기댔던 몸을 일으켰다. 그의 몸은 얼마든지 벽을 통과할 수 있지만 때로 저렇게 산 사람처럼 서 있곤했다. 그게 조슈아를 위해서였든, 자신을 위해서였든.

「오래전, 그러니까 생전에 걸어본 곳이라는 기억이 났지. 난 페리윙클에 참 오랜만에 돌아왔거든. 죽고 나서는 처음이던가.」

"당신은 지금 필멸의 땅까지도 다녀올 수 있잖아요. 그런데 왜 그동안 여기는 안 왔죠?"

「글쎄. 모르겠어. 선뜻 와보기가 꺼려졌던 걸까.」

문득 조슈아 자신이 유령이 되어 어디든 자유롭게 갈 수 있다면 비취반지 성으로 곧장 날아갈 것인가 생각해보았다. 반드시 그래야 할 필요가 없다면 그러지 않을지도 모른다. 아니, 확신할 순 없다. 그러나 그곳에 가서 눈에 익은 풍경과 사람들을 보기 전에 마음을 다잡아야 할지도 모른다. 그러려면 생각보다 긴 시간이 필요할 수도 있다.

조슈아는 무심코 머플러를 매만졌다. 그게 목을 조이는 기분이 들었다. 헐겁게 맸을 뿐인데도.

천사의 얼굴과 악마의 심장에 흐르는 피

「다른 곳은 많이 변했는데 해변만은 그대로구나 싶었어. 그래서였는지, 작은 배 한 척이 비스듬히 선 것을 보니 예전처럼 올라가보고 싶었지. 이카본과 내가 처음 바다에 나갔던 것도 남의 배를 몰래 타고서였거든. 그 배에 올라갔다가 아우렐리에를 만났어. 마주치자마자 둘 다 대단히 놀랐지. 난 아우렐리에가 날 알아봐서, 그리고 아우렐리에는 내 얼굴을 알고 있었기 때문에.」

"알고 있었다고요?"

「응. '정말로 똑같다'고 하더군. 그 애의 집에는 신기한 그림이 많이 남아 있어서. 옛 그림은 거의 없애버린 줄 알았는데 그쪽에 남아 있을 줄이야. 그리고 그림들을 보다가 결국 나도 같은 말을 하게 되었지. 아우렐리에, 당신도 정말로 닮았다고.」

"누구를? 아나로즈 티카람을 닮았단 말인가요?"

켈스니티는 고개를 흔들었다.

「아나로즈의 손녀, 제노비아를 닮았더군.」

그 말은 아주 이상하게 들렸다. 조슈아는 저도 모르게 되풀이했다.

"아나로즈의⋯⋯ 손녀."

그러더니 고개를 갸웃했다.

"당신은 그 손녀를 본 적이 없을 것 아닌가요?"

"직접 본 적은 없지."

켈스니티가 쓴웃음을 보였다.

「하지만 결국은 알게 되었지. 그 애의 존재를. 더 일찍 알았어야 했지만. 제노비아는 인형처럼 예뻤지만 불행히도 백치였다지.」

조슈아는 책상 턱에 기댔던 몸을 일으켰다. 책장 뒤에 두었던 구두를 찾아냈다. 구두를 신고 재킷을 집어 들고 아우렐리에가 사라진 문을 통해 밖으로 나갔다. 문은 열어둔 채.

아우렐리에는 기다리고 있었다.

"준비가 됐나요?"

반시간 정도 걸은 듯했다. 날이 밝을 기색은 보이지 않았다. 남쪽의 여름도 4시경의 어둠은 틈을 보이지 않았다. 새벽은 섣불리 도전하는 대신 때를 기다리고 있었다.

페리윙클섬에는 산이라고 부를 만한 고지가 하나뿐이었다. 까마득한 옛날, 최초의 화산이 밀어 올렸을 석회암 더미 위에 숲이 무성해진 그곳을 '밀가루 산'이라고 불렀다. 그 산의 꼭대기에 오르면 남쪽 바다에서 유일하게 눈이 내리기 때문이었다. 오래전 히스파니에가 모닥불 앞에 앉은 조슈아와 막시민에게도 해주었던 이야기다.

밀가루 산에는 마을다운 곳이 없었다. 페리윙클 사람들은

천사의 얼굴과 악마의 심장에 흐르는 피

바다에서 생업을 찾았으므로 굳이 산비탈까지 일구며 사는 사람이 없었다. 아니, 있긴 했지만 그들은 섬에서도 가장 가난하고 고립된 사람들로 마을을 이룰 만한 수효도 되지 않는다고 들었다.

비탈을 오를수록 바다와 멀어졌다. 언제부터인가 파도 소리가 들리지 않았다. 대신 나뭇잎 사이로 부는 바람이 쉿, 하고 위협적인 소리를 냈다. 완만한 오르막이 계속되었다. 사방이 캄캄해서 깊은 숲속에 난 샛길을 걷고 있는지, 널찍한 길인데 가로수가 드리워졌을 뿐인지도 구별이 가지 않았다. 아우렐리에는 램프를 갖고 있었지만 등갓이 더럽혀져 빛은 희미했다.

"다 왔어요."

아우렐리에가 걸음을 멈추고 정면을 가리켰다. 조슈아의 눈에는 아직 검은 숲밖에 보이지 않았다. 조슈아는 눈썹을 찡그렸다가 아우렐리에를 앞질러 몇 걸음 나아가 어둠 속을 쏘아봤다. 이윽고 희미한 집의 윤곽이 떠오르더니 점차 또렷해졌다. 조슈아는 고개를 끄덕였다.

"그렇군요."

두 층으로 된 목조 저택은 외관이 심하게 닳아 있었다. 이십 년쯤 비바람 속에 내버려둔 것처럼 보였다. 1층에서 불빛이 흘러나오고 있었다. 흐릿하고 음산하게. 저 불이 언제부터 켜져 있었다고 잘라 말하기 어려웠다. 하지만 조슈아는 망설이지 않고 현관으로 걸어 들어갔다. 그는 이런 것을 겁낼 이유가 없었다.

현관은 바로 응접실로 이어졌다. 왼쪽에 2층으로 오르는 나무 계단이 있어 방의 절반을 그늘로 덮었다. 나머지 절반은 벽난로 불빛, 그리고 반쯤 녹아내린 수십 개의 초가 비추고 있었다. 뒤뜰을 향해 반 뼘 정도 열린 문도 보였다. 그 너머에는 어둠뿐이었다.

조슈아는 빛과 그늘의 경계에 서서 머뭇거렸다. 바닥에 앉은 사람은 들어올 때부터 보았다. 노파였다. 처음에는 자신을 보는구나 생각했다. 그러나 시간이 지나도 노파는 꼼짝도 하지 않았다. 등뒤에서 아우렐리에의 목소리가 들렸다.

"할머니는 귀가 안 들리시고 눈도 나쁘세요."

조슈아는 목에 맨 머플러를 또다시 만지작거렸다.

"다른 가족은?"

"없어요."

계단 밑 그늘에서 검게 칠한 관이 비죽 튀어나와 있었다. 할머니가 깔고 앉은 담요 자락 끄트머리를 조금 밟고서. 그걸 바라보자니 오늘밤에 기릴 망자의 관이라고 보기에는 너무 대충 놓여 있다는 느낌이 들었다. 더구나 방금 주문한 빈 관처럼 톱밥 냄새가 풍기는지라 저 안에 정말 죽은 사람이 있을

천사의 얼굴과 악마의 심장에 흐르는 피

까 의심쩍었다. 관의 모양은 낡은 집과는 어울리지 않게 고급스러웠다. 관 뚜껑에 새겨진 조각만 봐도 값비싼 물건이 틀림없었다.

손님 주제에 왜 관을 저렇게 다루느냐고 물을 순 없는 일이었다. 다만 이런 식이라면 당장 장례식을 치를 것 같진 않았다. 이 정도 규모 있는 집에서 장례를 치르는데 이웃 한 명 오지 않는다는 것도 다소 이상했다. 저 무거워 보이는 관을 밖으로 내가자면 장정 여섯 명은 필요할 터였다. 다른 사람들은 날이 밝으면 오는 걸까? 그렇다면 왜 이런 시각에 자신을 데려온 것일까?

"장례식은 아침인가요?"

"언제라도 상관없어요."

"그럼 지금이라도 치를 생각인가요?"

"할머니가 원하시면요."

"사람이 좀더 와야 할 텐데요?"

"괜찮아요."

아우렐리에는 구겨진 담요 끝을 펴더니 자기도 그 위에 앉았다. 양탄자도 없는 바닥에 앉는 것이 평소 생활인 것처럼 스스럼없었다. 무릎을 세우고 치맛자락을 펴더니 할머니의 손을 끌어당겨 잡았다. 그러다 할머니가 말했다.

"아가, 손님이 오셨누?"

"네."

"손님께 자리 내어드렸누?"

"네."

"부엌에 술은 데워두었구?"

"네."

대답을 꼬박 하는 것과 달리 아우렐리에는 조슈아에게 아무것도 권하지 않았다. 부엌 쪽에도 불기는 없었다.

할머니가 다시 말하는데 아우렐리에에게 말하는 것과는 사뭇 어조가 달랐거니와 발음도 또렷했다. 귀가 들리지 않는 사람이라고는 도저히 생각되지 않았다.

"손님, 찾아주셔서 고마워요. 골이 깊은 이곳까지 오시는 이가 없어 떠날 이가 세상 사람들에게 마지막 인사도 없이 가게 될까 저어하였어요. 부디 망자의 입에 물릴 은전 한 닢을 놓으시고 술 한 잔을 드세요. 그리고 곧 조상님들을 따라갈 노파의 이야기도 들으세요. 관 지키는 밤에 오신 손님은 망자의 짐을 덜어 저승강 앞까지 져다 준다고들 하여요. 손님이 오셨으니 이제 저승강 먼길 가며 나막신 굽은 닳지 않게 되었어요."

할머니는 아우렐리에의 손을 놓고 조슈아에게 무언가 권하는 것처럼 손을 펴 보였다. 그러나 앞에는 아무것도 없으니 난감한 노릇이었다. 조슈아는 아우렐리에를 쳐다봤지만 아우렐리에는 새침한 얼굴로 본 체도 하지 않았다.

결국 조슈아는 이렇게 말할 수밖에 없었다.

"고맙습니다."

그리고 공기로 만든 잔을 쥔 것처럼 손을 오므려 입가로 가져갔다. 마신 뒤, 말했다.

"따뜻하군요."

말하다 보니 할머니가 귀머거리라던 말이 생각났지만 아무려면 어떠랴 싶었다. 몸에 익은 연기력 때문에 없는 잔을 마시고 내려놓는 조슈아의 동작은 자연스러웠다. 그리고 문득 떠올라 주머니를 뒤져보았다. 그런데 당연한 것처럼 주머니에는 동전 한 개도 없었다.

할머니를 봤지만 다행히 당장 동전을 내놓으라고 하지는 않았다. 이어 아우렐리에와 눈이 마주쳤지만 그쪽은 간단히 무시했다. 어차피 그녀도 술을 주지 않았으니 피장파장이었다.

"망자의 마지막 길이 평안하셨길 바랍니다."

아우렐리에가 대꾸했다.

"아마 그러셨을 거예요. 주무시다가 돌아가셨으니까요."

가벼운 일을 말하듯 해서 조슈아는 잠깐 머뭇거리다가 물었다.

"아우렐리에. 당신은 그리 슬퍼 보이지 않는군요."

"아뇨, 슬퍼요. 예전엔 더 슬펐어요."

대답이 이상했지만 조슈아가 더 묻기 전에 할머니가 다시 입을 열었다.

"관 지키는 밤에는 망자의 옛이야기를 하는 것이 어울리겠지요. 일찍이 가문이 높임을 받아 해 지는 섬을 지키던 시절에는 많은 사람들이 가문에 죄의 근원이 있어 자라지 않는 아이가 태어난다 하였어요. 하지만 그 말은 진실을 모르는 자들의 헛말일 뿐. 사람들은 우리의 기원을 알지 못하고 또 알아서도 안 되었어요. 가문에 일어난 일들은 옛날 말없는 에일로즈가 사려 깊게 비밀을 지킨 까닭이며, 그로 인해 섬이 지켜진 결과임을 아는 이 오직 해 지는 붉은 바다와 바다의 가문뿐이었어요."

누구나 아는 이야기를 하는 것처럼 할머니의 말에는 두서가 없었다. 그러나 목소리에 실린 가락이 그런 이야기조차 자연스럽게 들리게 했다. 조슈아는 귀를 기울일 마음이 들었다. 당장은 이해 못 할 이야기일지라도. 만약 음을 품은 단어의 바다에서 노래가 태어난다면, 할머니의 이야기는 노래가 될 단어들을 모아 실을 잣고 있는 듯했다. 노래를 한 폭 짜낼 실꾸리를 감는 중이었다.

"아아, 그 옛날 눈이 검은 이가 물이 세운 성벽을 통과했을 때 누군가는 재앙의 징조라 하였고 누군가는 새 길이 트이리라 하였어요. 긴 머리의 아나로즈가 그이와 떠나자 섬 깊은 곳에 묻힌 마법사의 부러진 손을 지킬 이가 없었고, 돌로 된 발의 게인이 대신 무덤에 들어갔지요. 세월이 흘러 게인의 머리가 희어지고서야 아나로즈가 돌아와 예언이 말한 대로 임무를 돌려받았어요. 무덤에서 나오고도 게인은 기력이 쇠잔하여 끝내 숨을 거두고 말았지요. 힘에 부치는 임무를 긴 세월 버티어낸 게인은 오랫동안 존경을 받았답니다. 그러나 무덤으로 들어간 아나로즈는 '긴 머리의 마녀가 땅 밑에 잠들어 있다'는 이야기로 남았을 뿐 누구도 기억해주지 않았어요. 그리고 에일로즈의 딸이 자라지 않는 아이, 다시 말해 백치를 낳은 것을 보고 마녀의 죄를 받았노라 하였어요."

"백치라고요?"

할머니가 귀가 들리지 않는다는 것을 알면서도 묻지 않을 수 없었다. 백치로 태어난 아이가 아나로즈의 손녀가 아니라 에일로즈의 손녀라는 말도 켈스니티가 해준 말과 달랐다. 할머니가 대답하지 않자 조슈아는 아우렐리에를 보았지만 여전히 소용없었다. 그녀는 눈을 내리깔고 관 끄트머리만 빤히 보고 있었다.

"그들이 말하는 '긴 머리의 마녀'가 무덤 속에서 섬을 지켜주어서 그들이 그 땅에서 살아갈 수 있었음을 아는 이는 없었어요. 세월이 흘러 섬은 점차 돌로 변해갔으나 그것이 약속된 결과임을 아는 이 또한 없었어요. 결국 사람을 보듬지 못하게 된 섬을 떠나 푸른 꽃잎의 섬에 몸 붙이고 살게 된 이들도 마찬가지로 그들이 어떤 은혜를 받았는지 알지 못하였어요. 그들이 '마녀의 죄'라고 부른 아이가 태어날 때마다 그들은 마녀의 일을 상기하였고, 마녀가 검은 눈의 공작을 따라 떠났기에 섬의 몰락이 시작되었다 여겨 마녀를 미워하였어요."

아나로즈를 데려갔다는 검은 눈의 공작은 이카본을 가리키는 말이 분명했다. 아나로즈가 나중에 이카본과 불화하고 노을섬으로 돌아갔다는 것도 알고 있는 이야기였다. 그런데 '마법사의 부러진 손'이라는 것이 마음에 걸렸다. 그걸 누군가가 지켜야 했고, 아나로즈가 그렇게 했기 때문에 노을섬이 오랫동안 무사했다고 했다. 그렇다면 아나로즈 티카람처럼 대단한 마법사가 지켜야 했던 '마법사의 부러진 손'이란 바로 가나폴리에서 가져왔다던 악의 무구가 아닐까? 그러고 보면 켈스니티는 그 무구가 끝내 어떻게 되었는지 말해주지 않았다.

노을섬의 지반이 무구의 힘을 견디지 못해 흔들렸다던 이야기를 생각할 때 그 힘이 노을섬을 점차 사람이 살지 못할 섬으로 만들었고, 결국 그들은 푸른 꽃잎의 섬, 즉 페리윙클로 이주해 온 듯했다. 아나로즈가 죽은 후에는 그걸 잘 지켜줄 사람이 없었기 때문일까?

또는, 그 옛날 아나로즈는 이카본에게 말하길 노을섬 사람들이 마법을 쓰는 것을 그만두어야 무구의 봉인이 깨어지지

천사의 얼굴과 악마의 심장에 흐르는 피

않는다고 했다. 그렇다면 마법을 쓰던 노을섬 사람들이 섬을 버리고 떠났으니 봉인은 이제 안전해진 것일까?

아니, 그런 일들은 아무래도 좋다. 조슈아가 알고 싶은 것은 아나로즈 티카람의 핏줄에서도 태어났었다는 백치에 대한 부분이었다. 아우렐리에를 닮았다는 제노비아의 정체였다.

"사람들은 검은 눈의 공작이 마지막으로 해 지는 섬을 찾아왔던 날을 기억하였어요. 마녀가 무덤으로 들어가고서 이미 수십 년이 흐른 뒤였지요. 공작은 죽을 날이 멀지 않았음을 알고서 마녀를 단 한 번만 다시 만나고자 하였으나 소원을 이루지 못하였어요. 그때까지도 용서받지 못하였던 까닭이어요. 대신 공작은 '상장喪章을 단 멜오렌'을 만나게 되었어요. 그때 멜오렌의 딸 '아몬드꽃의 제노비아'는 열 살이었고 아몬드꽃처럼 흰 얼굴과 머리카락을 가져서 어린 여신과 같았어요. 공작은 멜오렌에게 딸을 데리고 자신과 함께 가겠느냐고 물었어요. 멜오렌은 거절하였어요. 공작은 제노비아의 손을 잡고 반시간 동안 아몬드나무 아래를 거닐었어요. 멜오렌은 오직 그만큼만 허락하였어요."

할머니는 말을 멈췄다가 다시 느리게 이었다.

"공작은 그들과 작별하고 바다 건너로 돌아갔어요. 그는 마녀를 만나지 못할 운명이었어요. 마녀도 공작을 만나지 못하였을까요? 아니었어요. 마녀는 공작을 다시 만날 수가 있었어요. 다만 죽은 공작이었지요. 재회한 그들은 다시는 헤어지지 아니하였어요. 영원토록 헤어지지 아니하였어요."

할머니가 말을 그치자 아우렐리에가 손을 내밀어 허공을 더듬더니 무언가를 집어 내밀었다. 보이지 않는 찻잔처럼 공기로 된 무언가를. 할머니는 받아드는 대신 다시 입을 열었다.

"자라지 않는 아이는 왜 태어나게 되었을까요. 검은 눈의 공작은 축복을 받아 불가해한 힘을 지니었어요. 그의 힘은 자손에게도 이어졌으나 그들은 검은 눈의 공작처럼 섬의 무리 가운데 함께 머물지 아니하였어요. 푸른 꽃이 피는 섬의 사람들은 힘을 물려받았으되 섬의 무리를 사랑하지 않는 아이를 두려워하여 눈앞에서는 축복받았다 이르고 돌아서면 '악마'라고 불렀어요."

조슈아의 시선이 허공에 머물렀다. 우뚝 멈춘 채 무엇도 보지 않았다. 흰 뺨이 해쓱했다.

"사람들은 악마로 불리는 이가 공작이 되기를 원하지 아니하였어요. 그들은 공작의 마음을 이어갈 새 공작만을 사랑하였고, 공작의 힘을 이은 악마는 원치 아니하였어요. 그런 불가해한 힘을 갖고도 그들을 사랑하지 않는 이는 가장 두려운 자였기 때문이어요. 그래서 축복과 악마의 이름을 동시에 가진 자들은 가문을 떠나 불가해한 광인들로 알려지게 되었지요. 그러나 푸른 꽃의 섬 사람들은 알지 못하고 알고 싶어 하

천사의 얼굴과 악마의 심장에 흐르는 피

지도 않으나 공작의 자손은 그들만이 아니어요. 손님께서 오늘밤을 새우실 이 낡은 집에는 공작의 이름을 이었어야 할 피가 한줄기 흐르고 그 핏줄에서 바로 '마녀의 죄'가 태어나왔어요. 백치와 광인과 위대하고 불가해한 자들의 피, 왕국의 그림자와 죽지 않는 약속의 피, 천사의 얼굴과 악마의 심장에 흐르는 피……."

가락이 높아지다가 뚝 끊겼다. 조슈아는 꼼짝도 않고 그 말을 들었다. 그건 자신의 이야기였다. 이카본으로부터 시작되어 조슈아 또한 사로잡힌, 정체 모를 피였다. 그 피에서 데모닉이 태어나고 광인도 태어나며, 평범한 자도 태어나고 백치도 태어난다.

이쪽에서도 데모닉이 태어났을까? 자신 외에도 누군가가 또 태어나 살아가고 있을까?

비밀의 말

이봐, 악마가 선물만 주고 그냥 가는 존재일 리가 있겠
나…….

❧

"이제 인정할 수가 있나요?"

아우렐리에의 물음이었다. 조슈아의 시선이 그녀를 향하자
아우렐리에가 다시 말했다.

"당신은 아나로즈가 이카본을 떠나는 바람에 둘의 사이가
깨졌고, 몇 번이나 찾아갔는데도 만나주지 않다니 매정한 여
자라고 생각했을지도 모르죠. 하지만 아나로즈는 이카본을

만나주지 않을, 아니 만나줄 수 없는 이유가 있었죠. 그분은 결코 알리고 싶어 하지 않았어요, 아이의 존재를. 그걸 알면 이카본이 어떻게 행동할지 너무나 잘 알고 있었기에. 그런 식으로 그를 되찾는 것만은 참을 수 없었으니까. 만일 아이가 없었다면 그분이 먼저 마음을 풀었을지도 몰라요. 하지만 돌이킬 순 없었죠. 그분은 철저히 감췄어요. 그리고 가족들도 그분의 뜻대로 아무 말도 해주지 않았어요. 이카본은 몇 번이나 찾아와 기다리고 또 기다렸지만 어떤 질문에도 답을 듣지 못한 채 돌아갈 수밖에 없었어요."

조수아는 고개를 저었다.

"이해하기 힘들군요, 그런 생각."

"난 이해가 가요, 진심으로. 아니, 나라도 그렇게 했으리라고 생각해요."

둘의 눈이 마주쳤다. 오래전 마주섰던 그들의 조상이 서로를 이해하지 못했듯 둘의 눈빛도 그랬다. 완강하기도 하고, 연민을 느끼기도 하고, 궁금해하기도 하고, 그런 마음을 숨기고 싶어 하기도 했다. 수백 년이 흘러 남매이기도 하고 남남이기도 한 두 사람은.

아우렐리에가 말했다.

"사람들은 그들이 쌓아온 죄가 마녀의 죄를 만들고, 섬을 살지 못할 곳으로 만들고, 그들 자신의 운명조차 망쳤다는 것을 믿고 싶어 하지 않았죠. 그래서 마녀의 전설이 만들어졌죠. 스스로를 원망하고 속죄하는 대신 마녀를 미워하기만 하면 되니 얼마나 편리해요? 난 아나로즈의 성격을 알아요. 그녀는 그런 사람들을 조금도 용서하지 않을 거예요. 나도 마찬가지니까. '말없는 에일로즈'는 아나로즈의 언니예요. 아나로즈가 낳은 딸을 자신의 딸로 받아들여서 키웠고 티카람이라는 성도 물려받게 했어요. 노을섬 사람들도 모두 에일로즈의 핏줄인 줄로만 알아요. 아무도 아르님의 피가 섞였다고 의심하지 않죠. 그럴 수밖에 없죠. 왜냐면, 왜냐면, 이쪽 피에서는 백치밖에 태어나지 않으니까."

입술을 오므려 말을 맺으면서 아우렐리에는 집요하게 조슈아를 쏘아보았다. 자기 것을 부당하게 빼앗아 가졌다는 것처럼, 되풀이했다.

"백치밖에는."

조슈아는 고개를 저었다.

"그런 식으로 말하지 말아요."

"왜요? 왜 안 되는데요?"

조슈아는 얼른 대답하지 않고 피로한 것처럼 두 손으로 눈을 비볐다. 한참 만에 대답이 들렸다.

"나, 그 말 때문에 몹시 아파서."

아우렐리에는 당장 자리에서 일어날 듯하다가 간신히 숨만들이쉬고는 말했다.

"왜요? 반대라고 생각하지 않아요? 부당한 처지인 쪽이 누구죠?"

조수아의 눈썹도 움직였다.

"데모닉이 되어봤자 전혀 좋지 않아. 할 수만 있다면 당신과 맞바꿀 텐데 그러지 못해서 내가 안타까울 지경이죠. 하지만 그것보다도, 그런 것보다도 내게는, 백치라는 말…… 그런 식으로 말해버리는 걸 참을 수가 없어. 아, 정말로…… 다시는 말하지 말아요. 난…….."

아우렐리에는 잠시 가만히 있다가 말했다.

"혹시 그쪽에서도 백치가 태어나는 건가요?"

조수아는 대꾸하지 않았지만 굳이 답을 들을 필요도 없었다. 아우렐리에는 입을 꾹 다물었다가 말을 이었다.

"어째서일까? 난 우리가 노을섬에 살았기 때문에 이렇게 됐다고 생각했는데 어째서 그쪽에서도? 백치라고는 하지만 그냥 평범한 바보는 아니니까, 누구나 어떻게 다른지 알죠. 본래는 데모닉으로 태어났어야 할 사람이 노을섬에서 무구의 힘을 빌려 증폭되어온 잘못된 마력의 영향을 받아 태어나기도 전에 미쳐버린 거니까."

조수아는 눈을 크게 떴다.

"잠깐, 그 말 확실한 건가요?"

"노을섬에서 마법이 사라진 후로는 한 번도 태어나지 않았어요. 그 대신 나 같은 사람뿐."

"나 같은 사람이라면?"

"데모닉의 가장 큰 특징이 뭐라고 생각해요?"

조슈아가 자신만의 혼란에 빠져 얼른 대답하지 않자 아우렐리에가 직접 답했다.

"영매."

영매가 아닌 데모닉, 히스파니에가 있는 한 정확한 말은 아니었지만 굳이 성정하진 않았다. 말을 잇는 아우렐리에의 어조가 격해졌다.

"난 데모닉도 아닌 주제에 영매예요. 이렇게 불공평할 수가 없죠. 평범한 영매와 비교할 수 없는 강력한 영매지만, 데모닉이 아니기 때문에 너무나 위험하죠. 자칫하면 미쳐버릴 테니까. 항상 정신을 차려야 돼요. 중립을 유지해야 돼요. 어쩌면 노을섬에서 태어났던 그들은 무구의 마력이 정신의 경계를 얇게 만들어서 태어나자마자 저항도 못 하고 정신을 놓아버렸는지도 모르죠."

데모닉이 아니지만 데모닉만큼의 영 친화력을 가진 사람이 제정신을 유지하다니 정말 놀라운 이야기였다. 조슈아 자신도 유령을 잘 다루지 못하던 시절에 그들의 짓궂은 괴롭힘에 시달렸지만 그가 데모닉이었기에 어떻게든 참아 넘기고 살아

올 수 있었다. 데모닉이 아니었다면 어땠을까?

아우렐리에는 계속해서 상상도 못 하던 이야기를 쏟아놓았다.

"자, 내게 데모닉의 능력이 얼마나 절실한지 당신은 모르겠죠. 얼마나 고집스럽게 나를 지켜야 하는지 모르겠죠. 난 미쳐버리거나, 백치가 되거나, 그럴 생각은 조금도 없는데 누가 날 도와주죠? 잠들었다가도 소스라쳐 깨어야 하는 나를, 사람들 대신 유령들과 살 수밖에 없는 나를, 누가 도울 수 있죠? 누가 날 이렇게 만들었죠? 능력은 물려주지도 않은 아르님의 피, 권리는 없고 짐만 남은 이름, 이렇게 불공평할 수가 없죠! 이렇게 부당할 수가 없죠!"

아우렐리에가 격해져서 소리를 지르는데도 할머니는 잠들기라도 한 것처럼 아무 반응도 보이지 않았다. 조수아는 아우렐리에의 얼굴을 들여다보았다. 정확히는 빛이 바랜 머리카락을 보았다.

그제야 아르님 가문에도 네 대에 한 번씩 데모닉만 태어났던 것은 아닐지도 모른다는 생각이 들었다. 그건 장부처럼, 시계처럼, 그렇게 정확할 순 없는 거였다. 더 많은 이브노아나 아우렐리에가 존재했을지도 모른다. 그들은 어떻게 됐던 것일까. 태어나자마자 죽어갔던 것일까.

삐걱, 2층 계단이 몸을 뒤척이는 소리가 났다. 누군가가 지켜보는 듯한 기색에도 조슈아는 돌아보지 않았다. 그는 지켜보는 눈에 익숙했다. 그게 죽은 사람이든 산 사람이든.

하지만 아우렐리에는 달랐다. 바로 돌아보더니 입속으로 무언가를 중얼거렸다. 그와 동시에 계단 위쪽에서 불빛 몇 개가 번뜩, 하고는 사라졌다. 아우렐리에가 시선을 돌리며 숨을 고를 때 할머니가 입을 열었다.

"네 마음이 우는구나, 아가. 그러지 말거라. 너는 부끄러운 자가 아니니라. 네가 물려받은 피는 검은 눈의 공작보다 더 오래된 기원으로부터 흘러오느니."

두 사람이 동시에 할머니에게 시선을 돌렸다. 아우렐리에가 말했다.

"기원이라고요?"

귀가 들리지 않는다는 할머니에게 묻는 것은 아우렐리에도 똑같았다. 할머니는 고개를 끄덕끄덕했는데 조는 것처럼 보이기도 했다.

"그 피는 어디에서 왔을까. 검은 눈의 공작이 어디에서 왔는지 푸른 꽃이 피는 섬에서는 아무도 알지 못하였어요. 사람이라면 의당 부모가 있어야 할 터이나 공작은 고아였어요. 공작이 군도 전체에 이름을 떨쳤을 때도 부모라고 나서는 이는 없었어요. 하지만 해 지는 섬의 어떤 사람들은 알고 있었어요. 공작의 불가해한 핏줄을 물려준 사람이 누구인가를."

비밀의 말

할머니는 시선을 조수아 쪽으로 돌렸다.

"까마득한 옛날, 가나폴리에 명망 높은 학자가 있어서 그의 주변에 많은 사람이 모여들었어요. 그는 뒤늦게 결혼하였으나 자식이 없었어요. 그를 따르던 사람들은 그의 지혜를 물려받을 자식이 태어나지 않는 것을 아쉽게 여겼어요. 학자는 개의치 아니하였으나 아내가 아기를 배자 매우 기꺼워하였어요. 그러나 불의의 사고로 여인은 아기를 낳지도 못하고 깊은 잠에 들고 말았지요.

학자는 비통함을 누르지 못하고 무리한 일을 저질렀어요. 인형술로 아내의 복제 인형을 지어내고 인형의 태로 아기를 보내어 자라도록 하였어요. 이 일을 하기 위해 그는 자신의 몸 절반을 버렸어요. 그러나 그것으로도 충분하지 않았어요. 아기는 인형의 몸속에서 서서히 죽어갔고, 어떻게든 아기를 살리려던 그는 불가해한 존재와 약속을 맺었어요. 어떤 약속이었는지, 아는 이는 아무도 없었어요.

그러나 그것으로 아기는 살아났고, 마침내 태어났어요. 사람들은 그가 가나폴리 사람들이 맹세의 집전자나 사람의 운명을 수호하는 영으로 여기던 수백 가지 다이몬Daemon중 하나와 계약했다고들 하였어요. 그 다이몬이 열 가지 얼굴을 가진 다이몬의 왕이라고도 하였어요."

조수아는 당혹감을 감추지 못한 채 할머니를 바라보았다.

커다랗게 열린 눈이 한차례 떨렸다. 이 이야기가 설마 정말로 데모닉의 조상에 대한 이야기인가? 기대도 하지 않았던 이야기인 만큼 의심도 컸다. 아니, 모든 말이 의혹 그 자체였다.

이카본 윗대에도 데모닉이 존재했을까? 부모 없이 태어나는 사람이 없으니 데모닉 이카본에게도 조상이 있어야 했다. 대대로 유전되는 능력이 이카본부터 갑자기 생겨났다고 생각하는 것도 논리적이진 않았다. 푸른 꽃이 피는 섬과 해 지는 섬, 다시 말해 페리윙클섬과 노을섬의 근원은 가나폴리였다. 데모닉의 불가사의도 그곳에서 왔을까? 증명해줄 사람이 있느냐 없느냐를 떠나 가능성만은 있는 것인가?

조슈아는 아우렐리에를 돌아보았다.

"할머니께서 어째서 저런 이야기를 알고 계신 거죠?"

"몰라요."

간단히 대답했다가 다시 고개를 저어 보였다.

"저한테도 해주신 일이 없는 이야기예요."

할머니의 말이 이어졌다. 가락이 점차 빨라졌다.

"훗날 이르길 다이몬이 인형 속의 아이가 다가오는 죽음을 피하도록 비밀스러운 말을 일러주었다고 하였어요. 본래 아이는 사람의 자식이자 인형의 자식이었기에 태어난 모습 그대로일 뿐 자랄 수가 없었어요. 그리고 다이몬이 죽음을 막기 위해 아이의 변화를 멈추었을 때 죽지 못하는 운명이 되었지요. 다이몬은 죽지도 늙지도 자라지도 않게 된 아이에게 마지막으로 시간의 힘을 불어넣어 사람의 육신으로 변화시켰어요. 오직 비밀의 말 한마디로. '말'은 약속이자 변화이고, 사람을 '질서' 속에 살도록 만드는 인과의 힘이어요. 인형에게는 없고 사람에게는 있는 그것이어요.

그러나 비밀의 말이 어떤 것인지는 아무도 알지 못하였어요. 아버지도, 아이 자신도 그러했어요. 몸속에 무한한 시간을 가두었기에 불가해한 능력을 지니게 된 아이는, 보고 들은 것을 무엇이든 기억하였지만 태어나기 전의 일만은 기억할 수 없기 때문이어요. 그러나 아이의 능력은 불가해하였기에 어떤 것도 불가능하다고 단언할 수 없었어요. 그래서 사람들은 아이가 비밀의 말을 기억해내는 순간 다이몬의 손에서 놓여나리라 하였어요. 죽지도, 늙지도, 자라지도 않는 몸을 되찾으리라고 하였어요. '질서'가 부여한 인과를 벗어나 자유로워지리라고, 동시에 세상 사람들의 뇌리에서 지워지리라고 하였어요."

"그 말은……."

조슈아는 할머니의 말을 들었다. 물론 완벽히 기억했고 죽을 때까지 잊지 않는 것도 가능했다. 그러나 무엇보다 그는 이해했다. 다른 누구보다 그 말을 진실로 이해했다. 이야기가 사실이든 아니든 그가 태어날 때부터 매여 있던 괴이한 굴레를 조금이나마 설명했다고, 그래서 일말의 진실성을 지녔다고 느꼈다. 무엇보다도 그는 다이몬의 손에서 놓여난 자신을 상상할 수가 있었다. 할머니의 설명이 없어도 그게 어떤 상태를 의미하는지 알았다. 직관적으로, 알 수밖에 없었다.

그 상태를 더이상 사람이라고 불러도 될까? 또는 인형이라고 불러도 될까? 그곳에 이름인들 있을까? 단 하나의 이름도 의미를 갖지 못하는 그곳에서 그는 데모닉도 조슈아도 아니리라. 그렇기에 오늘의 어떤 고통도 의미가 없으리라. 그런데도 왜 그는 비밀의 말을 움켜쥐기를, 경계 너머로 걸어나가기를 두려워하는가?

그것도 알고 있다. 그래서 어리석고 불완전한 자신을 아직도 붙들고 이곳에 갇혀 있다.

"인형에게는 없고 사람에게는 있으며 인형도 사람도 아닌 자에게는 어렵사리 존재하는 것, 그게 나를 여기까지 데려왔군요. 인형과 사람의 사이에서 곡예하는 자였기에 내가 그 인형을 사랑할 수도 있는 것이군요. 누군가가 나를 질서에서 추방하려 하는 것을 알고서 저항하기 전에 문득 자유를 느낄 수도 있는 것이군요."

할머니가 조슈아를 바라보았다. 문득 조슈아는 깨달았다. 할머니가 조슈아를 볼 수 있으며 들을 수도 있다는 것을. 그러나 아우렐리에가 거짓을 말하지도 않았다는 것을. 그건 두 사람이 같은 힘을 가졌기 때문이라는 것을.

할머니가 말했다.

"그러나 또 다른 사람들은 다이몬은 실체가 없기에 존재하지 않는다고 하였어요. 다이몬은 사람 속에 살고 있는 다른 마음이라고도, 사람이 만들어지기 전부터 지녀온 기억이라고도 하였어요. 두려움이기도 하고 자유로움이기도 하다고 하였어요. 그러므로 학자가 만났다는 다이몬은 학자의 마음속에 있었다 하였어요."

"그는 자신과 계약했단 말인가요?"

"학자가 만난 다이몬은 그날의 아이에게도, 그리고 손님에게도 있답니다. 사람이라면 누구나 가지고 있기 때문이어요. 다이몬과 맺은 계약을 깨뜨리고자 하는 자들은 언제나 있었어요. 그러나 그들은 성공하지 못하였어요. 다이몬이 선사한 말을 기억해내기란 쉽지 않기에. 비밀의 말은 자신 속에 잠자고 있지만 쉽사리 깨어나지 않아요. 많은 사람들이 자신을 파괴해서라도 비밀의 말을 보려고 하였으나, 말을 파헤치기 전에 죽음에 이르렀어요. 손님은 비밀의 말을 찾으실 것인가요?"

비밀의 말을 기억해내면 죽지도 늙지도 자라지도 않는 몸을 되찾는다는 말과, 비밀의 말을 찾아내려고 자신을 파괴하여 죽음에 이르렀다는 말은 일견 모순되게 들렸다. 그러나 둘

다 인과를 벗어났다는 점에서는 같았다. 어쩌면 같은 뜻일 수도 있다고 생각했다.

아니, 그것은 같았다.

그의 인형이 존재하는 한은.

과거를 돌아볼 때 망각은 차라리 쉬운 길이었다. 사람들이 광기라고 부르는 그 길은, 매우 자유롭고 어떤 것도 책임질 필요가 없었다. 아주 얇은 막 하나만 찢어버리면 된다. 심지어 데모닉인 그에게는 손끝에 닿을 듯 가까이 있다. 몇 번이나 그걸 찢어버리고 넘어가고 싶은 충동을 느꼈음을 부인한다면 거짓말이다. 가지 않은 이유가 두려움 때문이었음을 부인한다면 역시 거짓말이다. 모두에게 잊힐까 봐, 유한한 육신에 맺힌 이 연약하고 시시하고 하찮은, 찰나에 불과한, 그러나 동시에 무한히 소중한 모든 것을 잃을까 봐.

그 생각을 하자 미칠 듯 답답하면서도 동시에 내면 깊은 곳에서 눈물이 치받아 올라왔다. 어쩔 수 없다. 모순이 곧 진실 자체다. 그는 얇은 막을 짚은 채 서 있었다. 그것을 휘어잡아 찢기 전에 멈추었다. 그러나 여전히 유백색 막 너머로 희미하게 빛나는 것에서 시선을 떼지는 못했다.

넘어가서 또렷이 보고 싶지만, 천억 개의 별이 태어나는 은하처럼 찬란하고 빠르고 완전할 것을 알지만, 비겁해서, 다정해서, 인간이라서, 지금까지 그런 채로 살아왔다. 무디고

답답하고 느린 세계를 참아냈다. 그저 눈을 감고 상상만 하고 있었다. 그 예리한 빛이 쏟아지면 인간의 세계를 지워버리고, 세상도 그를 지워버리고, 아무것도 남지 않을 줄 알았는데, 돌아보니 인형이 서 있었다. '인형에게는 없다'고 단언되던 질서마저 복제된 인형이.

그리고 알았다. 이제 더이상 도망치지 못한다는 것을.

'네가 떠난 자리에 서 있겠다'고 말하는 소리가 들려온다. 선택지가 나타난 것이다. 이제 그의 세계는 대결의 장이 된 것이다.

인형과 함께 조슈아의 유일성은 부서졌다. 그러나 너무나 매혹적이어서 도저히 참을 수가 없다. 모두가 소중하다고 떠받드는 유일성이라는 것을 바닥에 처박아버렸는데도 이 처참함이 사랑스러워서 미칠 것 같다. 더이상 혼자가 아니라는 것이. 너를 죽이더라도, 사랑하더라도, 네 손에 죽더라도. 마침내 자신은 지상으로 내려왔다. 탄생과 죽음이 단 한 번 교차되는 이 무대에 왔다. 부른 자가 너여서, 그게 바로 나여서.

피가, 빛이, 고통과 희열이 동시에 그를 부른다. 나의 불완전, 너의 불완전, 이 세상의 불완전, 수천억의 불완전이 모인 불균질한 완전함, 그 자체가 되자고. 또는, 완전함을 단 한 조각 예리하게 반영한 불완전인 채로 이곳에 머무르라고.

무엇을 붙잡을 것인가?

결론을 내리지 못한 조슈아의 귓가에 아우렐리에의 목소리가 들렸다.

"조슈아, 당신은 저 이야기가 납득이 가요?"

조슈아는 돌아보았다. 이 순간 그녀가 발음한 자신의 이름이 어딘가 특별하게 들린다고 생각했다. 아우렐리에는 친구도 아니었고 누이도 아니었다. 그러나 그들에게는 다른 연결이 있었다. 분화되지 않은 세포처럼, 만개하지 않은 꽃처럼, 데모닉이 되기 전의 잠재체처럼 예민한 소녀였다.

"말해봐요. 데모닉의 기원이 저렇다는 이야기를 믿을 수 있나요?"

"당신의 할머니께서 해주신 이야기인데 당신은 못 믿겠다는 말인가요?"

"누가 한 이야기든 상관없어요. 난 안 돼요. 할 수 없어요. 인형의 몸을 빌려 태어났기 때문에 그렇다는 단순한 설명을 어떻게? 고작 누군가가 아내와 아이를 사랑해서 벌어진 일이라는 개인적인 설명을 어떻게? 내 삶에 이렇게 뚜렷하게 존재하는 고통을 고작 그런 설명으로? 나 말고도 수많은 사람들이 겪었던 망가진 인생이 마법 따위로, 다이몬인지 뭔지의 계략으로 만들어진 거라고? 당신은 믿나요? 말해줘요. 당신은 믿나요?"

조슈아는 잠시 아우렐리에를 바라보고 있었다. 그녀에게

알려주고 싶다고 생각했다. 자신이 안 것을. 그러나 어떻게?

아우렐리에는 데모닉이 아니었고 아직 어렸다. 조슈아가 수없이 생각했기에 이 순간 알아차린, 비밀의 말 너머의 세계를 이해하기에는 일렀다. 스스로도 답을 얻지 못한 갈림길까지는 더더욱 데려갈 수 없었다. 하지만 첫머리는 알려줄 수가 있으리라. 아우렐리에는 조슈아와 같은 기원을 가졌으니 언젠가는 이해할 가능성이 있을 것이다.

그렇듯 상대의 입장에 서보려 노력하는 조슈아의 얼굴에는 흰 종이처럼 텅 빈, 마치 이브노아가 지었을 법한 순수하고 선한 무표정이 나타났다. 남매를 아는 누군가가 보았다면 너무 닮아서 깜짝 놀랐을 것이다. 아무것도 몰라서, 너무 많은 것을 알아서, 그래서 어떤 것도 표현하지 못해서.

밤이 옷자락을 거두는 시각이 왔다. 홀에 뚜렷했던 그늘과 빛의 경계가 걷히자 검은 관만이 남아 도드라졌다. 조슈아는 이윽고 관에 눈길을 주었다. 구겨진 담요에 드는 빛을 바라보면서 말했다.

"그건 믿고 안 믿고의 문제가 아니에요."

"무슨 뜻이죠? 하나의 가능성으로 받아들이자, 그런 얘긴가요? 데모닉의 알 수 없는 기원에 대해 누군가가 만들어낸 우화로? 사람들의 입이 만든 전설로?"

"아뇨."

흥분한 아우렐리에의 뺨이 발그레하게 달았다. 조슈아는 대조적으로 침착했다.

"아우렐리에, 당신은 기적을 믿나요? 그것도 오직 자신한테만 일어나는 기적을?"

아우렐리에는 눈을 빠르게 몇 번 깜빡였다.

"그런 것 안 믿어요."

"그걸로 충분해요. 기적은 일어나지 않아요. 기적은 나 아닌 다른 사람에게만, 옛날에만, 책 속에서만, 미래에만 일어나요. 내게는 일어나지 않아요. 우리는 누구나 죽을 때까지 그대로 살아갈 운명이죠. 데모닉도, 영매도, 광인도, 백치도, 다른 모든 사람도."

아우렐리에는 입술을 꽉 다물고 양손을 맞잡은 채로 비틀며 마음을 가라앉히려 애썼다. 조슈아는 천천히, 아주 천천히 말했다.

"비밀의 말을 깨닫는 순간 운명으로부터 벗어날 수 있다는 말을 믿어도, 안 믿어도 돼요. 내 운명을 전설 시대의 다이몬이 쥐고 있다는 말을 믿어도, 안 믿어도 돼요. 만일 불가해한 존재가 과거에 존재했다면 그것은 현재에도 존재해요. 전설 시대의 사람에게도 전설이 있었겠지요. 미래의 사람에게 우리 시대는 전설이 되겠죠. 모든 시대에 사람이 살아가고 있다면, 모든 시대에 불가해한 존재가 있고, 사람들은 기적을 바라고, 기적을 받지 못한 채 살아가요."

"나, 무슨 말인지 모르겠어요."

조슈아는 고개를 수그리며 약간 웃더니 할머니 쪽을 흘끗 보았다. 할머니는 또다시 그림처럼 앉아 있었다. 조슈아가 이 집에 들어온 이래 한 번도 자세를 바꾸지 않고서.

"먼 옛날 어느 학자가 아내와 자식의 죽음에 괴로워하며 해답을 찾으려 했어요. 지금 이곳에도 자신의 운명에 괴로워하는 두 사람이 해답을 찾으려 해요. 운명의 불가해함에 고통받고 있다는 점에서 그들은 똑같죠. 학자는 답을 찾았을까요? 알 수 없죠. 학자가 인형을 만들고 다이몬과 계약을 맺어 자식을 살렸다는 이야기에서 난 내가 곡예하는 자라는 사실을 느꼈어요. 그리고 그 점에서 나와 이야기 속의 그가 비슷함도 느꼈어요. 그러니 그게 데모닉의 기원이라고 해도 놀라지 않아요. 왜냐하면, 데모닉의 기원이 어떠했든 현재의 내 모습이 변하지는 않으니까. 어느 날 부모가 누구인지 밝혀졌다고 해서 사람의 본질이 바뀌지는 않으니까."

조슈아가 데모닉이 아닌 상대를 이 정도로 배려하며 뭔가를 설명하려 노력한 것은 처음이었다. 꼭 쥐었던 아우렐리에의 두 손이 어느새 느슨해져 있었다.

"내 인생만이 불가해하지 않고, 내 존재만이 불가해하지 않고, 당신도, 우리 조상들도, 그리고 세상 모두가 같다고 생각됐어요. 난 이 시대에 이 자리를 항해하는 쪽배예요. 전설 시대에서 불어온 바람이 나를 밀어 보내주리라는 기대는 하지 않죠. 불가해한 존재가 나타나 나를 구원하지 않는다는 것도, 단 한마디의 말이 내 운명을 푸는 열쇠가 될 수 없다는 것도 알죠. 오늘 처음으로 내가 데모닉이라는 사실에 만족했어요. 아니, 데모닉이든 아니든 만족했어요. 내가 나서서 만족했어요. 데모닉이라는 이름도 이젠 마음에 들어요."

"데모닉이라는 말은 후세 사람들이 능력을 시기하고 두려워해서 붙인 이름이라고 들었어요."

조슈아는 피식 웃었다.

"다이몬이라. 그걸 요즘은 데몬demon이라고 부르죠. 따져보면 다이몬이 준 비밀의 말 때문에 살아 있잖아요? 다이몬, 다시 말해 데몬의 세례를 받은 자를 데모닉Demonic이라고 부르다니, 너무 잘 어울리지 않아요? 이카본이 직접 이 별명을 붙였다고 해도 믿겠는데요."

아우렐리에의 손이 치마폭으로 미끄러졌다. 등뒤로 들어온 햇빛이 검은 관 틈의 톱밥을 빛나게 하고, 담요의 무늬를 드러내고, 아우렐리에의 바랜 머리카락을 다시 금빛으로 만들었다.

"당신의 말, 이해가 될 듯 안 될 듯해요. 내가 제대로 알아듣지 못하는 건 내가 데모닉이 아니어서겠죠?"

조슈아는 재미있어하는 표정으로 아우렐리에를 바라보았다.

"아우렐리에, 당신은 데모닉이 아니라고 했지만 평범한 열두세 살짜리 같지도 않은데요."

"무슨 뜻이에요?"

"당신은 당신 생각만큼 평범하지 않아요. 어차피 당신은 데모닉을 실제로 만나본 일이 없었겠지요, 지금 나 말고는."

"물론 그렇지만……."

"그래요. 아무리 핏줄을 이었다고 해도 그렇게 규칙적으로 어떤 사람이 태어나고 안 태어나고 그럴 순 없다는 생각을 오늘 처음 했어요, 나도. 어쩌면 데모닉도 각기 다 달랐을지도 모른다고. 나 또한 옛날 다른 사람들과 똑같지는 않을 거라고. 그래요, 우리 집안에도 있었어요. 죽은 내 누이는 평범한 백치는 아니었죠. 난 누나가 안타깝고, 부럽고, 귀찮고, 답답했어요. 하지만 이젠 그런 걸로 누나를 기억하진 않아요. 누나가 내게 준 애정을 다 갚지 못해 남은 빈자리가 마음 한구석에 늘 있죠. 그게 누나의 자리니까."

아우렐리에가 조금 망설이다가 말했다.

"나, 아직 열 살이에요."

조슈아가 미소했다.

"열 살 소녀가 당신처럼 말할 수 없다는 것만은 확실하네요. 데모닉이 아닐지 몰라도 범재도 아니란 말이죠. 이제 보니 당신은 보통 사람도 별로 만나보지 못한 모양이네요. 무엇보다도 보통 사람은 영매라 해도 그렇게 여러 유령을 한꺼번에 다루지 못해요."

조수아는 위층을 손가락질했다.

"사람 대신 유령들과 살아왔나 보군요. 참 위험한데. 유령들이 당신한테 그럴듯한 거라도 가르쳐주던가요?"

그러자 아우렐리에의 입가에 묘한 미소가 떠올랐다.

"당신도 영매지만 유령을 다루는 방식만은 나보다 좋지 못하다고 말해야겠네요."

이번에는 조수아가 당황했다.

"당신은 어떤데요?"

"유령이란……."

이미 뒤뜰 문으로 햇빛이 충분히 비쳐들었지만 둘 중 누구도 유령 이야기를 하며 꺼림칙하다고 생각하지 않았다. 그만큼 익숙한 두 사람이었다. 아우렐리에는 천장을 향해 손가락을 쳐들어 두어 번 젓고 눈을 감더니 주머니에서 긴 바늘을 한 개 빼냈다. 그리고 말릴 틈도 없이 자신의 오른손에 푹 꽂았다.

"아!"

조수아는 벌떡 일어설 정도로 놀랐지만 아우렐리에는 아무렇지도 않았다. 분명히 바늘은 손바닥을 관통하고 있었다. 그러나 피가 한 방울도 흐르지 않았다. 아우렐리에는 여유 있게 바늘을 도로 뽑았다. 상처가 남지 않은 것은 물론이었다.

"이렇게도 다룰 수 있죠."

"어, 어떻게 된 거죠?"

"유령이 순간적으로 쐰 거죠, 몸에."

"강령 말인가요? 그렇다 해도 손은 당신 손인데 어떻게?"

조슈아가 놀라면 놀랄수록 아우렐리에는 더욱 의기양양해졌다.

"강령하고는 좀 달라요. 강령은 유령의 의식이나 죽은 후에 얻은 영력을 빌리지만, 이건 유령이 생전에 어떤 사람이었냐가 중요해요. 생전에 지녔던 능력을 빌려 쓰는 거니까. 다시 말해 유령이 생전에 가졌던 몸을 다루던 기억이, 내 몸에 대한 기억을 대신하도록 하는 거예요. 비록 잠깐이긴 해도 기억은 의외로 강하게 몸을 지배하죠."

"그게 가능하다 쳐도, 바늘로 손바닥을 찔러도 멀쩡한 사람이 있단 말이에요?"

"아아."

턱을 살짝 쳐든 모습이 영락없이 치기 어린 꼬마 숙녀의 모습이어서 조슈아는 그만 웃음이 나올 뻔했다.

"이 유령은 생전에 오른손이 없었거든요. 없는 오른손을 찌를 수는 없겠죠."

"……."

눈앞에서 본 이상 웃어넘길 수는 없었다. 선뜻 납득이 가지는 않았다. 그러나 분명 놀라운 일이었다.

"아무 유령한테나 이런 일을 시킬 수 있는 건 아니에요. 오랫동안 강령을 반복해서 서로에게 익숙해야 하고, 무엇보다 유령 쪽에서 그런 기억을 빌려줄 의지가 있어야 해요. 켈스니티가 당신을 따라다니듯이 내게도 따라다니는 유령들이 있어요. 그럭저럭 나쁘지 않은 관계를 유지하고 있기도 하고. 다만 기억을 빌린 상태가 오래가진 않아서 그것만은 단점이에요. 당신이라면 더 오래가게 할지도 모르죠. 얼마든지 응용할 수 있어요. 검술이 뛰어났던 자라면 검술을, 마법이 뛰어났던 자라면 마법을 빌려줄 테니까요. 내 주변에 그런 뛰어난 유령이 없어서 유감이네요. 만일 데모닉의 유령이 있다면, 비록 잠깐이겠지만 나도 데모닉 행세를 해볼 텐데."

조슈아의 얼굴이 문득 굳어졌다. 그러고 보니 지난번에 칼라이소 항구를 떠날 때 자신이 용병들과 싸웠던 이야기를 막시민이 해주었다. 검술을 배운 적도 없던 조슈아가 어마어마한 속도로 검을 쓰고 마법에 가까운 무언가로 상대를 쓰러뜨렸다던 이야기를. 다만 아우렐리에와 다른 점은 조슈아가 그 상태를 기억하지 못한다는 점이었다.

아우렐리에의 말대로 어떤 유령이 조슈아에게 그런 힘을 빌려주고 싶어서 뛰어들었다고 친다면, 연습도 없이 그런 일이 가능했다는 사실도 놀랍지만 그보다 놀라운 건 그가 빌린 힘 자체였다. 조슈아는 그 힘으로 수십 명을 가볍게 쓰러뜨렸고, 심지어 샐러리맨과 대등하게 대결했던 것이다. 대체 생전에 어떤 힘을 가졌던 유령이 들어왔기에?

"왜 그래요?"

조슈아의 표정을 본 아우렐리에가 물었다.

"뭐랄까…… 지금 생각해보니 나도 예전에 비슷한 일을 한 적이 있는 것 같아서."

"정말이에요?"

아우렐리에는 왠지 마뜩잖아하는 것처럼 보이기도 했다. 조슈아는 얼른 고개를 흔들었다.

"그런데 난 기억이 나지 않아요. 나중에 친구가 얘기해줘서 알았으니까. 아마 우연이었던 것 같군요."

"기억이 나지 않는다고요? 정신을 잃었던 건가요? 얼마나 오랫동안?"

"글쎄…… 기억이 안 나니 모르죠."

아우렐리에는 심각한 표정이 되었다.

"기억이 안 난다는 건, 강한 유령이 한꺼번에 여럿 들어왔다면…… 그럴지도 모르죠. 그런데 그러고도 당신은 멀쩡했다는 건가요? 연습도 없이 해냈고? 아니, 그렇지. 당신은 데모닉이니까 나하고는 다르겠죠. 기억을 못 한다면 그 유령이 누구인지 모를 테고, 그러면 다시 부를 수도 없겠고……."

'데모닉이라 나와 다르다'고 말하는 아우렐리에는 처음만큼 괴로워 보이지 않았다. 그보다 다른 문제에 마음이 가 있었다.

"내 곁의 유령이 말하길, 어느 유령이 당신의 의지를 묻지도 않고 바로 그런 일을 시도할 정도면…… 음…… 그 정도면 원령怨靈에 가깝다고 하는군요. 그래서 성공했다는 점만은 여전히 수수께끼지만. 어쨌든 그런 원령이 당신을 돕는 건 지독한 염원이 있어서라고, 죽어서도 잊지 못한 생전의 소원이 있어서라고 그러네요. 누구인지 모르지만 그런 자라면 반드시 그 소원을 들어줬으면 좋겠다고, 그렇게 얘기하네요."

아우렐리에를 따른다는 유령은 조슈아의 눈에 보이지 않았다. 영매라고 해도 세상 모든 유령을 볼 수 있는 건 아니라던 켈스니티의 이야기가 새삼 떠올랐다.

아우렐리에가 한 말은 조슈아의 고민을 되살려주었다. 그런 염원이라면, 그게 무엇인지는 이미 알고 있다. 그렇다면 그날의 힘은 약속의 사람들의 도움이었을까? 조슈아의 의식을 빼앗으면서까지 조슈아를 지키려고 했던 이유는 그가 그들의 소원을 들어줄 공작이라서? 샐러리맨을 처음 만났을 때

그자의 손목을 꺾어버리도록 도와준 존재도 마찬가지다.

하지만 일전에 코르네드를 쫓아내기 위해 마음속 세계에서 그들을 만났을 때는 누구도 자신이 그랬다고 말해주지 않았다. 그후로도 마찬가지다. 켈스니티조차 이 일을 언급한 적은 없었다.

밖에서 새가 길게 울었다. 조슈아는 복잡한 생각을 떨치려 고개를 흔들었다.

"난 본래 장례식에 참석하러 온 것이었죠."

"맞아요."

아우렐리에가 일어나더니 2층을 향해 손짓했다. 그곳에 보이지 않는 자들의 기척이 있었다. 조슈아는 따라 일어나려다 말고 문득 바닥을 보았다. 그의 앞에, 술잔이 있었다.

"......"

누군가 마신 듯 절반 정도만 남은 술은 차게 식어 있었다. 조슈아는 그 술을 마신 사람이 자신임을 알았다. 그는 할머니 앞으로 다가앉아 여전히 미동도 않는 할머니에게 한 손을 내밀며 다른 손을 주머니에 넣었다. 존재하지 않는 동전을 끄집어내고, 할머니의 손을 끌어당겨 쥐여주었다.

"망자의 몫이니 가져가세요."

할머니는 고개를 끄덕끄덕하더니 자리에서 일어섰다. 불안정하긴 했지만 부축해야 할 정도는 아니었다. 할머니는 천천히 관 앞으로 걸어가 누웠다. 관 위에, 아니 관 속에. 뚜껑을 열 필요는 없었다. 할머니가 사라진 자리에는 낡은 담요에서 일어난 먼지만 한줌 떠돌고 있었다.

조슈아는 관 앞으로 다가갔다. 관뚜껑에는 검은 먼지가 곱게 쌓여 있었다. 아우렐리에도 다가오더니 관 근처의 누군가에게 일어나라는 듯 손짓했다. 기척은 없었지만 조슈아는 고개를 끄덕였다.

잠시 후 조슈아는 맨 뒤에서 관을 들고 보이지 않는 자들과 함께 뒤뜰로 나갔다. 관은 몹시 무거웠다. 뒤뜰에는 이미 묘가 있었다. 그들은 묘석 뒤에 관을 내려놓았다. 아우렐리에가 그 앞에 무릎을 꿇더니 말했다.

"한잠 푹 주무세요."

조슈아는 묘석에 쓰인 글귀를 읽었다. 무척 간결했다.

웨더렌 로어티카람. '꿈 없이 잠든'

805~971

노을섬의 수수께끼

난 당신이 남겨두고 온 것을 알아

자줏빛 비단으로 싸서 두고 온 것을 알아

곡괭이로 깊이 파고 묻은 것을 알아

누구도 꺼내지 못하길 바라는 것을 알아

마침내 비밀이 썩어 거름이 되고

흙으로 변해 나무를 키우고 꽃을 피우고

열매가 맺혔을 때 당신의 것은 아니지

열매에 독이 있대도 당신의 탓은 아니지

"오랜만에 속시원하게 잔 것까진 좋았지."

막시민이 주위를 휘둘러보며 첫마디를 뗐다. 의자 위의 관객은 고개를 갸웃거렸다.

"뭐, 좀 지나치게 잔 감이 없었다고는 말 못 하겠군. 하지만 그동안 쌓인 잠빚이 무척 많았거든. 모름지기 사람이라면 하루에 열 시간 정도는 자야 남은 시간을 쾌적하고 유용하게 보내기 마련인데 어느 날은 일곱 시간, 어느 날은 다섯 시간, 또 어느 날은 세 시간, 이따위 날들이 계속됐다고. 이게 다 누구 탓인가는 둘째 치고, 난 차근차근 모아두었지. 일곱 시간 잔 날은 세 시간, 다섯 시간 잔 날은 다섯 시간, 세 시간 잔 날은 일곱 시간, 이렇게 열심히 모았다고. 그 결과 무려 사흘 하고도 열일곱 시간 반 동안 내리 자야 할 필요가 있었단 말이야. 난 아직 열네 시간밖에 자지 않았어. 아껴뒀다고 생각할 수도 있겠지만 그보다는 점잖기 때문이라고 여겨도 될 거야. 어차피 아직 점심 먹을 시간도 안 됐잖냐."

막시민은 옆 탁자에 놓인 다 식은 아침 식사를 흘끔 보더니 말을 이었다.

"그렇게 적절한 때 일어나서 밤샘하며 고생했을 친구 녀석을 찾으러 갔는데 글쎄 이 녀석이 온데간데없이 사라졌지 뭐

겠냐? 모름지기 바람직한 친구라면 말이지, 어딜 다녀온다고 쪽지라도 남겨두든가, 사람들한테 전언을 남겨두든가, 그도 아니면 친구가 깨기 전에 잽싸게 집에 기어들어오든가, 셋 중 하나는 해야 되는 것 아니냐? 여기가 십 년쯤 살던 고향 동네도 아니고, 그리고 괴상한 놈, 그러니까 괴상할 정도로 잘 쫓아오는 놈한테 목숨을 위협받고 있는 처지라면 말이지! 안 그러냐?"

관객은 미안한 것처럼 뒷덜미를 긁더니 이윽고 하품을 했다. 그러다가 막시민이 째려보자 자세를 고쳤다.

"그래서 이 몸께서는 차려진 아침 식사도 마다하고 그놈의 친구를 찾겠답시고 서재를 조사했는데 목격자는 물론 없고, 침입자의 흔적도 없고, 여봐란듯이 문은 활짝 열려 있고, 구두는 꺼내 신고 간 것 같고, 납치됐다면 구두를 신고 갈 일은 없을 거고, 내팽개치고 간 책과 서류를 가만히 살펴보니까 검토한 양으로 미루어 짐작할 때 새벽 2~3시쯤 사라진 것 같다는 결론을 내릴 수가 있었어."

동시에 생각해낸 사실들이 순서도 없이 줄줄 흘러나왔다. 어쨌든 조슈아의 서류 처리량을 추측할 수 있다는 점만으로도 다른 탐정이 할 수 없는 일을 해낸 것이긴 했다.

"그걸 다 알아도 어디로 갔는지 단서가 되는 건 아닌데, 그런 밤중에 조슈아 녀석을 꾀어서 갈 만한 녀석이 딱 하나 있다 싶더란 말이야. 그래, 딱 하나밖에 없어! 그러니 그 녀석을 찾아서 물어봐야겠는데 당최 찾을 방법이 있어야 말이지! 내가 조슈아 녀석이 아니니 부른다고 즉시 올 리도 없고. 어이, 네 의견은 어때? 없어? 젠장, 의견도 없는 주제에 가만히 좀 못 있겠냐, 이 고양이 놈아!"

그때 이미 관객은 의자에서 뛰어내려 의자 다리를 몇 번 긁고, 이유 없이 후다닥 뛰다가 양탄자에 발이 걸려 나동그라지자 원래 그러려고 했다는 것처럼 뒹굴뒹굴하다가, 어느새 막시민의 발치로 와서 슬리퍼를 물고 잡아당기는 중이었다. 슬리퍼를 내줘버리고 한쪽 발은 의자에 올린 채로 턱을 괸 막시민은 생각에 잠겼다. 막시민의 추리보다 슬리퍼가 더 마음에 든 고양이는 슬리퍼를 껴안고 뒷발로 긁어대다가 갑자기 열린 문짝 모서리에 등을 부딪혔다.

"막군, 점심 먹어."

빠끔 고개를 내민 조슈아와 눈이 마주쳤다. 목소리에 친절이 넘치는 이유는 물론 지은 죄 때문이겠지? 막시민은 잠시 가만히 있다가 손가락을 불쑥 내밀며 소리쳤다.

"너!"

조슈아는 빙그레 웃었다.

"범인은 체포됐다, 뭐 그런 거야?"

"……."

막시민이 성격답지 않게 고양이를 붙들고 장광설을 늘어놓은 데도 괴로운 사정이 있었다. 새벽에 조슈아를 꾀어 데려갈 만한 녀석, 즉 켈스니티를 불러내고 싶은데 방법은 모르겠고, 남의 눈을 생각하자니 허공에 대고 무작정 외치기도 뭣하고, 해서 가까이 있으면 나타나랍시고 떠들어댔는데 찾고 있던 당사자가 잘도 나타나 말끄러미 쳐다보는 걸 보니…….

"아얏!"

머리를 한 대 쥐어박아주고, 막시민은 문을 활짝 열어젖히며 나가버렸다. 문틈에서 어슬렁대던 고양이가 얼른 뒤쫓아가는 것이 보였다. 조슈아는 처음에 고양이 관객이 그랬던 것처럼 고개를 갸웃거렸다.

"왜 슬리퍼는 한 짝만 신고 나가지?"

늦은 점심을 차린 테이블 위에 작고 파란 꽃이 있었다. 화병도 아닌 유리컵에 비스듬하게 꽂힌 꽃은 이런 곳에 놓일 법한 관상용 꽃다발이 아니라 들에서 막 꺾어 온 듯 풋풋했고, 줄기가 짧았다. 그래서 화병에 꽂지 못한 듯싶었다.

"응. 그런데 돌아오려니까 두 시간이나 걸리지 뭐야. 날이 밝아버려서 아침 일찍 일하러 나온 분들과 계속 마주치는 바람에 인사하느라 점점 더 지체되어서 나중엔 뛰어왔어."

조슈아는 잠깐밖에 자지 못한 주제에 아주 밝은 얼굴이었다. 다만 그도 사람인지라 피곤한 기색만은 역력했다. 소맷자락에는 관 모서리에 긁혀 찢긴 자국이 있고, 재킷의 팔과 셔츠 옷깃에는 톱밥과 흙이 묻어 있었다. 바지 끝에 말라붙은 흙은 걸을 때마다 떨어졌다. 흙투성이 구두만 겨우 슬리퍼로 갈아 신은 참이었다.

"갈 때는 캄캄해서 시간을 착각한 거 아니야?"

리체의 말에 막시민이 고개를 저었다.

"캄캄한 곳을 걷고 있으면 오히려 시간이 느리게 가지. 같은 길을 오면서 밝을 때 더 오래 걸렸다고 느끼긴 힘들지."

조슈아가 고개를 끄덕였다.

"막군 말이 맞아."

세 사람이 계속 이야기를 주고받을 기세이자 곁에 서 있던 둘시아 부인이 큼큼, 하고 헛기침을 했다. 조슈아는 빙그레 웃더니 아무것도 찍혀 있지 않은 포크를 손가락 사이로 짓궂게 핑글핑글 돌리다가 입으로 가져갔다. 그리고 천천히 씹는 시늉을 했다.

"아이고, 알았습니다. 천천히들 드세요."

어느새 소공작께서 식사를 어떻게 하는지 알아버린, 그래서 어제처럼 남기지 않는지 감시하려던 둘시아 부인은 결국 포기하고 밖으로 사라졌다. 조슈아는 남은 하인들에게도 나가 있으라고 손짓했다. 이쪽은 손짓 정도면 충분했다. 식당에 세 사람만 남자 조슈아는 포크를 내려놓고 두 사람을 둘러봤다.

"노을섬에 가자."

막시민은 미간을 찡그렸고 리체는 눈을 동그랗게 떴다.

"갑자기 무슨 소리야?"

"노을섬에 뭐가 있는데?"

"거기야. 진짜 무덤이 있는 곳."

막시민의 눈썹이 약간 움직였다. 그는 답을 짐작하는 얼굴로 물었다.

"누구의?"

"데모닉 이카본."

"어제까지만 해도 행방을 모른다더니?"

"몰랐지. 그런데 막군 네가 전설 같은 걸 잘 아는 할머니라도 찾아보자고 했잖아."

"새벽에 기어나가 동네 할머니 수소문하러 다녔냐?"

"뭐, 그런 셈이 된 걸까나."

막시민과 리체, 둘 다 미심쩍은 표정이었다. 그러나 조슈아가 지난밤에 겪은 일을 이야기하기 시작하자 차츰 태도가 달라졌다. 아우렐리에의 핏줄을 설명했을 즈음 리체는 얼굴이 빨개져서 손을 홰홰 내저었다.

"뭐라고? 그러니까 너네 조상하고 마법사 아나로즈 티카람 사이에 자식이 있었단 말이야? 근데 그걸 남자가 몰랐고?"

아니, 그걸 모를 수가 있는 거야? 그래서 너네 집안에서도 지금껏 몰랐다 이거지? 아, 진짜 너무한다. 이게 말이 되니? 무책임도 정도가 있는 거라고!"

"물론 나도 바람직하다고 생각하진 않는데……."

리체는 아우렐리에와는 의견이 달라서, 아이의 존재를 밝히기 싫어한 아나로즈의 심리야 어찌됐든 이카본이 무조건 잘못했다고 생각되는 모양이었다. 리체가 곧 결론을 외쳤다.

"아기를 가진 여자를 모른 체하는 건 진짜로 파렴치해!"

"모른 체한 게 아니라 진짜로 몰랐다는 건데……."

"거짓말일 게 뻔하지! 젠장, 말이야 바른 말이지, 그걸 어떻게 모를 수가 있니?"

"없는 건가?"

조슈아는 대꾸할 말을 찾지 못하고 머뭇거렸다. 조슈아의 잘못은 아니지만 이 자리에서 달리 대꾸할 사람도 없었다.

"없지! 바보가 아니라면, 아니 바보는커녕 대천재였다면서, 그 지경이 됐을 때 뭐가 어떻게 된 건지 짐작해야 하는 거 아니니? 아무리 미워죽겠다고 한들 한때 사랑했던 사이인데 몇 번을 찾아오도록 코빼기도 안 비쳤다는 얘기잖니? 하다못해 '꺼져'라고 말하고 싶어서라도 나타나기 마련인데 왜 안 나타났겠어? 저지른 죄도 있겠다, 그쯤 되면 척하면 울 너머 호박 떨어지는 소리지!"

"그게…… 호박은 또 뭐야?"

"우리 동네 말로 '뻔하다'는 뜻이야!"

말하다 보니 어느새 궁지에 몰린 조수아는 어깨를 움츠리고 있다가 겨우 대꾸했다.

"네 말이 다 맞아. 그런 거 바로 짐작하지 못하는 남자들도 있긴 하지만 그건……."

"아아, 물론 있긴 해. 눈치 없는 거야 남자들의 대표적인 특기잖니. 하지만 그렇다고 죄가 가벼워지는 건 아니지!"

리체가 조수아를 대꾸도 못 하도록 몰아붙이는 동안 막시민은 혼자 생각에 잠겨 있다가 불쑥 말했다.

"그쯤 해둬. 옛날에 죽어버린 인간을 이제 와서 두들겨 패러 갈 수도 없잖냐."

리체가 막시민을 째려보자 조수아가 한숨을 쉬며 말했다.

"몇백 년 전 조상의 일을 해명해야 하는 내 입장도……."

"내가 화내는 게 쓸데없는 일이다, 그 말이야? 막시민 너도?"

"아니. 리체 네 말이 다 옳아. 하지만 얘기를 좀더 들어보려는 것뿐이야. 우린 닥친 일을 해결해야만 하는 입장이니까."

그러더니 조수아를 슥 봤다.

"넌 어린애를 책임지지 않는 아버지에 대해서 내가 새삼 다른 견해를 갖고 있길 기대하냐?"

66
—
데모닉 6

"아, 물론……."

리체는 막시민을 흘끔 보며 수상쩍은 표정을 지었지만 설명을 들을 기회는 없었다. 막시민이 말을 이었다.

"거 봐, 조슈아도 알고 있거든. 그럼 계속 들어보자. 아우리…… 뭐라는 아가씨가 너한테 원하는 게 뭔데?"

이야기가 이어져 할머니를 만난 것과 할머니가 해준 말들에 이르자 리체도 놀라 크게 뜬 눈을 굴렸다. 조슈아는 데모닉답게 정확한 전달이 필요한 부분에 이르자 들은 말을 완벽하게 옮겨주었다. 아우렐리에가 데모닉이 아닌 영매라는 사실, 그리고 멜오렌과 제노비아, 다시 말해 아나로즈의 딸과 손녀의 이야기가 나왔다. 곧 그들의 최후에 대한 이야기에 이르렀다.

"마녀는 공작을 다시 만날 수 있었지만 그분이 만난 것은 죽은 공작이었다고 했어. 그들은 다시는 헤어지지 아니했다, 영원히 헤어지지 아니했다, 라고도 했지. 이 말을 옮기자면 아나로즈는 이카본의 시체를 보았다는 것이고, 그리고 영원히 헤어지지 않았다는 것으로 보아 그가 묻힌 곳은 아나로즈의 고향이라고 생각해야겠지. 어쩌면 두 사람은 같이 묻혔을지도 몰라. 다시 말해 노을섬에."

"어떻게 된 일일까? 어째서 이카본은 노을섬에 가서 죽었을까?"

리체는 화내던 것도 잊고 눈을 깜빡거렸다. 조슈아가 말했다.

"딸과 손녀의 존재를 알고 나서 어떻게든 아나로즈를 다시 만나야겠다고 생각하지 않았을까."

"죽고 나서 노을섬으로 운구된 건 아닐까?"

"그건 아닐 거야. 만일 그랬다면 페리윙클 사람들이 이카본이 납골당에 묻혔다고 지금껏 믿었을 리가 없잖아? 사람들이 지금까지도 속은 걸 보면 이카본은 가짜 장례식을 치르고 혼자서 은밀히 노을섬으로 갔다고 생각해. 그래서 거기서 죽은 거고."

"그렇다면 왜 아나로즈와 만나지 못한 건데? 마녀가 만난 건 죽은 공작이었다면서?"

"음, 내 생각엔……."

조슈아가 말을 잇기 전에 막시민이 말했다.

"손녀까지 태어날 때까지 딸의 존재를 숨긴 걸 보면 보통 자존심이 강한 사람이 아니지. 사람은 늙고 나면 마음이 약해지기도 하지만 그렇지 않은 사람도 있겠지."

"그 말은, 이카본이 죽음을 앞두고 한 번만이라도 만나려고 고향 사람들까지 속여가며 온 걸 알고서도 만나주지 않았고, 끝내 그가 죽을 때까지 기다렸다?"

조슈아도 막시민도 반박하지 않았다. 이윽고 리체는 입술을 꾹 다물며 어깨를 움츠렸다.

"참, 독하긴 독하네. 상상하기 힘들어. 살아 있는 그 사람에게 끝내 얼굴을 보여주지 않는 걸로 이겼다고 생각했을까?"

"세상에는 다양한 자존심이 있겠지만."

"더 무서운 건⋯⋯."

리체가 먹지도 않으면서 쥐고 있던 포크로 테이블을 똑똑 두드렸다. 어느새 식사는 뒷전이 된 지 오래였다.

"'그들은 영원히 헤어지지 아니했다'는 부분이야. 생전에는 용서해주지 않았으면서 죽은 다음에는 함께? 아, 정말이지⋯⋯. 유령이란 게 있긴 한 모양이니까 둘이 죽은 다음에 만나 무슨 얘기를 주고받았을지 궁금해진다."

막시민이 다 식은 스튜 그릇의 바닥을 긁으며 말했다.

"도로 싸웠겠지, 뭐. 몇십 년 동안 만나지도 못했겠다, 내가 잘했네, 네가 못했네 하면서 할말 많았을 거 아니냐. 척하면 호박이 굴러서⋯⋯."

"⋯⋯울 너머 호박 떨어지는 소리거든."

어설프게 따라해보려다 망쳤지만 막시민은 뻔뻔스럽게 말을 이었다.

"하여간 뻔하잖냐."

"으음."

조슈아는 데모닉의 기원에 대한 이야기는 꺼내지 않았다. 누구에게든 납득시키기 힘든 이야기이기도 했지만, 아직은 자신만을 위한 비밀로 남겨둘 생각이었다.

이리하여 당장 노을섬에 갈 필요가 생긴 세 사람은 머리를 맞댔다. 리체가 먼저 물었다.

"노을섬은 현재 무인도지?"

"전에 할아버지께서 그러셨지. 여기 왔으니 사람들한테 정확히 물어봐야겠지만."

"가는 길 정도는 여기 사람들이 알 테고, 별로 멀지 않다면 날아서 가는 것보다는 항해가 나을지도……. 아, 물론 여기 사람들하고 같이 말이야. 아르님 소공작께서 필요하다고 하시면 그 정도 도움은 받을 수 있겠지?"

"뭐, 아마도이긴 하지만……."

"뭐가 아마도야. 틀림없잖아."

"그런데."

막시민이 갑자기 의자를 뒤로 밀고 일어서자 둘의 눈이 뒤따라갔다.

"수상쩍은 문제가 있는데."

"뭔데?"

"조슈아 너조차도 오늘 처음 알았잖아. 이카본의 진짜 무덤이 따로 있다는 사실 말이야. 게다가 이 섬 사람들도 아무도 몰랐던 거고."

막시민은 식탁 옆을 왔다갔다하다가 별안간 멈춰 서며 미간을 찌푸렸다.

"네 매형은 어떻게 알았을까?"

페리윙클 사람들 모두가 한마음으로 바빴던 저녁이었다. 시작은 배 준비부터였다. 조슈아가 그들이 타고 온 배로도 항해가 가능하다고 몇 번이나 말했지만 아무도 곧이듣지 않았으므로 선원이 스무 명이나 필요한 그럴싸한 배가 순식간에 수배되었다. 하늘을 나는 일이라면 자기네들의 이해 밖이니 어떻게 생긴 배라고 해도 수긍하겠지만, 바닷길을 갈 작정이라면 이야기가 다르다는 거였다. 페리윙클 사람들은 칼라이소 뱃사람들과 의견이 완전히 일치해서 미의 극치호를 축제 때 앞바다에 띄우는 놀이배 이상으로는 보지 않았다.

식량과 물, 자재 등의 수급도 걱정할 필요가 없었다. 세금 장부에 흠집 내기 싫어하는 집정관이 징발, 아니 징발을 가장한 자발적 기증을 선언하자 저녁때까지 해변에 쌓인 것들만 갖고도 노을섬에 열 번쯤은 다녀와야 할 지경이었다. 챙겨 싣고 남은 것은 2차 항해—물론 전혀 예정이 없는—에 쓰겠다고 넉살 좋게 장부에 써놨을 정도였다.

다음은 선원이었는데 스무 명이 아니라 마흔 명쯤 태울 배를 구했어야 했다는 것이 많은 사람들의 신중한 의견이었다. 아니, 탈락한 수십 명은 볼멘소리로 말했다. 오래 걸리는 항해도 아니고 험로를 가는 것도 아니었기에 아르님 가문 사람과 함께 항해했다는 영광을 후대에 남기고 싶은 지원자들은 잔뜩 있었다. 심지어 선원 선발이 끝난 후에도 삼삼오오 쳐들어와 조합 문짝을 발로 차거나 하며 저녁 산책을 즐겼으므로, 해양 조합장—정확히는 해적들의 사무장—인 '늙은 스틸튼'이 문 앞에 서서 고래고래 외치는 소리가 저녁 내내 해변을 울렸다.

"소공작 전하께서 문짝 차는 놈들을 바다에 처넣었다가 건지기를 세 번쯤 반복해서 근사한 소금 절임이 되거든 밑창에 실어두라고 하셨다! 알겠냐? 다시 말하지만 배에 타고 싶거든 구석구석 잘 절여가지고 오너라. 덜 절여진 놈은 소금 맛 알큰하게 보도록 배 꽁무니에 달고 갈 테다!"

꿈에도 그런 말을 한 일이 없는 소공작 전하는 "노을섬에 다녀오려고요" 한마디만을 남긴 채 오후 7시까지 쓰러져 자다가 일어나자마자 거실에서 기다리고 있던 집정관의 보고를 받았다. 배에서 각종 물자, 선장과 선원에 이르기까지 모든 출항 준비를 마쳤다는 보고였다.

조수아는 꿈에 시달려 멍한 눈으로 고개를 끄덕였다.

"내일 아침에 출발할게요."

펠 집정관은 얼른 가지 않고 머뭇거리며 조수아를 보았다. 슬슬 머리가 맑아진 조수아도 눈치를 채고 말했다.

"하실 말씀이라도?"

"노을섬에는 왜 가십니까?"

단도직입적인 물음에 조슈아는 가볍게 어깨를 으쓱했다.

"내가 가선 안 될 이유라도?"

"거긴 아무것도 없습니다. 살고 있는 사람도 없고요. 살펴 보실 만한 게 없을 겁니다."

"사람마다 관심사가 다르기 마련이죠."

"그곳 사람들이 이주해 온 뒤로 페리윙클에 복속되긴 했지만 그전까지는 아니었죠. 다시 말해 우리 땅이라고 말하기 힘든 곳입니다. 사람들이 가지 않은 지도 오래됐죠. 좋은 어장도 없고, 나는 자원도 없고, 식수는 남아 있을까 모르겠습니다. 근처까지 가는 건 어렵지 않지만 상륙하려면 까다롭습니다. 번거로운 걸음만 될 겁니다."

이쯤 되면 조슈아를 노을섬에 들여보내기 싫은 이유가 있는 게 틀림없었다. 조슈아는 눈동자를 한 바퀴 굴렸다.

"그 정도로 근사한 조건이면 다른 해적들이 소굴을 짓고 있다고 해도 놀라지 않겠는데요."

"그건 조금 심한 말씀이십니다. 무엇보다 저희의 관리 능력을 불신하시는 게 아니라면 말입니다. 아무리 갈 일이 없는 땅이라 한들 엄연히 아르님 공작의 땅인데 감히 다른 해적들이 발붙이도록 내버려뒀을 리가……."

"그렇군요."

조슈아는 자리에서 일어났다. 펠 집정관의 눈이 거실 맞은편으로 걸어가는 조슈아를 따라갔다. 문 앞에 멈춰 섰다가 방향을 돌려 탁자 앞으로 돌아올 때까지도 그랬다.

"말씀해보세요. 노을섬에 뭐가 있죠?"

펠 집정관은 눈을 몇 번 깜빡거리더니 말했다.

"아무것도 없습니다."

"내가 보지 않았으면 하는 그게 뭐죠?"

"……."

거짓말에 익숙하지 않은 집정관은 입가를 실룩이며 탁자 끝을 바라봤다. 조슈아는 웃었다.

"말씀하지 않아도 어차피 가서 보게 되죠. 출발을 취소할 생각은 전혀 없거든요. 가서 보고 놀라느니 먼저 알고 가는 편이 낫죠. 안 그래요?"

이윽고 집정관이 물었다.

"전하…… 아니 소공작께서는 마법에 관심이 많으십니까?"

조슈아는 고개를 흔들었다.

"아뇨."

"어째서인가요? 소공작께선 축복받은 아르님이신데, 원하신다면 어떤 것이든 배우고 익히실 텐데요. 그것도 잠깐 만에, 아주 훌륭하게 말이죠."

"네, 물론 그렇긴 한데요."

조슈아의 가문을 잘 아는 사람인지라 집정관은 그 말을 위화감 없이 받아들였다.

"그런데요?"

"제가 하기 싫어요."

단순명료했다. 집정관은 눈썹을 찡그렸다.

"특별한 이유라도 있습니까?"

"있긴 한데, 듣기에 달갑진 않으실 얘기고요."

"상관없습니다."

"고맙군요, 그렇게 말해줘서. 지금보다 끔찍한 뭔가가 되기 싫어서 그래요."

그렇게 말하는 조슈아의 얼굴은 평온했다. 집정관은 얼른 알아듣지 못하고 고개를 갸우뚱했다.

"그게 무슨 말씀이십니까?"

"뭐든 잘할 수가 있다고 해서 뭐든 다 해버린다면 어떻게 될까. 모두 잘하게 되었다는 행복한 결과일까요?"

"저 같은 사람으로서는 얼른 이해하기 힘든 말씀이십니다."

"어제 내가 유령 불러내는 것 봤죠?"

집정관은 거부감을 즉시 숨기지 못했다. 그래서 둘의 눈이 마주쳤을 때 집정관은 말을 심하게 더듬었다.

"아, 그, 보아서, 네, 잘 알게 됐습니다."

"마법을 몰라도 난 이미 그런 일을 할 수 있어요. 마법을 배운다면 더 많은 걸 하게 되겠죠. 다른 사람이 백 걸음을 가는 동안 수천 걸음을 가는 사람이 있다고 해봐요. 그런 사람일수록 더 멀리, 아무도 가보지 않은 곳까지 가고 싶어 하죠. 쉬고 싶어 하지도 않죠. 한 발짝 나아갈 때마다 전인미답의 상상을 초월한 세계가 펼쳐지니까. 더 경이로운 곳에 이를 것을 아니까. 그런 생각에 중독되면 한순간도 쉬지 못하게 되는데, 축복받았다고 말해지던 자들이 그렇게 달리고 달려서 이르렀던 곳은……."

집정관도 속으로는 대답을 알고 있었다. 그러나 그는 고지식한 사람답게 상대가 입 밖에 내기 전에는 먼저 말하지 않았다. 조슈아의 입술이 천천히 발음했다. 집정관이 입 밖에 낼 수 없는 단어를.

"광기."

집정관은 느린 한숨을 내쉬었다.

"전 고리타분한 사람이라 소공작 같은 분의 정신세계를 이해할 능력은 없습니다. 하지만 늘 두려웠지요. 저는…… 그러니까…… 아르님 가문이 언제까지나 번창하길 바라니까요."

조슈아는 생략된 말을 알아들었다. 하나뿐인 후계자가 언제든 미쳐버릴 수도 있다는 전제가 얼마나 불안정한 것인가를. 이윽고 집정관이 말했다.

"그런 생각을 일찌감치 갖고 계셨던 겁니까?"

조슈아는 씩 웃더니 대꾸했다.

"아뇨. 실은 어제 처음 했어요."

"음……."

집정관은 조금 더 망설였지만 결국 말했다.

"옛날, 노을섬은 마법사의 섬이라고들 했습니다. 우리 섬과 사이가 무척 나빴던 역사도 있지요. 그들의 마법이 한창 융성하던 시절에는 우리는 물론 대륙의 어떤 세력도 감히 접근할 수 없었던 섬입니다. 그런데 무슨 까닭인지 마법은 약해졌고, 더 세월이 흐르자 노을섬 사람들은 페리윙클로 이주해오길 바랐습니다. 놀란 우리가 노을섬에 찾아가보니 이미 그들에게 마법은 남아 있지 않았습니다."

"마법을 후대에게 가르치지 않았다는 건가요?"

"이유는 모르겠습니다. 어쨌든 그들은 마법을 잃었고, 그래서 척박한 노을섬에서 살 방법마저 잃었던 것 같습니다. 우리는 이주자들을 받아들여주었지만 그들은 자기들끼리 살기를 원해서 멀고 구석진 곳을 택해 저들만의 촌락을 만들었지요. 그후로 우리는 노을섬을 잊고 지냈습니다. 아까 말씀드렸다시피 그곳엔 그럴듯한 자원이 전혀 없으니까요. 그런데 몇 달 전에 이상한 소식이 흘러들어왔습니다."

"어떤?"

"노을섬은 긴 세월 우리와 교류가 거의 없었던 섬입니다. 그런데 그곳의 마법이 약해졌다는 것을, 과거엔들 어찌 알았겠습니까? 마법이 강대하던 시절에 노을섬에는 누구나 알아볼 수 있는 특징이 있었습니다."

"무엇이죠?"

"마법 폭풍입니다."

조슈아는 고개를 기울이며 생각했다.

"마법 폭풍이라면, 옛날 노을섬을 감싸고 있었던 강한 비바람을 말하는 거지요? 아무도 뚫고 들어갈 수 없었는데 한 사람이……."

"예, 맞습니다. 옛날 초대 아르님 공작 폐하께서 그 폭풍을 뚫고 노을섬에 들어갔지요. 바로 그것입니다. 그게 서서히 약해지더니 사라져버렸던 겁니다. 그리고 얼마 안 가 노을섬 사람들이 이주를 청했던 거고요. 폭풍은 노을섬 사람들의 마법과 함께 사라져버렸습니다. 그랬던 것인데……."

"다시 생겼다?"

"그렇습니다."

조슈아의 눈빛도 심각해졌다. 집정관은 버릇처럼 다시 한숨을 내쉬었다.

"그게 얼마나 강한지, 그러니까 예전처럼 강력한지는 아직 모릅니다. 저는 이 보고를 받고서 소식을 알려 온 자들에게

철저히 함구하라고 명령했습니다. 그래서 이 일을 아는 사람은 저를 비롯해서 몇 명 되지 않습니다. 제가 사람들에게 이 일을 알리지 않는 이유를 들으시면 소공작께선 기우라고 하실지도 모르지만…….”

“말해봐요. 가볍게 생각하지 않으니까.”

집정관은 목소리를 낮췄다. 처음부터 낮았지만 더욱 낮아져서 속삭임에 가까워졌다.

“폭풍은 노을섬의 마력이 만드는 겁니다. 만약 노을섬의 마법이 다시 돌아왔다면 그건 작은 일이 아닙니다. 그들은 오랫동안 우리와 대적했던 역사를 갖고 있습니다. 이곳에 정착한 노을섬 사람들은 우리와 어울리려 하지 않고 여전히 배타적으로 살고 있습니다. 그들이 이 사실을 알면 노을섬으로 돌아가려 할지도 모릅니다. 그러고 나면…….”

조슈아는 고개를 흔들었다.

“이해가 안 되는 점이 있는데, 노을섬의 마법이란 대륙의 마법과 뭐랄까, 종류가 다른가요? 대륙에는 여전히 마법사들이 있지 않나요? 어째서 노을섬 사람들만 섬의 환경에 따라 마법을 잃기도 하고 또다시 얻기도 한다고 생각하는 거죠?”

“저도 그런 것까진 모릅니다. 하지만 노을섬 사람들의 마력이 강대했던 때는 대륙의 어떤 마법사들도 당할 수 없었고, 약해지고 사라졌을 때는 흔적도 없었습니다. 비록 이주해 오

79
—
노을섬의 수수께끼

긴 했어도 노을섬 사람들은 지금도 페리윙클 사람들을 좋아하지 않습니다. 솔직히 이곳에 살면서 더 싫어하게 됐는지도 모릅니다. 그건 우리도 마찬가지고요. 그래서 그들이 마법을 되찾으면 위험하다고 생각했습니다."

"하지만 언제까지나 숨길 순 없잖아요? 바닷길에 벽이 있는 것도 아닌데."

"노을섬 사람들은 우리 섬으로 온 후로 오히려 노을섬으로 돌아가기를 꺼리는 것 같더군요. 그들도 섬 출신이지만 그들의 항해술은 참 보잘것없었습니다. 이제는 바다에도 거의 나가지 않고 하니 그들이 일부러 가볼 일은 없을 겁니다. 문제는 우리 섬의 사람들인데, 결국 제가 알게 된 것도 바다에 나간 사람들이 가져온 정보 때문이니 앞으로도 그런 일이 일어나지 말라는 법은 없겠지요. 하지만 아직은 어떻게 해야 할지 몰라 숨기는 것 말고 대책이 없었습니다."

조슈아는 몸을 바로 세우며 물었다.

"아버지께 보고하셨나요?"

"실정 보고서는 세금과 함께 한 해에 한 번 건너갑니다. 아직 그때가 되지 않은지라⋯⋯."

"그렇게 위험하다고 생각하면서 왜 즉시 보고하지 않는지 이해가 안 되는데요."

대꾸하면서 조슈아는 문득 새로운 사실을 깨닫고 눈을 내리깔았다.

"오늘 나를 말리려고 한 건 노을섬으로 갔다가 배가 폭풍에 휘말릴까 봐서, 그런 간단한 이유가 아니군요. 내게 마법에 관심이 있느냐고 물은 것도 그래서인가요? 그곳의 수상쩍은 마력이 내게 나쁜 영향을 끼칠까 봐서? 아니, 나는 물론이고 아버지조차도 그곳의 마력과 관계되는 것은 원치 않는다, 그건가요? 만일 숨길 수만 있다면 영영 아무도 몰랐으면 좋겠다고 생각했단 말인가요?"

집정관은 대답하지 않았다. 조슈아는 고개를 옆으로 까딱, 하더니 잘라 말했다.

"그런 일이 있다니 노을섬에 가볼 이유가 한 가지 더 늘었군요. 아버지를 대신해서라도. 그리고 조금 전에도 말했다시피 난 마법에는 관심이 없고 내 정신은 집정관님 생각만큼 연약하지 않습니다."

부정하듯 말하면서도 조슈아의 가슴속에는 한줄기 의혹이 일었다. 아우렐리에는 자기 집안의 '아르님 핏줄'에는 데모닉 대신 백치나 광인뿐이라고 했다. 그 까닭은 노을섬의 마력이 데모닉의 정신에 영향을 끼쳐서 태어나기도 전에 손상되어버린 결과라고 했다. 아우렐리에의 생각이 틀렸을 수도 있지만, 노을섬 사람의 후손인 이상 근거 있는 생각을 했을 가능성도 얼마든지 있었다.

"집정관님은 전설에 관심이 있으신가요? 섬의 과거나, 근원이라든가, 그런 것들."

집정관은 딱딱한 표정이 되어 있었다.

"없습니다."

"우리 섬의 근원을 아시나요?"

"대륙에서 건너왔겠지요. 아니라면 그들과 같은 말을 쓰고 있을 리가 없으니까요."

켈스니티가 해준 이야기를 이 사람에게까지 설명할 필요는 없다……. 그렇게 생각하며 조슈아는 일단 이야기를 그쳤다. 어찌됐든 노을섬에 가보겠다는 의사는 확실히 했으니 집정관도 더 말리지는 못하리라. 그러나 거실을 나가는 조슈아의 머릿속은 다른 문제들로 혼란스러웠다.

노을섬 사람들의 마법이 사라졌는데 대륙에서는 그대로라면, 대륙의 마법은 가나폴리와 관계가 없단 말인가? 또 이제 와서 마력이 돌아온 까닭은 무엇일까?

노을섬에 돌아왔다는 마력은 정말로 데모닉의 정신에 영향을 줄까?

또는, 몇몇 사람의 정신만이 아니라 훨씬 광범위한 문제를 일으키는 종류는 아닐까?

아름다운 손님

천 년 동안 누구도 두드리지 않을 줄 알았던 문이
오늘 아침부터 울리고 있다. 처음에는 약하게
이윽고 온 집이 흔들리도록, 열어달라고
내가 들어가겠다고, 내가 왔다고
기다렸기에 이렇게 왔다고
두 귀를 막았지만
소용없었네.

✍

이튿날 아침, 페리윙클섬의 해안에 부서진 난폭한 햇빛보다 한결 얌전한 햇살이 비춰받지 성의 찰피나무 가로수 머리에서 반짝거렸다. 오전 10시는 배를 띄우기에는 더없이 적당하겠지만 남의 집에 방문하기에는 조금 이른 시각일 것이다. 그런데 마차 세 대가 이미 정문을 통과해 가로수 길을 달리고 있었다.

첫 번째 마차 지붕의 네 테두리에는 황금으로 된, 각각 다른 동작을 취한 기사 조각이 붙어 있었다. 양쪽 문에는 보라색 붓꽃을 새긴 창날 모양의 문장이 박혔다. 국왕의 마차와 마주치기 전에는 어디서도 먼저 길을 비킬 필요가 없는 위엄의 표지였다. 마차 안에 탄 사람이 누구이든, 심지어 빈 마차라 해도 상관없었다. 붓꽃과 창날의 문장이 가진 권위는 너무나 구체적이어서 사람이 그 자리에 없어도 충분했다.

오늘 마차 안에는 사람이 있었다.

마차가 현관 앞에 멈췄다. 계단 아래에는 열 명의 시종과 아르님 공작의 육촌인 레 몰 백작부인이 기다리고 있었다. 뒤따르던 마차에서 시종이 뛰어내려 앞선 마차의 문을 열자 열다섯 살 된 소녀가 내렸다. 여행용 청색 보닛에 가려져 자그마한 얼굴은 잘 보이지 않았다. 연약한 턱선과 이런 여름에 간직하기 힘든 하얀 목만이 두드러졌다.

소녀는 이른 볕이 따끈하게 데워놓은 흰 계단에 올라서서 뒤를 한번 돌아보았다. 막 지나온 진입로에 네모지게 깎은 나무들이 또렷한 그림자를 드리우고 있었다. 동쪽에는 양탄자 무늬처럼 규칙적으로 다듬은 산울타리 정원이 있었다. 울타리 틈에 자줏빛 피튜니아와 흰 팬지, 붉은 베고니아가 듬뿍 피어 있었다. 도형과 십자, 문자 모양으로 가꾸어진 기하학 정원은 비취반지 성의 자랑이기도 했다.

소녀는 맞이하러 나온 시종장을 올려다보며 첫마디를 뗐다.

"이따 점심 식탁에 저 꽃을 좀 올려줘요."

처음 방문한 성의 손님으로서 다소 도발적인 요구였으나, 그대로 실행될 것을 의심하는 사람은 없었다. 소녀는 돌아서서 성안으로 들어갔다. 소녀가 데려온 시종들과 환영을 위해 나온 자들이 소녀의 뒤를 따르고, 서넛은 마차에 남아 부지런히 짐을 내렸다. 소녀가 기분에 따라 골라 입을 스무 벌의 드레스, 파니에와 스타킹, 담비 털과 산호를 박은 빗, 진주 분과 장미 기름과 백단 향수, 구두와 모자 상자, 보석함과 장신구함, 소녀가 즐기는 간식인 꿀을 바른 아몬드, 책과 악기, 그리고 여주인을 위해 준비해 온 커다란 선물 꾸러미들이 속속 내려졌다.

소녀는 여주인의 생일을 축하하는 연회의 첫 손님이었다. 멀리서 온 소녀의 도착을 시작으로 엄선해서 초대된 스물네 집안의 손님들이 비취반지 성에 찾아올 예정이었다.

아름다운 손님

"올해는 정말 이상해. 드레스를 입을 일이 두 번이나 생기다니."

제멋대로 잘랐던 짤막한 머리끝은 컬을 감아 필사적으로 부풀리고, 작은 수정과 금록석을 엮은 장식용 티아라에 달린 물방울 에메랄드를 이마에 늘어뜨려 꼬마처럼 보이는 것만은 겨우 면했다. 주름을 많이 잡아 우아한 맛이 나는 라임색 시폰 드레스와 은사로 짠 장미 코르사주까지, 어른스러운 분위기를 살리려 애쓴 흔적이 역력했지만 여전히 막 붙들어 온 숲 요정에게 억지로 드레스를 들씌워놓은 듯한 이엔, 아니 이엔 나는 심지어 팔짱을 끼고 발끝을 까딱거리고 있었다. 그러다가 맞은편에 앉은 친구의 차림을 흘끔 보더니 다시 불평했다.

"너 같은 옷이라면 파티도 나쁘지 않았을 거야."

빛을 받아야 드러나는 상앗빛 자수가 들어간 흰 재킷은 튜닉을 변형한 듯 약간 길었는데, 아코디언 주름에 레이스까지 단 우아한 옷이었다. 그 위에 가느다란 끈으로 된 보타이를 솜씨 있게 맨 것까지, 란지에는 평소 그런 옷을 입지 않는다고 생각하기 힘들 정도로 잘 어울리는 모습이었다. 이엔은 란지에의 그런 모습을 서너 번 보았지만 그때마다 이 친구가 귀족 출신이 아니라는 것을 믿을 수 없다고 중얼거리곤 했다.

게다가 어찌된 셈인지 몸놀림이나 예법조차 흠잡을 곳이 없었다. 모두 저절로 익히긴 힘든 것들인지라 몇 번인가 꼬치 꼬치 캐물어봤지만 성과는 없었다. 이엔은 란지에가 어떤 어린시절을 보냈는지 대강은 알았지만 진짜 귀족들보다 완벽한 예법을 배워야 했던 까닭까지는 알지 못했다.

이윽고 란지에가 빙그레 웃었다.

"불편하겠지만 조금만 참아줘."

"아, 물론이야. 얼마나 중요한 일인지 알고 있으니 오늘 하루는 우아한 상류사회의 아가씨가 되어보도록 하죠. 공화국의 미래를 위해서라면 그까짓 일쯤이야."

과장된 어조로 농담하듯 말했지만 내용만은 진심이기도 했다. 그런데 란지에가 시선을 창밖으로 돌리며 말했다.

"할 수는 있는 거고?"

마차 구석에 비스듬히 기대어 다리를 꼬고, 팔꿈치를 세워 창턱을 짚은 이엔의 자세는 거리의 부랑아를 데려다가 아가씨로 분장시켰다고 믿어도 좋을 정도였다. 드레스 자락이 벌어져 종아리가 다 보였지만 신경도 쓰지 않았다. 우아한 아마란스 백작 부인이 보았더라면 경기를 일으켰을 테지만, 사실 이엔의 다리는 아이처럼 가늘어서 관능적인 느낌은 없었다. 친구도 일부러 시선을 주는 일은 없었다. 아니, 이엔은 당연하게 여겼다. 앞에 앉은 사람은 '자신과 똑같은 남자'이니까.

친구가 웃음을 참느라 고개를 돌렸음을 눈치챈 이엔은 짓궂게 턱을 쳐들었다.

"오, 란지에. 너만큼 해내진 못한다고 보증할게."

"농담 마, 이엔."

"왜 그게 농담이야? 누구든 오늘 너를 보면 수백 년 묵은 귀족 가문의 외동아들인 줄 알걸."

"그런 기대는 네 말동무로 지낸다는 말을 들으면 깨어지지."

켈티카에서 근거가 아리송한 귀족 이름을 내걸고 돈이나 말재주 따위로 능치며 살아가는 자들은 수도 없이 많았다. 그들 중 상당수가 초대받는 연회도 곧잘 열리곤 했다. 손님이 많이 올수록 보기 좋다고 생각하는 가문들은 얼마든지 있었다. 그러나 오늘은 초대장을 받은 사람들만 참석하는 모임이었다. 비취반지 성의 여주인, 공작부인 엘자의 생일은 어제 새벽에 새로 귀족이 된 자들까지 모조리 불러 세를 과시해도 상관없었을 자리였다. 그러나 공작부인은 오랫동안 건강이 좋지 않았다. 죽을 날짜 세던 시절을 거쳐 겉보기에는 평온한 모습에 이르렀지만, 사람이 많은 연회에 나오는 일은 한 해에 서너 번도 되지 않았다. 과도한 긴장이나 흥분을 피해야 한다고 했다.

그랬기에 오늘 초대받은 사람들은 두말할 것 없이 켈티카 사교계의 최상류 실세들이었다. 작은 연회일수록 초대받았느냐 아니냐가 가문의 급을 가른다. 초대장은 딱 스물네 곳의 가문에만 보내졌다고 했다.

흔한 연회였다면 란지에도 적당히 다른 귀족의 신분을 빌려 들어올 수 있었을 것이다. 그러나 오늘처럼 서로의 가문에 아들딸이 몇인지, 그들이 몇 살이며 누구와 결혼했는지도 다 알고 있는 사람들의 모임일 때는 그럴 수 없었다. 방법은 하나뿐이었다. 귀족 집안의 자제들이 흔히 거느리는 샤프롱 노릇을 하는 것이다. 물론 란지에의 나이는 샤프롱에 어울리지 않았지만 자식들의 말상대를 할 또래 고용인을 두는 집안도 흔했기 때문에 그 중간쯤으로 설명하면 안 될 것도 없었다.

그렇다 해도 이런 모임에 모습을 드러내려면 일정 이상의 위험을 감수해야 하는 것만은 틀림없었다. 그런 위험을 무릅쓰고 이곳에 와야 할 이유는 분명했다. 만나야 할 사람이 있었다.

소공작 조슈아 폰 아르님이다.

물론 아르님 공작이 어떤 사람인지 직접 보아두는 것도 중요했다. 집안의 분위기를 살펴 테오의 계략이 어느 정도 실현 가능성이 있는지 파악하는 것도 필요했다. 그러나 그것만이라면 이런 연회가 아니라 해도 얼마든지 다른 방법이 있었다. 다만 이 자리에서만 만날 수 있는 사람이 있으니 바로 소공작이었다. 사교계에서 은둔자로 통하는 소공작은 방문하는 친구조차 없어서 무슨 핑계로든 찾아가면 눈에 띌 것이 너무 분명한 상대였다. 그러나 어머니의 생일이라면 분명히 사람들

앞에 나올 것이고, 손님을 맞이해야 할 책임도 있었다. 또한 규모가 작다 해도 연회인 이상 적어도 수십 명은 되는 사람들이 시선을 가려줄 것이다.

이엔은 귀걸이 때문에 무거워진 귓불을 귀찮은 듯 만지작거리다가 불쑥 말했다.

"그런데 놀랍지? 아르님 가문에서 모로 씨의 입장이란 거 말이야. 공작부인의 생일이잖아. 하나뿐인 사위고. 그런데 오늘 같은 날 다른 곳에 보내버리다니."

아르님 가문에 방문할 작정을 한 두 사람은 먼저 테오와 연락을 취해보려 했다. 그러나 테오는 아르님 공작의 명령으로 다른 날도 아닌 바로 어제, 공작의 고모인 페어블랑드 백작부인의 성으로 떠났다고 했다. 표면적으로는 공교롭게도 생일이 하루 차이라는 백작부인을 방문하러 떠났다지만, 그런 인사라면 며칠 뒤에 가보아도 될 일이었다. 하필 사람들을 불러 연회를 열기로 해놓고 멀리 보낸 것은 일부러 그랬다는 의심을 떨치기 힘들었다.

"공작이 모로를 의심하고 있을 가능성도 배제할 수 없겠지."

"죽은 딸의 일로?"

"그때 모로를 의심한 사람은 공작만이 아니었지. 아직도 소문이 완전히 사그라지진 않았고."

"단지 기분만 갖고 부당한 취급을 하는 건 아니고?"

"이번처럼 해버리면 다른 사람들까지도 공작이 사위를 좋아하지 않거나 의도적으로 배제하려 한다는 느낌을 받게 되겠지. 사교계의 사람들에게 사위를 무시하라고 메시지를 보낸 것과 같아. 앞으로 어쩔 작정인지는 좀더 지켜보아야 알겠지만."

"일전에 약속했던 대로 모로에게 작위를 주려면 고충이 많을지도."

"추진하고는 있지만 결정하기 전에 불확실한 부분이 분명해져야겠지."

"그 때문에 위험을 무릅쓰고 여기에 왔고. 그렇지?"

이엔이 싱긋 웃자 란지에는 마주 웃는 대신 말했다.

"너라면 드레스 차림을 무릅쓰고, 라고 할 것 같지만."

나이트워커로부터 두 번에 걸친 보고를 받은 결과, 지스카르에게도 이야기했듯 소공작에게 비밀이 숨겨져 있음을 둘다 알고 있었다. 현재 조슈아 폰 아르님이 두 명이라는 것, 그리고 양쪽 모두 주위 사람들에게 가짜라는 의심조차 받은 적이 없다는 것도 알았다. 비취반지 성의 소공작에게는 부모를 비롯해서 어려서부터 소공작을 보아온 사람들이, 하이아칸의 소공작에게는 그만이 해낼 수 있는 무대가 있었다. 양쪽 다완벽히 속이는 것은 불가능했다.

란지에와 이엔은 이 문제를 놓고 숙의를 거듭했다. 숨겨진 쌍둥이가 있더라도 친부모를 속일 수는 없으며, 무엇보다 똑같은 재능을 가질 가능성이 낮은 것은 말할 것도 없었다. 더구나 소공작은 데모닉이다. 세상에서 가장 흉내내기 힘든 사람이라 해도 과언이 아니었다.

어느 쪽이 진짜든 어차피 희생자일 뿐이니 테오에게 맡겨두고 무시하는 방법도 있었다. 그러나 석연치 않은 마법, 지스카르가 '도플갱어'라고까지 말했던 마법의 존재는 불길한 느낌을 주었다. 누가 진짜인가 하는 문제도 마찬가지였다.

마법의 주체가 테오라면 가짜는 성에 있는 자일 가능성이 높았다. 란지에도 막시민과 같은 추론을 거친 결과 애써 만든 가짜를 세상에 내던져 멋대로 돌아다니게 놔두는 것은 논리적이지 않다고 보았다.

그러나 확증이 없었다. 소공작의 존재는 테오의 행동을 짐작할 수 있는 중요한 단서였다. 테오와 한 협상은 까다롭고 치명적인 계획이었다. 실현된다면 엄청난 이득이 있지만 실패할 경우의 대가도 컸다. 이 계획의 승산을 판단하기 위해 가장 중요한 것은 테오의 의도였다. 그리고 테오의 의도를 짐작할 수 있는 열쇠는 소공작이었다.

테오가 가짜 소공작으로 어떤 일을 하려 하는지 알아낸다면 그가 끝까지 공화파에 협력할 것인지, 중도에 배신할 것인지, 만일 배신한다면 어느 지점일지, 추측할 가능성도 넓어진다. 테오는 소공작을 파멸시키고 아르닐 가문을 손에 넣으면 공화파와 미련 없이 손을 끊을 것인가? 아니면 그 이상의 야망이 있어서 제휴를 유지할 것인가? 또는 공화파 조직을 캐내어 왕국8군에 보고하고 공을 세우려 할 인물인가? 미워하는 상대가 파멸하는 것만으로도 만족할 소악당가?

그걸 위해 오늘의 연회에서 소공작을 보아야 했다. 적어도 단서를 얻어야 했다. 누가 진짜이고 가짜인지를, '가짜'라는 것이 정말로 어떤 의미인지를.

"폰티나 공작 영애가 아침 일찍 와 있다던데."

하인들의 입은 때로 나이트워커보다 빠를 때가 있다. 란지에가 고개를 끄덕이자 이엔이 말을 이었다.

"어머니가 못 오게 됐다고 하니까. 승마를 하다가 발목을 다쳤다더군. 다른 곳도 아닌 아르닐 가문의 초대이니 폰티나 공작부인을 대신하려면 딸 정도는 보내는 것이 상례겠지만, 그 딸이 혼자 켈티카에 온 것은 처음이라고 동안東岸에서는 수군수군한다더군."

켈티카를 가로지르는 블루엣 강의 동남안에는 귀족들의 저택이 몰려 있었다. 동안의 소문이라고 하면 보통 사교계에 떠도는 이야기를 가리켰다. 란지에는 담담하게 말했다.

"살펴보기에 나쁜 기회는 아니겠지."

"가치는 있어. 폰티나 공작이 귀애하는 따님이란 말씀이야. 단지 예뻐하는 게 아니라 사실상 후계자 교육을 시킨다던데. 성인이 된 아들도 있고 한데 뜻밖이지. 폰티나가 딸이 귀엽다고 앞뒤 재어보지도 않고 그런 일을 할 사람도 아니고."

"안리체 다 아노마라드의 예도 있지."

안리체 왕비는 폰티나 양의 고모다. 지략가에 여걸로 유명한 안리체 왕비를 닮았다면, 그리고 정치 감각이 탁월한 폰티나 공작이 후계자로까지 고려한다면 장기적으로 주목할 가치가 있었다. 그렇게 보면 무척 소재가 많은 연회인 셈이었다.

"그보다 로즈니스 다 벨노어도 초대를 받았다던데 괜찮을까?"

란지에가 한때 벨노어 가문에서 시종 노릇을 했던 것을 알기에 나온 물음이었다. 란지에가 미소 지었다.

"아마도 조금 늦을 거야."

"손을 쓴 거야?"

"마주친다면 그냥 지나치기 힘들거든."

"오기 전에 일찌감치 사라지려고?"

"그전에 볼일을 다 보려면 서둘러야 하겠지만."

이엔은 키득 웃었지만 곧 입맛을 다시며 티아라의 보석이 닿은 이마를 문질렀다.

"귀 바짝 기울이고 있어야겠네. 벨노어 양이 하필 켈티카에 머무르고 있으니 초대에서 빠뜨릴 수도 없었을 테고. 백작

본인이 나타나는 것보다는 그나마 나은 셈이 될까나."

마차가 성문 앞에 다다라 한차례 덜컹대고는 멈췄다. 이엔은 낮게 한숨을 내쉬더니 드레스 자락을 내리고 옷매무새를 고쳤다. 시종이 마차 문을 열자 란지에가 먼저 내려 이엔의 손을 잡고 내리도록 도와주었다. 이엔은 마차 안에서의 불량한 태도와는 달리 치렁한 치맛자락을 밟거나 하는 일 없이 능숙하게 내려섰다. 이윽고 두 사람은 성안으로 사라졌다.

아르님 가문은 가진 권력에 비해 사교계에서 쌓은 명성은 그리 없는 편이었다. 우선 그런 교류의 중심이 되어야 할 공작부인의 건강이 나빴고, 공작 본인은 파티를 즐기지 않는 무인풍의 인물인데다, 하나뿐이던 딸은 남들에게 내보이기 힘든 몸이었고, 지금은 죽었다. 남은 사람은 아들뿐인데 시골이니 섬이니 하는 곳으로 떠도느라 신왕국이 세워진 뒤로는 켈티카에 머문 시간이 너무 짧았다.

켈티카 사교계의 인물들이 조슈아를 마지막으로 보았던 것은 이브노아가 죽었던 연회였다. 그날 이후 한 해 동안 아르님 공작은 히스파니에 숙부의 충고대로 연회를 일절 열지 않았고, 그사이 조슈아는 하이아칸으로 떠나버렸다. 이런 식이다 보니 저절로 소문만 무성해졌다.

이엔이 들었던 말처럼 솔직한 평을 한 사람은 극소수였고,

보통은 헛소문을 부풀려 말하길 좋아했다. 소공작은 너무 뛰어나서 보통 사람은 안중에 없다더라. 무례하다더라. 정신도 약간 이상한 것 같다더라. 멀쩡한 것처럼 보여도 갑자기 무슨 짓을 할지 모른다더라. 미친 사람 같아서 무섭다더라. 이미 정신을 놨는데 부모가 애써 숨기고 있다더라. 건강이 악화되어서 곧 죽을지도 모른다더라. 누나처럼 백치가 되어가고 있다더라.

일부는 누군가가 일부러 퍼뜨린 악소문이라고 해도 좋을 지경이었지만 소문이 많은 만큼 전부 곧이듣는 사람도 없었다. 그러나 어느 쪽이든 실체가 궁금하긴 했기 때문에 오랜만에 비취반지 성에 온 사람들은 소공작의 등장에 큰 흥미를 가졌다. 폰티나 공작가가 수도 밖의 영지에 머무르는 것을 생각하면 본래 켈티카 사교계의 왕이 되어도 이상하지 않을 집안이었다. 그런 가문의 젊은 소공작이 어떤 사람인지 궁금하지 않다면 오히려 이상한 일이었다. 혼인을 거론할 상대로는 조금 문제가 있어 보이는 사람이라 해도 말이다.

오늘 연회장에는 하얀 피아노가 나와 있었다. 어려서 음악적 재능으로 먼저 알려졌던 소공작이니 오늘은 연주가 한 곡 있는 모양이라고 다들 생각했다. 아름다운 연주로 소문도 잠재울 겸, 사람들의 호감도 얻을 겸 말이다. 대화보다는 그쪽이 나은 방식일지도 모른다. 소공작은 대화로 호감을 얻는 사람이 아니었으니까.

이엔은 사람들의 수군거림을 들으며 피식 웃었다. 소공작을 직접 보지 못한 자신이 들어도 헛소문일 게 뻔한 이야기가 대다수였기 때문이다. 입을 가릴 부채란 물건이 있어서 다행이었다. 오랫동안 사교계를 멀리하며 제멋대로 지내온 이엔의 표정은 파격적으로 솔직한 감이 있었다. 그림 같은 표정만 짓고 있는 귀족들 사이에 있다 보면 눈을 마주친 사람이 깜짝 놀랄 정도였다.

"저, 실례합니다만 혹시 아마란스 양이신가요?"

갑자기 아는 체하는 사람이 있어서 흠칫했다. 돌아보니 삼십 대로 보이는 키가 큰 귀부인이 고개를 살짝 기울이며 미소를 보냈다. 이엔은 이 사람이 누구인지 생각나지 않았다. 적당히 얼버무릴 수도 있었겠지만 평소의 태도를 반쯤 섞어서 대답했다.

"이렇게 고상하고 우아하신 숙녀께서 어느 가문의 분이신지 전 어째서 생각나지 않을까요? 저의 무례를 용서해주세요."

"아아."

귀부인은 입을 가리지도 않고 웃더니 버릇처럼 다시 고개를 기울였다.

"그런 말씀을 하실 필요가 없으세요. 인사를 나눈 일이 없는 사이니 제가 오히려 무례를 범했지요. 아마란스 양의 아름다운 티아라를 보고 알아보았을 뿐이에요. 예전에 아마란스 백작부인께서 그 티아라를 착용하신 걸 본 일이 있답니다. 백작부인께서도 멋지셨지만 따님께도 참으로 잘 어울리네요. 가문의 보석이란 이래서 좋은 것이죠."

"어머니를 아시는 분을 뵙게 되어 기쁘네요."

대답은 그렇게 했지만 약간 긴장했다. 어머니가 이전에 실비엣 드 아르장송이라는 아가씨한테 그랬던 것처럼 쓸데없는 넋두리를 늘어놓지 않았으리란 보장이 없었다. 그 아가씨도 끈질기게 학교로 찾아오려고 해서 여간 곤란한 게 아니었다.

"소개가 늦었군요. 전 마리나 다 카스텔로라고 해요. 이 자리엔 폰티나 영애와 함께 왔지요. 영애께서 혼자 켈티카까지 오시는 것이 처음이라서 공작부인의 각별한 부탁을 받았답니다. 그 덕택에 아마란스 영애를 뵙는 영광을 얻었네요."

그렇게 말하고서 정중하게 절을 했다. 이엔의 기억으로 카스텔로 남작이라면 폰티나 공작의 충실한 가신 중 하나였다. 사실 그 이상의 것은 몰랐지만 이엔은 일단 인사를 받아들였다. 백작 영애의 지위에 맞게 고개를 끄덕이는 것으로.

카스텔로 부인은 곧 곁에 있는 란지에에게 시선을 보냈다. 이엔이 먼저 소개했다.

"이쪽은 제 샤프롱이에요."

"카를 리히스입니다."

이번엔 카스텔로 남작부인이 고개를 가볍게 끄덕여 보였다.

"이름을 들으니 동부 출신인가 싶네요."

"고향은 하이아칸입니다."

"아, 하긴 하이아칸 사람들의 이름이 그쪽과 비슷하죠. 발음을 좀 길게 끌던가? 칼이 아니라 카를?"

혼자 중얼거리던 카스텔로 남작부인이 잠시 후 고개를 갸웃거렸다.

"내가 아는 누군가를 닮은 것 같은데…… 또렷하게 생각이 안 나네요. 딱 집어 말할 수가 없어요. 누구였더라."

란지에는 기계적인 미소를 입가에 올렸다.

"귀부인의 지인을 닮았다니 영광입니다."

이엔은 란지에의 목소리가 냉담해진 것을 느끼고 돌아보았다. 그러나 친구인 이엔이나 눈치챌 만한 변화였으므로 카스텔로 부인은 전혀 깨닫지 못했다. 오히려 놀리듯 짓궂게 말했다.

"후훗, 내가 기억하는 사람이 악당일지도 모르잖아요."

"그럴 리가 있겠습니까."

평소 같으면 샤프롱답게 적당히 말을 더할 터인데 란지에의 말은 거기서 끊어졌다. 이엔은 화제를 바꿀 필요를 느꼈다.

"그런데 혼자시네요, 카스텔로 부인? 각별한 부탁을 받으신 폰타나 양은 아직이신가요?"

"곧 나오실 거예요. 사실 폰티나 영애께선 누군가가 그림 자처럼 따르는 것을 좋아하지 않으세요. 마침 잘되었네요. 뵙기 힘든 분을 제가 먼저 뵈었으니 조금 있다가 영애께서 오시면 한쪽에서 즐거운 담소라도 나누시겠어요? 영애께서도 아마란스 양이 오신 것을 아시면 반드시 인사하고 싶어 하시겠지요."

예의상 한 말일까? 뜻밖에 일이 편하게 풀려 의아해진 이엔은 약간 머뭇거렸다.

"아, 네, 저도 같은 생각이네요."

"그럼 잠시 후 아르님 공작부인께 생신 축하 인사를 드리고 나서 서쪽 두 번째 테라스에서 뵈어요. 아, 영애께서 나오시는 모양이네요. 이따 뵐 때까지 잠시 실례."

그 말을 남기고서 카스텔로 부인은 총총히 자리를 떴다. 이엔은 입술을 빼물며 고개를 갸웃했다.

"어떻게 된 거야? 저쪽에서 기다렸다는 것 같은 반응이네?"

란지에도 약간 긴장한 얼굴이었다.

"남작부인이 뭔가 아는 것 같진 않아."

"내 생각도 그래. 그래서 무슨 일이 일어날지 더 예상을 못하겠어."

이엔은 저쪽에서 자신들의 정체를 눈치챘다는 상상만은 차마 하고 싶지 않은 얼굴이었다. 조금이라도 의심하고 있다는 상상도. 하지만 상대가 폰티나 공작인 이상 불가능한 것은 없었다. 나이트워크 조직에서도 실체를 완전히 파악하지 못한 다중 정보망을 쥐고 있는 폰티나 공작이었다.

란지에는 어느새 침착해졌다. 다만 연회장 쪽을 바라보며 드나드는 사람들을 일일이 주시했다. 그들 중에 암시가 숨어 있으리라고 믿는 것처럼.

입, 손, 그리고 귀

노래는 먼 곳에서 시작됐네. 하루에 조금씩 다가왔네. 오는 동안 쉬지 않고 노래했네. 내 노래 쉬면 행여 그대 노래 멈출까. 검은 사람과 흰 사람의 집을 거치고, 검은 강과 흰 강을 건너서 왔네. 마침내 우리가 약속한 땅에서 나는 그대 노랫소리를 들었네. 마주선 우리는 둘 다 노래하고 있었네. 같이 시작했던. 같은 노래를. 행복에 겨워서.

그런데 우리는 다른 소절을 노래하고 있었네.

∾

서쪽 테라스는 볕이 잘 드는 남쪽 테라스에 비해 소박했지

만 예스러운 방식으로 고상했다. 새로 짓는 저택들이 다투어 꾸미는 화려한 테라스는 아니었다. 그러나 몇백 년을 버틴 유서 깊은 성다웠다. 아르님 공작가는 성을 유행에 맞게 치장하는 것에 관심이 없었다. 그래서 오히려 진짜 고풍스러움이 살아 있는 몇 안 되는 성을 보존하고 있었다.

그나마 이쪽 테라스는 성이 세워진 후로 고친 적도 없는 느낌이었다. 난간은 단순한 덩굴 모양일 뿐이고, 테이블은 무늬 있는 녹색 대리석이었지만 그 외의 장식은 없었다. 테이블을 둘러싸고 흰 의자가 다섯 개 놓여 있었다. 등나무 껍질을 벗겨서 짠 담황색 등받이가 서늘해 보였다.

연회장으로 나가는 덧문이 열려 있었다. 여름이라 연회장에도 시원한 바람이 필요했다. 아직 폰티나 양은 오지 않았다. 이엔은 먼발치에서 테라스를 바라보며 말했다.

"먼저 가서 기다릴 필요는 없겠지."

아마란스 백작가는 폰티나 공작에게 일부러 저자세를 보일 필요가 없는 집안이었다. 저쪽에서 약속을 잡았으니 저쪽이 먼저 와서 기다리는 편이 경우에 맞았다. 이엔은 란지에를 돌아봤다.

"뭐 떠오르는 거라도 있어?"

"아니."

란지에는 이 자리에 올 만한 귀족들의 얼굴을 대부분 알았

입. 손. 그리고 귀

다. 그래서 낯선 얼굴이 없는 것을 보고 폰티나 양이 데려온 사람이 카스텔로 부인 말고는 달리 없다고 판단했다. 폰티나 공작이 아직 소녀인 딸에게 어려운 일을 시키려고 했다면 조언자 없이 보내지는 않았을 터였다.

그즈음 카스텔로 부인이 먼저 테라스로 나가 마실 것 등을 마련해놓는 모습이 눈에 비쳤다. 폰티나 양이 부인의 안내를 받으며 테라스로 향하자 이엔이 말했다.

"카스텔로 부인이 함께 있을 모양인데."

그렇다면 심각한 이야기가 아닐 가능성이 높아진다. 이윽고 두 사람도 뒤따르다시피 테라스로 들어섰다.

클로에 다 폰티나는 빼어나게 아름답고 높은 교양을 갖추었다고, 그래서 가장 완벽한 신붓감이라고 소문이 자자한 소녀였다. 예법, 말씨, 차림새, 어디서든 한 치의 틈도 찾을 수 없어서 어쩐지 인간 같지 않다는 평이 있을 정도다. 가문의 후광은 말할 것도 없었다. 왕가에는 공주가 없었으므로 왕자의 외사촌인 클로에는 어디에 가든 공주나 다름없는 대접을 받았다. 안리체 왕비가 이 조카딸을 딸처럼 귀애한다는 것도 다들 잘 알고 있었다.

의자에 여유 있게 기대어 앉은 클로에는 상앗빛 데콜테 슈미즈 가운 차림이었다. 멀리 살면서도 수도의 최첨단 유행에 조금도 뒤처지지 않았다. 제비꽃 레이스 목선 위로 드러낸 목과 어깨가 나이보다 성숙한 분위기를 풍겼다. 짤막한 퍼프소매 아래에 하늘거리는 긴 소매를 달았는데, 반투명한 모슬린 안으로 하얀 팔과 아쿠아마린 팔찌가 희미하게 비쳐 보였다. 테라스로 불어오는 바람을 받아 소맷자락이 천천히 나부꼈다.

이엔은 클로에를 두어 번 만나보았다. 그나마 어렸을 때라 별다른 이야기는 나눠보지 못했다. 이엔이 자라며 파티에 발길을 끊자 클로에를 만나볼 기회도 더이상 없었다. 클로에가 이엔을 아마란스 백작 따님 정도로가 아니라 아는 사람으로 기억한다면 그거야말로 놀랄 만한 일이었다.

클로에의 첫마디는 이러했다.

"이엔나 카틀레야, 오랜만이야. 여전히 초록색을 좋아하는구나. 옛날에 네가 빌려준 초록색 나비 날개 핀이 아직도 내 장신구 함에 들어 있어."

빌려준 사실조차 기억이 나지 않는 이엔은 당혹감을 감추느라 어색한 미소를 지었다.

"아, 그래? 얼마 만인지 모르겠다, 클로에. 오 년 정도는 된 것 같지?"

"알바네제 경의 결혼식 때였지. 그후로 너를 만날 기회가 없었어. 그래서 핀도 돌려주지 못했고. 네 머리 빛깔과 티아라의 에메랄드가 잘 어울리는구나. 그동안 네가 어떻게 지내는지 궁금했어. 잘 지내는 것 같아 다행이야."

입, 손, 그리고 귀

이어 클로에는 예의 바른 아가씨답게 일행에게도 시선을 주었다. 란지에는 평온함을 가장하며 클로에를 바라보고 있었지만, 이엔은 그 눈 뒤에 많은 생각이 숨겨져 있음을 느꼈다. 클로에가 말했다.

"처음 뵙는 분이군요."

곁에서 카스텔로 부인이 끼어들었다.

"그쪽 분은 아마란스 양의 샤프롱이라고 하시네요."

존칭을 쓸 필요가 없음을 상기시켜주고 싶었던 모양이었다. 내킨다면 반말로 대해도 상관없는 상대였지만 클로에는 입가에 엷은 미소를 올리며 말했다.

"샤프롱치고는 젊으시군요."

란지에도 그림 같은 미소로 답했다.

"저를 믿어주시는 영애와 백작께 감사드릴 따름입니다."

그리고 둘의 눈이 마주쳤다. 조금 긴 눈맞춤이었다.

맥박이 약간 빨라졌다. 소리를 들은 듯했다. 서로의 눈은 아무 말도 하지 않았으니 테라스에게 심장이 있기라도 한 것일까.

클로에가 먼저 시선을 돌렸다. 그녀는 정원에 잠시 눈길을 주었다. 고집스럽게 모양을 낸 똑같은 나무들이 평정심을 가져다주었다.

"왔다는 얘길 듣고서 인사해야겠다고 생각하고 있긴 했는데, 이렇게 따로 만나자고 해서 잔뜩 기대했지 뭐야. 새로운 이야기라도 있는 거야? 혹시 핀을 돌려주려고?"

이엔이 농담조로 말하자 클로에가 고개를 수그리며 웃었다. 절반 정도 틀어 올리고 남긴 머리카락이 어깨에서 미끄러졌다.

"핀은 내가 기념품으로 간직할게. 네 말투는 여전히 생기가 있구나. 물론 나도 오랜만에 널 만나고 싶었지만, 따로 만나자고 한 건 물어보고 싶은 것도 있어서."

"응, 뭔데?"

친근하게 묻고 있었지만 이엔은 저도 모르게 목이 뻣뻣해질 정도로 긴장했다.

"학교에 다닌다지?"

"아, 으응."

"재미있는 곳일까?"

일상적인 물음인데도 상상력이 더해지자 마치 협박이나 되는 것처럼 들렸다. 이엔은 란지에를 흘끗 봤다. 란지에는 한쪽 팔걸이에 팔꿈치를 세워 얹고 비스듬히 턱을 괴고 있었다. 옆얼굴은 초상화처럼 미동이 없었다. 그도 긴장하고 있는지 잘 느낄 수가 없었다.

"아아 뭐, 재미있기도 하고, 안 그럴 때도 있고. 공부란 게 다 그렇잖아. 너도 알겠지만."

"흥미 없는 분야의 공부는 물론 재미없겠지. 하지만 사람들은 많이 만날 것 아니겠어?"

"……."

점차 유도신문처럼 들리는지라 이엔은 대답을 삼켰다. 클로에는 팔을 뻗어 테이블 위의 샴페인 잔을 집어 들었다. 팔찌의 하늘빛 보석들이 자그락 소리를 냈다.

"파티에서도 훌륭한 사람들을 사귈 수 있지만 다양한 사람을 만날 만한 곳은 아니라서. 가장 훌륭한 예절이란 필히 따분함을 동반하지 않겠어."

그렇게 말하면서도 잔을 기울여 한 모금 마시고 내려놓는 자세에는 일점의 흠도 없었다.

"네가 그런 말을 할 줄은 몰랐는걸?"

"나와 생각이 다른 거야?"

"아니, 네 입에서 그런 말이 나와서 놀랐다고."

"사람이라면 누구나 따분한 날이 있지 않겠니."

그때 란지에가 입을 열었다.

"클로에 아가씨께서는 어떤 공부에 흥미가 있으십니까?"

클로에는 란지에를 보는 대신 테이블 위에 놓인 접시를 물끄러미 바라보았다. 접시에는 네 가지 종류의 치즈와 당절임 과일을 곁들인 밀 크래커가 놓여 있었다.

"어떤 것을 좋아할 것처럼 보이나요?"

"글쎄요. 아가씨를 처음 뵙는지라 짐작하기가 어렵습니다."

"그래도 나에 대한 이야기는 많이 들었을 테죠, 안 그런가요?"

"아가씨께서 흠잡을 데 없는 교양과 예절을 갖추셨다는 이야기를 들었습니다."

둘 다 쉽사리 걸려들지 않았다. 클로에가 부채를 펴서 입가를 가리면서 하품하는 시늉을 했다. 진짜 하품이 아니라 간접적으로 기분을 표현하는 것이다.

"그거야 어느 댁의 아가씨나 듣는 평판이니까. 사람을 잘 몰라서 달리 평할 말이 없을 때 그렇게 얘기하곤 하잖아요?"

"오늘 뵈니 사람들이 빈말로 아가씨를 칭찬하지는 않은 것 같습니다."

"당신이 방금 한 말과 같은 빈말을 많이 들어봐서 기분이 좋지도 나쁘지도 않군요."

클로에의 말투에는 가벼운 신랄함이 섞였지만 불쾌감의 표현은 아니었다. 상대가 귀족이었다면 처음 만난 상대에게 이런 태도를 보이지는 않았을 터였다. 그러나 귀족들이 집에서 거느리는 말상대란 하인보다 조금 나은 지위일 뿐이었다. 그리고 이런 말상대는 예, 예, 하며 복종만 하는 하인과 달리 기분이 상하지 않을 정도로 재치 있는 언쟁을 해서 고용주의 기분 전환을 돕거나 하는 것도 중요한 역할이었다. 클로에도 딱 그 정도로 란지에를 대했다.

"사람들이 아가씨를 좀더 정당하게 평가해드릴 필요가 있겠습니다. 제가 아가씨를 좀더 잘 안다면 그런 즐거움을 드렸을 텐데 안타깝군요."

그즈음 둘의 눈이 다시 한번 마주쳤다. 잠시 후 클로에가 이엔을 돌아보며 말했다.

"네 친구분은 내 관심사가 아버지와 같을 거라고 생각하는 모양이야."

클로에와 란지에가 대화하는 동안 마음을 추슬러두었던 이엔은 아무것도 모르는 또래처럼 웃어 보였다.

"얘, 카를은 그런 거 몰라. 폰티나 공작을 뵌 일도 없을 텐데."

그 순간 클로에의 시선이 재빨리 란지에의 표정을 훑고 지나갔다. 이윽고 클로에가 말했다.

"그럼 대답할까요. 난 마법에 흥미가 있어요."

란지에와 이엔은 얼굴을 마주보았다. 예상하지 못했던 대답이었다. 반응을 보이기도 전에 말이 이어졌다.

"그래서 얼마 전부터 학교에 가볼까 생각하던 중이야. 네가 학교에서 공부한다는 말을 듣고 거기서 지내는 이야기를 들어보면 어떨까 싶었어."

이건 더더욱 상상 밖이었다. 곁에 있던 카스텔로 부인도 놀란 얼굴이라 당황한 표정을 감출 필요도 없었다.

"아, 정말 예상 못 한 얘긴데? 물론 너라고 학교에 가면 안 될 건 없지만 어쩐지 너하고 어울리지 않는 느낌이야. 아니, 무엇보다도 아버님께서 허락하셔?"

"그건 천천히 이야기해볼 문제겠지."

란지에가 말했다.

"지체 높으신 분들 가운데 마법을 깊이 배우는 경우는 드물다고 들었습니다."

"마법뿐이 아니겠죠."

지체 높은 분들, 즉 귀족들이 대부분 학문 연마에 게으른 것은 사실이었다. 란지에가 미소를 보였다.

"아가씨한테서 그런 말씀을 듣다니 놀랍습니다."

"다들 나에 대해 선입견이 많은가 보군요."

"불쾌하셨다면 죄송합니다. 선입견은 소문의 자식이지요. 어디서든 주목받으시는 분일수록 잘못된 소문도 많이 생기기 마련입니다."

그리고 잠깐 망설이는 기색을 보이며 덧붙였다.

"오늘 이 댁의 소공작께서 그렇듯이."

"설마 소공작이 백치가 됐다느니 광인이 됐다느니 하는 말을 믿었던 건가요?"

카스텔로 부인이 침을 꿀꺽 삼키며 끼어들었다.

"아가씨, 그런 말씀은 조금……."

클로에는 부채를 가볍게 흔들었다.

"사실이 아니잖아요? 사실이 아닌데 말하지 못할 것도 없지요. 아르님 소공작은 우아하고 영리한 사람이더군요. 소문이란 대체 어디에서 나오는 건지 모르겠어요."

란지에가 말했다.

"소문은 시간으로부터 나오지요."

클로에가 턱을 약간 움직이며 물었다.

"그 말의 의미는?"

"소문은 시간이 가면 만들어지지요. 자연스럽게. 세월은 더 많은 소문을, 시대는 한층 더 큰 소문을 만들지요. 소공작의 소문을 만든 것은 '긴 부재'였죠. 어떤 것이든 시간과 맞바꾸면 소문으로 변합니다. 아가씨의 나이만큼, 폰티나 공작 가문의 세월만큼, 아노마라드 왕국에 쌓인 시대만큼 소문은 있습니다."

"소문이란 피할 수 없는 것이다, 어쩔 수 없이 쌓이는 시간의 찌꺼기다, 그런 뜻인가요?"

"반대죠. 소문은 찌꺼기가 아니라 그 사람의 일부입니다."

"이해할 수 없군요. 그럼 나쁜 소문, 잘못된 소문도 그 사람의 일부란 말인가요?"

"모든 사람에게 똑같은 소문이 생길까요? 아가씨에게 따라붙은 소문은 소공작의 것과 다르지 않던가요? 어째서 다른 것일까요? 그것이 단지 우연일까요?"

"부당한 의견 같군요. 나쁜 소문이나 잘못된 소문도 그 사람의 탓이라면 너무 잔인한 말이 아닐까요? 소문을 퍼뜨리는 사람에게는 책임이 없는 건가요?"

"진실을 아는 한 사람, 그 한 사람에게는 책임이 있지요. 하지만 소문을 퍼뜨린 당사자를 찾아낼 수 있는 경우는 거의 없습니다. 소문은 실체 없는 그늘에서 나올 뿐이죠. 사람은 살아가다 보면 어떻게인가 생긴 얼굴을 갖게 되고, 말투를 갖게 되고, 생각을 갖게 되는데, 그건 그 사람의 일부입니다. 그와 동시에 사람들 사이에서 평판도 생겨납니다. 평판에 예측이 더해져 소문이 됩니다. 가끔은 비밀스럽게 숨긴 것을 소문이 정확히 맞히는 경우도 있습니다. 바른 예측을 한 경우죠. 잘못된 예측을 하게 되면 아가씨께서 말한 것과 같은 악소문이 생깁니다. 사람은 그림자를 달고 태어나지 않지만, 태양빛을 받는 순간 그림자가 생깁니다. 그처럼 소문은 사람이 사람들과 함께 살아가는 과정에서 생겨난 자신의 일부입니다."

클로에는 잠시 후 고개를 끄덕였다.

"재치가 있군요. 무슨 뜻인지 알겠군요. 당신이 하려는 말도."

뜻밖으로 란지에가 싱긋 웃었다.

"정말로 아셨습니까?"

클로에는 미간을 살짝 찌푸렸다.

"나를 무시하는 건가요?"

"아뇨. 아가씨 같은 분이 드물기 때문에 해본 말씀입니다."

건방지게 들릴 수도 있는 말이었으나 클로에는 화내지 않았다. 단지 이렇게 말했다.

"나의 일부인 그림자 때문이겠지요. 세상에는 슈미즈 가운을 입고 타조깃 크라운을 쓴 아가씨의 머릿속에 뭔가 들어 있다고 생각하는 사람이 드무니까."

클로에는 오늘 타조깃 크라운 대신 가느다란 금사슬 장식을 둘렀을 뿐이지만 최신 유행이다 보니 연회장의 다른 귀부인들의 머리 위에서는 얼마든지 찾아볼 수 있었다. 물론 클로에의 장롱 속에도 한두 개 들어 있을 것이다. 란지에는 턱을 매만졌다.

"그런 그림자도 분명히 있지만 클로에 아가씨에 대해서는 달리 생각하는 사람들도 꽤 있을 겁니다. 무엇보다도 현명하신 왕비마마의 핏줄을 이으셨으니까요. 어떨까요, 이것도 그림자인가요?"

"왕비마마는 나와 비교하기에는 너무나 존귀, 지엄, 명철하신 분이지요. 그러니 그것도 그림자라고 할 수 있겠군요."

"마법에 관심이 있다 하시니 왕비마마와는 방향이 좀 다르실 수도 있겠습니다. 마법은 사람을 연구하는 학문은 아니죠."

떠보는 강도가 점차 심해졌다. 이엔은 조바심이 날 지경이었다. 아직은 클로에가 단지 학교생활을 물어보고 싶어서 이엔을 불렀다고 확신하긴 어려웠다. 그런 상황에서 클로에에게 '왕비처럼 정치가가 될 마음은 없는가'라고 묻는 것은 위험천만한 곡예처럼 느껴졌다.

클로에가 또렷하게 답했다.

"필요하다면 무엇이든 해야겠죠. 난 미래를 선택할 입장이 아니에요. 이엔나, 너도 그렇겠지만."

이미 미래를 선택해버린 이엔은 계면쩍은 미소만을 지었다.

"하지만 내게 짧은 유예가 있다면…… 한 번쯤은 학교에 가보고 싶어. 이엔나, 네가 다니는 학교는 어떻지? 왕립 그로메 학교라고 들었어. 다른 가문에도 그곳에 다니는 아이들이 있던데."

이엔은 흠칫했다. 만에 하나, 절대로 만에 하나겠지만 클로에가 그로메 학교에 들어오게 된다면 이엔과 란지에의 활동 반경은 크게 좁아질 수밖에 없었다. 클로에 본인이 그들의 일에 관심이 없다 해도 폰티나 공작이 상당수의 심복들을 딸려 보낼 것이기에 학내 조직은 물론이고 외부, 특히 망명의회와 연락하는 것 또한 심각한 제약을 받게 된다.

무엇보다 이 자리에서 클로에가 란지에를 만났다는 점이 큰 문제였다. 이엔의 샤프롱이라고 소개한 란지에가 같은 학교 학생이라는 것까지는 이상하지 않겠지만, 그후 한쪽에 자칫 실수가 생기면 하나로 끝날 일이 둘로 엮여 의심을 받게 된다. 최악의 경우 란지에가 책임지고 있는 켈티카 3지구가 전부 말려드는 결과를 초래할 수도 있었다.

"아, 글쎄, 그리 추천할 수는 없겠는데."

클로에는 천천히 고개를 기울였다.

"마음에 들지 않아? 그렇다면 옮기면 될 텐데."

"아, 아니, 그게 아니고. 그러니까 너 말이야. 너한테 잘 맞지 않을 것 같다고."

"왜지?"

이엔은 대답을 짜냈다.

"음, 신분이 낮은 집안 아이들도 많이 다니거든. 수업도 같이 받고 있고. 고상한 것과 거리가 먼 학생도…….."

클로에가 뜻밖으로 잘라 말했다.

"그런 것 신경쓰지 않아."

란지에가 입을 열었다.

"자꾸 뜻밖이라고 말해서 죄송합니다만, 그 이야기도 뜻밖입니다. 아가씨께서는 그런 학생들과 친구가 될 수도 있다고 생각하십니까?"

클로에는 의도를 눈치챈 것처럼 질문을 되돌렸다.

"그렇게 묻는 당신은 그럴 수 없다고 생각하나요?"

"전 아가씨처럼 귀하게 자란 몸이 아닌지라 친구가 될 만한 자라면 어떤 신분이든 신경쓰지 않습니다."

바로 화살이 되돌아갔다. 이엔도 클로에의 대답이 자못 기대되었다. 클로에는 삼각형으로 자른 치즈를 하나 집으며 말했다.

"그렇군요. 하지만 난 당신과 다르지요. 다시 말해, 신경쓰지 않는다는 말의 의미가 달라요. 난 누가 곁에 있다고 해서 반드시 친구가 되어야 한다고는 생각 안 해요. 그리고 친구가 아닌 사람들로 둘러싸여 있어도 별로 불편하지 않아요."

기대는 어그러졌지만 이엔은 문득 재미있어졌다. 클로에가 어떤 사람인지 조금 알 것 같아졌다. 란지에는 저 대답을 어떻게 들었을까?

란지에는 미소 없이 말했다.

"그럴 수 있다고 생각합니다. 하지만 제가 그로메 학교 입학을 만류하는 이유는 다른 것입니다."

"당신도? 당신의 이유는?"

"그로메에서는 마법을 가르치지 않습니다."

명쾌한 이유였다. 클로에는 치즈를 삼키고서 웃음을 터뜨렸다. 그녀의 웃음은 뜻밖에 빠르고 경쾌했다.

"아하하하…… 그렇군요. 꼭 마법만을 위해 학교에 가려고 생각한 건 아니지만, 마법에 관심이 있는 이상 마법을 가르치지 않는 학교에 가는 것도 우습겠지요. 좋아요. 그러면 마법을 가르치는 훌륭한 학교를 찾아보아야겠군요. 물론 아버지께서 허락하신다면."

"그런 학교도 물론 있습니다."

그쯤에서 대화를 그쳐도 되었을 테지만, 란지에가 말했다. 클로에가 고개를 갸웃했다.

"추천하고 싶은 곳이 있나요?"

"마법이라면 남부의 네냐플이 가장 유명하니까요. 진심으로 마법사의 길을 가실 생각이시라면 그곳 외에는 추천드릴 곳이 없습니다."

란지에는 클로에를 폰티나 공작에게서 떨어뜨려 멀리 보내는 것이 좋다고 생각하는 것일까?

"카를의 말이 맞아. 네냐플을 졸업해야 연구도 계속할 수 있다던데. 마법 재료며 시약 제조법 같은 것들은 거의 네냐플에서 쥐고 있으니까. 진짜 중요한 것은 네냐플 출신이 아닌 자들에게 보여주지도 않는다더라고."

"마법사가 되기로 했다고는 안 했어."

클로에는 지금도 그렇지만 옛날에도 역시 이런 말투였다고 생각하며 이엔은 속으로 피식 웃었다.

"켈티카도 아니고, 너무 먼 곳에 있는 학교인지라 가게 될 가능성도 별로 없어. 하지만 남부의 마법 학교라. 가보고 싶긴 하네. 아주 긴 유예가 난다면."

클로에는 란지에에게 고개를 돌렸다.

"한데 그로메 학교는 두 사람 다 말리는 걸 보니 다들 나와 동급생이 되고 싶지 않은 모양이네요."

농담이라고 하기엔 웃지도 않고 한 말이었지만 란지에는 순간 대답할 말을 떠올리지 못했다. 그때 연회장에서 박수 소리가 울렸다.

"아아, 아가씨. 시간이 되었나 봐요."

카스텔로 부인의 말에 클로에가 고개를 끄덕였다.

"공작부인의 부탁이 있어서 이만 나가보아야겠군요. 이엔나, 오랜만에 만나서 즐거웠어. 리히스 씨도요."

두 사람이 인사하기를 기다려 클로에는 몸을 일으켰다. 카스텔로 부인은 이엔에게 절을 하고서 먼저 나가 길을 열었다. 테라스를 떠나 연회장으로 들어가는 뒷모습을 둘의 시선이 뒤쫓았다. 클로에는 비켜선 사람들을 지나쳐 맨 앞으로 나아가 여주인에게 가볍게 인사하고 흰 피아노 앞에 앉았다. 악보를 펴더니 팔찌를 끌러 피아노 모서리에 올려놓았다. 마름모꼴로 다듬은 아쿠아마린이 피아노 표면에 푸른 무늬를 그렸다.

소공작이 피아노 곁으로 다가와 먼저 클로에의 손등에 입을 맞추었다. 인사말은 없었다. 피아노가 울리기 시작하자 소공작은 얌전하게 서는 대신 피아노 옆을 가볍게 짚었다. 거침

없는 목소리가 첫 소절을 열었다. 어머니를 노래한 오래된 민요였다.

> 창가의 미풍과
> 울새의 노래와
> 벚나무 가지와
> 5월 볕이 어머니 같아라

피아노는 반주답게 나직했지만 흠잡을 데 없는 실력이었다. 한 소절이 끝나자 건반 소리만 조용히 울렸다. 간간이 기침 소리가 섞일 뿐이었다.

이곳에 모인 사람들은 다들 소공작의 노래가 어떠하더라는 이야기를 들어보았다. 소수이긴 하지만 옛날 모나 시드 학교 합창단의 공연을 본 사람도 있었다. 그러나 옛 기억은 기억일 뿐, 소년으로 자란 소공작이 어떻게 노래하는지 아는 사람은 없었다. 소공작은 평소 대화할 때조차 상대를 녹일 것 같은 감미로운 목소리의 소유자는 아니었다. 때로는 블랙 유머가 어울리는 냉소적인 매끄러움이 두드러졌다. 다만 무대에 올라 대사를 읊고 노래할 때, 그러고자 의도하는 순간 목소리 속에서 온갖 빛이, 온갖 감각이, 불길 속의 바람처럼 부풀어오르며 찬란해졌다.

소공작이 부르는 곡은 누구나 아는 노래였고, 가락이 편안해서 극적으로 실력을 발휘할 부분도 없었다. 그러나 소공작의 목소리는 이음매 없이 매끄럽게 이어지다가 때로 거친 파찰음을 자연스럽게 섞고, 끊고 잇는 곳을 자유롭게 바꾸어가며 한숨과 미소와 침묵까지도 곡의 일부로 만들어버렸다. 그의 손끝에도, 표정 하나에도 눈이 떨어지지 않았다. 그의 미소에 함께 웃고 그의 시선에 못박혔다.

마침내 노래가 끝나고 피아노도 멈추었다. 잠깐 침묵이 흐른 뒤에야 그제야 깨달은 것처럼 박수가 쏟아졌다. 클로에가 건반에서 손을 떼고 일어서자 소공작은 그녀에게 먼저 미소를 보낸 뒤 사람들에게 인사했다. 두 사람이 나란히 서서 그림 같은 미소까지 머금어 보이자 사람들은 감탄사 말고 다른 말은 잊어버린 듯했다.

"나, 데모닉이 뭔지 알 것 같아졌어."

이엔이 조그맣게 말하며 란지에를 돌아보았다. 란지에는 고개를 약간 기울인 채 피아노 옆의 두 사람을 바라보고 있었다. 미묘한 사이를 두고 대답이 돌아왔다.

"어땠는데?"

"노래에…… 마력이 있었어."

이엔은 말하고 나서 스스로도 겸연쩍었는지 피식 웃었다. 동의를 기대하진 않았는데 뜻밖으로 대답이 돌아왔다.

"그렇더군."

란지에는 의자에 기댔던 자세를 바로 했다. 그리고 연회장의 다른 사람들을 죽 살펴보았다. 홀린 듯했던 기운이 어느 정도 가시자 이엔은 반성하는 마음이 들어서 말했다.

"아, 이래선 안 되는데."

란지에가 고개를 흔들었다.

"아니. 아름다움을 느끼는 마음은 중요해. 꽃이나 숲이 아름답듯, 노래나 사람도 아름다워. 예술이 존재하지 않는 세상을 만드는 것이 목표는 아니야."

평소 란지에가 말한 일이 없는 의견인지라 이엔은 고개를 갸웃거리다가 대꾸했다.

"옳은 말이지만 지스카르 님도 아니고 너한테 들으니까 어쩐지 실감이 안 나. 아, 기분 나쁘게 듣진 말라고. 하지만 난 너보다 더 감정에 휩쓸리지 않는 사람을 본 적이 없어. 너도 알 거야. 내가 왜 이렇게 말하는지."

란지에가 이엔을 향해 몸을 돌렸다.

"아니. 나도 오늘 내 생각이 좀 낯설어. 이유는 모르겠어. 하지만 나 같은 사람마저도 느낄 수 있는 아름다움이라면 어떤 이상적인 세상에서도 배제되어선 안 되지 않을까, 그런 생각이 들었어."

이엔이 눈을 크게 뜨고 있는 사이, 란지에가 이어 말했다.

"다만 우선순위가 존재할 뿐."

이엔은 그제야 웃음을 보였다.

"그래, 그 말을 덧붙여야 너답지."

란지에는 마주 웃는 대신 다시 한번 피아노 쪽을 돌아보았다.

"물론 다른 생각도 들었어. 오늘 일, 누군가가 신경써서 꾸몄다는 냄새가 나지 않아?"

"아…… 뭐, 하긴 쉽게 성사될 일은 아니지?"

이엔이 고개를 끄덕거리는 동안 란지에가 생각을 정리했다.

"폰티나의 딸이 연주하고, 아르님의 아들이 노래하고, 사교계에서도 소문난 미모를 가진 두 사람이 나란히 인사하고. 연주나 노래의 훌륭함과는 별개로 효과적일 수밖에 없는 구경거리였어. 관객은 켈티카 최고의 귀족들. 각본을 쓴 자는 무엇을 노렸을까."

"두 사람, 결혼이라도 시킬 구상이 있나?"

란지에는 조금 사이를 두고 대답했다.

"가능성이 전혀 없다고 하진 못하겠지."

"헤에, 만약 성사된다면 이거야말로 대단한 구경거리…… 아니, 심각한 일이겠는데."

두 공작가를 이간질하고 한쪽에게 다른 한쪽을 모살했다는 혐의를 씌울 계획을 세운 그들이었다. 조금 전 연주의 잔상을 떨치자 이엔의 머리도 빨리 돌아가기 시작했다.

"그래. 결혼을 시키려면 못 할 것도 없겠지만 그건 차후의 문제라 치고, 오늘 이 광경을 본 사람들은 두 가문에 대한 인식이 훨씬 좋아지겠지? 또 두 가문의 우의가 돈독하다고 믿어버리지 않을까? 그러고 나면 나중에 우리 임무가 성사되어도 폰티나를 의심할 사람은 훨씬 줄어들지도 몰라. 만약 두 가문이 정말로 연대할 결심을 했다면 그건 더 큰일이지. 어떨까? 두 공작이 독주할 기회를 끊임없이 엿보는 대신 공존을 택하기로 마음먹을 가능성이 높을까?"

"높진 않지만, 없다고는 할 수 없지. 폰티나 공작에겐 나이 든 아들도 있지만, 결혼한 두 사람에게 모든 것을 물려줄 마음을 먹을 수도 있겠지. 하지만 역시 그럴 가능성은 낮아."

이엔은 스스로도 추리하면서 물었다.

"어째서지?"

"지금 두 가문을 굳이 비교한다면 어느 쪽이 우위일까?"

"그야 폰티나 쪽이 아닐까?"

"그래. 그런데 이 계획은 폰티나 쪽이 손해 보는 거래가 되기 쉽지. 다른 사람들이 보기엔 둘 다 대단하지만, 그들 둘의 입장에선 상대보다 높아지지 않는 한 아무 의미가 없지. 현재 우위를 차지한 폰티나가 자신을 낮추는 계획에 과연 매력을 느낄까?"

"태어난 아이는 아르님 성을 물려받을 테니까?"

"아르님 공작이라고 그걸 양보하진 않을 테지."

이엔이 고개를 끄덕였다.

"그렇다면 오늘 구경거리는 왜 만들었을까?"

"내 생각엔⋯⋯."

란지에는 연회장 쪽을 다시 내다보았다. 사람들은 소공작과 클로에를 둘러싸고 저마다 말을 걸고 싶어 안달이었다. 곧 춤이 시작될 시각이었다. 둘은 아마 첫 번째로 짝이 되어 춤추게 될 것이다. 사람들은 보기 드문 구경거리에 더욱 열광할 테고⋯⋯.

"폰티나 공작의 귀에 이쪽의 움직임에 대한 소문이 흘러들어갔을 가능성이 큰 것 같다. 오늘처럼 쉽지 않은 무대를 연출할 이유가 현재로선 그것밖에 없어. 그쪽 일과 연관된 나이트워크를 전부 재점검해야겠어. 오늘 일을 먼저 제안한 것이 어느 쪽인지도 알아보아야겠고."

이엔도 미간에 주름을 잡으며 고개를 끄덕였다.

"모로 씨가 없어서 아쉽네. 물어볼 수 있으면 좋으련만."

"조만간 만나야겠지."

란지에가 자리에서 일어섰다. 이엔이 물었다.

"소공작과 얘기해보려고?"

"아니. 그만 떠나자. 벨노어 양이 올 때도 거의 다 됐고."

이엔은 당황했다.

"떠난다고? 하지만 오늘은 소공작을 만나서 혹시라도 이상한 점이 있는지 알아보려고……."

이엔은 말을 멈췄다. 생각이 미친 모양이었다.

"아……."

오늘 저 노래를 듣고 "데모닉이 뭔지 알 것 같아졌다"고 말한 자신이었다. 의심할 필요가 있을까? 오늘 이곳에서 노래한 소공작은 데모닉이었다. 그런 마력을 보고 들었으면서 생각하지 못하다니.

"맞았어. 이곳의 소공작은 진짜야. 그럴 수밖에 없어. 그러면 역시 가짜는……."

란지에가 입구에서 몸을 돌려 섰다. 생각을 많이 하고 나면 늘 그렇듯 뺨과 목덜미가 해쓱해 보였다. 그런 얼굴로 그가 고개를 저었다.

"아니. 그가 가짜야."

무서운 이야기가 제격인 밤

잘 오셨습니다, 손님.

이런 밤에는

데운 산양주와 뜨거운 수프가 제격이죠.

고개를 넘어오셨습니까?

다리를 난롯불에 쬐세요.

독벌레가 달아난답니다.

물론 속설이지만요.

기분이 좋아지셨나요, 손님?

노래 한 곡 들려드릴까요?

걱정 마세요, 돈은 필요 없으니까요.

저희는 부족한 게 없거든요.

딱 하나 없는 게 있긴 합니다만

곧 손님께서 주실 테니 걱정 안 합니다.

뭔지 알고 싶으시다고요?

그건 밤이 깊어야 말씀드릴 수가 있는데…….

⌇

사흘째 되는 날, 유능한 선원 열일곱 명과 항해사 두 명, 선장 한 명, 그리고 항해에 아무 쓸모 없는 세 사람을 태운 페리윙클 선적 알테나호는 노을섬까지 하루 거리가 남았다는 바다 위 어딘가에 있었다. '있었다'는 말은 움직이고 있지 않았다는 의미였다.

날씨는 괜찮았고, 식량은 넉넉했고, 바람은 적당했다. 장애가 있다면 날이 저물었다는 점뿐이었다. 평소라면 어둠이 큰 문제는 아니었겠지만 바위투성이 노을섬이 가까워질수록 주변 바다는 암초 지대로 변해갔다. 아직은 괜찮았지만 변덕스러운 돌풍이 잦은지라 자칫 순식간에 떠밀려 갈 수도 있기 때문에 밤에는 돛을 접어두는 편이 안전했다. 해류를 따라 조금씩 흘러가긴 하겠지만 그 정도로는 위험한 해역에 들어설 가능성이 없었다. 선원이나 선장은 이카본 군도를 둘러싼 해류의 흐름에 도통한 사람들이었다.

해가 지기 전에 돛대에 매달아놓은 램프가 어둠 속에서 느릿하게 그네를 탔다.

자지 않고 남은 선원은 다섯 명이었다. 여기에 항해사 하나와 쓸모없는 세 사람을 더하자 아홉 명이 되었다. 다시 말해 오늘 새벽까지 놀기로 작정하고 상갑판에 모여 앉은 아홉 명이다. 당직 선원들은 교대로 장루에 올라 망을 보았고, 고참 선원 하나는 생각날 때마다 배 안을 순찰했으므로 주로 모여 있는 사람은 일곱 명 정도였다.

해가 지기 전까지는 선원들이 주장하는 동네 규칙에 따라 카드놀이를 몇 판 했다. 주위가 어두워져 카드를 보기 어려워지자 다른 놀이로 막 바꾼 참이었다.

"자 그럼, 다음 사람."

"네빌, 네놈 차례다."

네빌이라고 불린 젊은 선원이 목을 큼큼 하고 가다듬더니 은근한 어조로 이야기하기 시작했다.

"이건 제가 네 살 때 우리 누나한테 실제로 있었던 일이걸랑요. 그때 누나는 열세 살이었겠는데…… 이제부터 할 이야기만 들어갖고는 그렇게 안 무서울 수도 있는데요, 우리 엄마하고 할머니한테도 똑같은 일이 벌어졌다는 걸 생각하면 느낌이 확 달라지거든요. 그게 어떻게 된 거냐면……."

막시민은 뒤꿈치를 교차시키면서 무릎을 세워 팔꿈치를 얹

무서운 이야기가 제격인 밤

어놓고 그 위에 다시 턱을 괸 복잡한 자세로 고개도 삐딱하게 기울인 채였다. 리체는 본격적인 얘기가 나오기도 전부터 입을 막을 준비를 하며 두 손을 쥐었다 폈다 하는 중이었다. 조슈아는 무심코 왼손 검지를 입술 끝에 걸치고 고개를 숙인 채 손가락으로 갑판에 뭔가를 그리고 있었다. 분필을 든 것도 아니고 주위가 어둡기도 해서 어떤 그림인지는 알아볼 수 없었다.

"……누나는 바다 앞 절벽에 혼자 남아서 열심히 수평선을 지켜봤는데 해가 다 지도록 아무것도 보이지가 않더래요. 그래서 그만 집에 갈까 하고 일어나는데, 언뜻 보이더라나요. 뭐였겠어요? 눈을 부릅뜨고 봤더니 검은 깃발을 달고 돛도 새까만 배가 마지막 남은 태양의 이마를 샥 스쳐가고 있더래요. 빨간 태양 속을 정말 재빠르게 통과해서, 바로 안 보이게 됐다나요? 진짜로 있었던 거죠. 그때 우리 누나는 너무 겁이 나서 그만……."

"으……."

리체가 고개를 수그리며 귀를 막으려다가 호기심 때문에 손끝만 멈췄다. 네빌은 의기양양하게 말을 이었다.

"신발 한 짝이 절벽 틈으로 떨어졌는데 주울 생각도 못 하고 미친년처럼 집으로 뛰어왔다나요? 나중에 정신을 차리고 보니까 발이 상처투성이였더라는 거죠. 어쨌든 집에 오자마자 곧장 병자의 방으로 뛰어들어갔는데, 사람들이 전부 손가락을 세우면서 쉿…….”

“아윽, 도대체 이 섬 사람들은 다 왜 이래!”

리체는 발딱 일어나 이야기가 안 들리는 뱃전으로 도망쳐버렸다. 곁에서 고참 선원이 킬킬 웃으면서 말했다.

“저 아가씨는 그래도 결단력이 있네. 무섭다고 되뇌면서도 끝까지 듣고 싶어서 남아 있는 놈들이 많은데.”

“벌써 이런 얘기가 세 번째인데 도망갈 법도 하지 뭘 그래.”

“먼저 무서운 얘기 하자고 한 사람은 우리가 아니라고요.”

“아가씨도 아니지, 뭘.”

그러면서 그들은 조슈아를 흘끔 보았다. 조슈아는 열심히 움직이던 손가락을 멈추고 고개를 들었다.

“그다음에는? 병자는 죽은 건가요?”

네빌이 김빠진 손짓을 해 보였다.

“쳇, 겁 안 내는 사람이 하나라도 끼어 있으면 얘기도 재미없어진다고요.”

“나도 겁나는데?”

“에이, 거짓말하시지 마요.”

“그런 얼굴이시면서 겁나시긴 뭐가!”

“이상하네. 왜 안 믿지.”

조슈아는 혼잣말처럼 뇌까리더니 손가락 그림을 마저 완성

하기 시작했다. 선원들이 눈짓을 주고받더니 말했다.

"그러지 말고 전하, 아니 소공작께서 하나 해보시죠. 이렇게 겁이 없으신 거 보니까 끝장나게 무서운 얘기가 나올 것 같은데."

조슈아는 묘하게 입술을 비틀며 웃었다.

"무서운 얘기라면 많이 알죠."

"야아, 기대되네. 얼른요."

고참 선원이 네빌의 뒤통수를 툭 쳤다.

"야, 야, 이놈아. 네가 감히 누굴 독촉하는지 알고나 있냐?"

네빌은 여전히 싱글거렸다.

"헤헤, 알고말고요. 천천히 하세요. 천천히 빨리요."

사흘간 함께 지내며 친근감도 많이 커졌다. '축복받은 아르님'이라는 이름만으로도 지레 어려워하며 안전거리 너머에서 기웃대던 선원들이 어느새 이 정도로 편하게 얘기할 수 있게 되었다. 물론 조슈아의 태도가 좌우한 부분이 컸다. 진짜 공작인 아버지가 있는 이상, 소공작인 자신은 거북하고 어려운 상대가 되고 싶지 않다고 했다. 페리윙클에 남은 사람들은 어쩔 수 없겠지만 함께 항해한 이들만이라도 편하게 대하고 싶다고, 권위의 기억만 갖고 돌아가고 싶진 않다고도 했다.

그렇다 해도 친구가 될 수는 없는 사이였다. 익숙한 욕설은 목구멍 너머로 꿀꺽 삼킨 채 얌전한 학생들처럼 묻고 대답하는 선원들에게도, 또 최소한의 격식을 잊지 않는 조슈아로서도 그랬다. 어떻게 행동하더라도 그는 이웃 소년 조슈아가 아니라 조슈아 폰 아르님이었다.

그런 점을 누구보다도 잘 알고 있었기에 조슈아는 오히려 배에서 즐겁게 지냈다. 잠시나마 페리윙클의 지붕 밑에서 태어나 이카본의 전설을 듣고 자란 바닷가 소년이 되어서. 나중에 이 배를 탔던 몇 안 되는 사람들이 저택의 문지기 늙은이가 알테나 폰 아르님이 만들어준 꽃팔찌를 잊지 않듯 조슈아와 함께한 며칠간의 항해를 기억해준다면 좋겠다고 생각하면서.

"옛날에 어떤 꼬마가 살았는데 이 꼬마는 책 읽는 걸 좋아했어요. 그런데 꼬마네 아버지는 벽돌 굽는 사람이어서 집에 책은 한 권도 없었어요. 마을의 수도원이라는 곳에는 책이 많았지만, 꼬마한테는 절대로 빌려주지 않았죠. 그래서 꼬마는 낮에 수도원의 서고에 들어가 구석의 벽장에 숨었어요. 사람들이 다 가버리는 밤까지 기다릴 작정이었죠."

조슈아의 말투는 어린아이들을 모아놓고 얘기하는 보모 같았지만 선원들은 별 반감을 느끼지 못한 얼굴이었다. 그들보다 열 살이나 스무 살쯤 어리더라도 상대는 '축복받은 아르님'이었다.

"드디어 캄캄한 밤이 되자 꼬마는 벽장에서 기어나왔어요. 촛불 한 개도 켜져 있지 않은 서고가 얼마나 캄캄했는지 꼬마는 자기 발에 걸려 넘어질 지경이었어요."

깜깜한 곳의 등장은 무서운 이야기의 시작이나 다름없었다. 등뒤의 램프 불빛을 받아 머리카락만 빛나는 조슈아는 또렷한 얼굴 윤곽에 그늘이 져서 언뜻 괴기스러워 보였다.

"꼬마는 촛대를 찾아냈지만 불을 켤 방법이 없었어요. 성냥처럼 귀한 건 갖고 있지 않았으니까. 그래서 어떻게든 밖에 나갔다 와야겠다고 생각하고 입구 쪽으로 더듬더듬 기어갔어요. 왜 기어갔느냐 하면, 두 발로 걸어가다가는 발이 꼬여 넘어질 지경이어서."

조슈아는 혼자 키득 웃었다.

"그래서 드디어 입구에 도착했는데 아뿔싸! 문이 밖에서 잠겨 있는 거였어요. 뭐 당연한 거지만 어쨌든 이대로는 꼼짝 없이 아무도 없는 서고에 갇혀서 아침을 기다려야 할 판이었어요. 책을 못 읽는 건 물론이고요. 꼬마는 더럭 겁이 났죠. 나갈 수 없다고 생각하니 어슴푸레한 책꽂이들이 다 괴물로 변하기라도 할 것처럼 생각되었어요. 아니, 이미 변해 있는 건 아닐까."

"그래서요?"

"그때 갑자기!"

"갑자기?"

"등뒤에서 누군가가 나타났어요!"

"호오."

"그가 꼬마의 어깨를 톡톡 치더니 여기서 뭘 하느냐고 묻는 거예요. 꼬마는 자기 입을 막았기 때문에 겨우 비명을 안질렀어요. 게다가 목소리를 들어보니 자기와 비슷한 또래가 아니겠어요?"

조슈아는 또다시 혼자 키득거렸다.

"손을 내미니까 아주 차가운 손이 잡혔어요. 차갑긴 해도 잡을 수 있는 손이니까 그래도 살아 있는 사람이구나, 그런 생각이 들었기 때문에 겨우 무서움을 떨칠 수가 있었죠. 꼬마는 너도 여기에 갇힌 거냐고 물어봤어요. 그랬더니……."

"그랬더니?"

조슈아는 목을 가다듬더니 상대 소년의 대답을 흉내냈다.

「아니, 난 여기가 집이야.」

약간 쉰 듯한 가느다란 목소리였다. 조슈아의 평소 목소리와는 사뭇 달랐다. 놀란 선원들이 얼굴을 마주봤다.

"아이고, 이거 소공작 목소리에 귀신 나오겠는뎁쇼."

"그럼 그 소년은 귀신이었나?"

"분명 창고 귀신이었을 거야. 사람들이 안 들어가는 잡동사니 창고에서 산다는 귀신 말이야."

"창고 귀신이었다면 그 꼬마 녀석은 다신 못 나오는데? 창고 귀신은 외로움을 몹시 타서 누가 들어오면 문을 잠그고 절대 내보내주지 않는다고 하잖아."

막시민이 조슈아를 흘끔 보더니 불만스러운 표정으로 중얼거렸다. 뭐라고 말하는지는 들리지 않았다.

"꼬마는 그 말을 믿기가 힘들었지만 이런 캄캄하고 끔찍한 곳에서 굳이 그런 문제로 싸우고 싶진 않았어요. 그래서 따지는 대신 '그럼 이 책들도 다 네 것이니?' 하고 물어봤어요. 소년은 바로 그렇다고 대꾸하는 거였어요. 그리고 꼬마에게 넌 왜 여기 있느냐고 물었죠. 꼬마는 머뭇거리다가 솔직하게 말했어요. 책을 보고 싶어서 숨어 있었다고. 그렇지만 캄캄해서 전혀 볼 수가 없게 됐다고. 그러니까 소년이 키득 웃더니 말했어요."

조슈아는 흉내내려는 것인지 몰라도 다시 한번 웃었다.

「무슨 책인지 말해봐. 난 여기 있는 책이라면 내용을 다 알고 있거든. 너한테 가르쳐줄게.」

선원들은 조슈아의 바뀌는 목소리에 적잖이 동요하는 모습이었다. 조슈아만이 여전히 장난치는 중이라고 생각하는 얼굴이었다.

"꼬마는 테슬라 알바의 『밤의 예식서』라고 말했어요. 그러자 보이지 않는 소년이 말하기 시작했어요. 제목에 이어서 서문부터, 책에 씌어 있는 그대로. 1장으로 넘어가자 점차 빠르게. 마치 책을 앞에 두고 읽는 것처럼."

막시민은 수도원이라는 말이 나왔을 때부터 어렴풋이 짐작하고 있었다. 늘 닫혀 있고 아이들에게는 열어주지 않는 수도원의 서고. 막시민도 알고 있었다. 가끔 궁금한 책이 생기면 친한 수도사를 괴롭혀서 얻어 보곤 했었다. 그러나 조슈아의 이야기는 그곳이 배경일 뿐 그냥 꾸며대는 이야기일 거라고 생각했다. 조슈아는 공연 대본을 쓰듯 앉은 자리에서 잘도 이야기를 만들어내는 녀석이었으니까.

그런데 아니었다.

"밤의 예식서. 영광은 땅에게, 진실은 밤에게, 노고는 새벽의 황금에게 돌리노라. 나, 순례자 테슬라 알바가 귀신의 날에 칼레도니의 검은 뒷골목을 걷고 있을 때 단 하나의 열린 문을 발견하였노라. 문에는 원숭이와 묻는 자의 눈과 황금 대접이 새겨져 있고 분필로 십자 표시가 그려져 있었노라. 순례자는 거침없이 문을 통과하였노라. 맨 먼저 부엌이 나타났는데 좌우로 네 개의 화덕에 올려놓은 가마솥이 있어서 각각 녹색, 황금색, 적색, 청색이었노라. 찬장에는 구리로 된 크고 작은 조리솥이 반짝거리도록 닦여 있고 그 아래에는 열두 가지 색깔의 병이 봉해져 있었노라. 병 속을 자세히 보니 각각 종류가 다른 독 품은 벌레가 한 마리씩 담겨 있는 것이 진실로 이교도의 풍습이었노라. 내가 다가가려 하자 적색 가마솥이 급히 끓으며 넘치는데 녹색 가마솥은 불이 꺼진 듯 조용하였노라. 나는 부엌을 통과하여 좁은 복도를 지나 다마스크 커튼으로 가려놓은 작은 거실 앞에 섰노라. 안에서 조용히 속삭이는 소리가 들리니 여인과 그의 딸인 듯하였노라."

선원들은 숨소리도 섣불리 내지 못하고 눈만 깜빡일 따름이었다. 그들의 소공작이 무엇을 할 수 있는 사람인지 모르지 않았으나 그렇다고 놀라움이 덜해지는 것은 아니었다. 흡사 시를 읊듯 하던 조슈아는 적당히 끊더니 다시 어조를 바꾸었다.

"꼬마는 홀린 것처럼 소년의 목소리를 듣고 있었어요. 2장으로 접어들고, 3장으로 넘어가고, 소년은 한 번도 더듬거리지 않았어요. 어느새 그 목소리는 사람의 목소리가 아닌 듯했어요. 책이 직접 말해주는 것 같기도 하고 서고가 말해주는 것 같기도 했어요. 서고에 살던 귀신이 말해주는지도 몰랐어요. 그러나 꼬마는 아무것도 물어볼 수가 없었어요. 자기가 입을 열면 영영 멈춰버릴까 봐. 그렇게 날이 밝도록 꼬마는 한 번도 입을 열지 않았어요. 책 한 권의 내용을 모조리 들었을 즈음 서고에는 새벽빛이 새어 들기 시작했어요."

"빛이 들어오면 귀신은 도망갈 텐데."

"그래서 어떻게 생긴 놈인지 얼굴을 봤대요?"

사람들은 내심 목소리뿐인 귀신이었다거나, 빛 속에서 무시무시한 얼굴을 하고 있었다거나, 그런 결말을 기대하는 것처럼 보였다. 조슈아가 마지막으로 키득 웃더니 대답했다.

"얼굴을 봤죠."

"어떤 귀신이었습니까요?"

"귀신 아니었어요. 그냥 사람, 소년이었다고요. 꼬마하고 나이도 비슷한."

"에에?"

"그럼 그 소년은 어떻게 거기 있었대요?"

"꼬마보다 먼저 들어갔던가 보죠."

"자기집이라던 얘긴 뭐래요?"

"꼬마가 겁내는 걸 보고 심심해서 해본 얘기였겠죠."

"얘기 끝입니까요?"

"네."

말을 끊으며 조슈아는 주위를 둘러봤다. 선원들은 다들 맥 빠진 표정을 짓고 있었다.

"어, 안 무서워요?"

"소공작께선 그 얘기가 무섭습니까요?"

"난 무서워죽겠는데."

"그 야그가 어디가 무섭당가요?"

조슈아는 오른쪽 입꼬리를 올리며 고개를 갸웃했다.

"귀신이 아니었잖아요. 그냥 사람, 그것도 아이인데 책을 완전히 외우고 있다니 보통 무서운 게 아니잖아요?"

"아, 참, 그러고 보니 그건 어떻게 된……."

네빌이 말을 이으려다가 문득 멈췄다. 상황을 깨달은 모양이었다. 곁에 앉았던 늙은 선원이 눈치를 주었다. 조슈아가 조그맣게 키득거리더니 말했다.

"아, 저런. 아무도 무섭지 않았다니 딴 얘기를 해봐야겠다. 뭐가 좋을까. 그래요. 어떤 남자가 말이죠, 애들을 죽이려고 쫓아오는데 오른손만 엄청 커서, 그 손으로……."

"입 안 다무냐."

막시민이 불쑥 말하자 조슈아는 웃음을 참느라 고개를 숙였다. 그러나 말을 그칠 생각은 없었다.

"그게 아니면, 어떤 사람이 너무 해야 하는 일이 많아서 잠시만 도망쳐 있으려고 했거든요. 세월이 흘러서 그만 집에 돌아가야겠다 싶었는데, 누군가가 와서 얘길 해주기를 자기집에 자기하고 똑같이 생기고 똑같이 행동하는 녀석이 나타나서……."

막시민이 벌떡 일어나더니 리체가 간 쪽으로 가버렸다. 조슈아가 어깨를 올렸다 내려 보였다.

"자기가 아는 얘기 한다고 그냥 가버리네. 참을성이라고는 없다니까."

그러더니 조슈아도 일어나 선원들에게 빙그레 웃어 보이고는 막시민을 뒤따라갔다. 남은 선원들은 입맛을 다시며 조슈아가 한 이야기를 다시 생각해보는 기색이었다. 누군가가 의견을 말하자 늙은 선원이 손을 내저으며 조용히 시켰다.

막시민은 리체 옆에 서 있긴 했지만, 아무 말도 않고 바다 쪽만 보고 있었다. 조슈아가 다가서자 목소리가 들렸다.

"유령 목소리 같은 거, 쉽사리 빌려도 되는 거냐."

"아아, 아니 뭐, 그냥."

조슈아는 조금 웃더니 가볍게 말했다.

"미안해."

"나한테 왜?"

조슈아는 입을 다물었다. 막시민은 한참 가만히 있다가 말했다.

"넌 네 인생이 무서운 이야기 같냐."

조슈아는 대답하지 않았다. 파도 철썩이는 소리가 열 번쯤 난 뒤에 이렇게 말했다.

"동화는 아니지. 적어도."

막시민은 혼자 팔짱을 끼며 흥, 하고 콧방귀를 뀌었다. 다시 파도 소리 열 번이 지나가자 대답이 들려왔다.

"그럼 난 무서운 이야기에 나오는 희생자 역인가 보군."

"그렇게 되지 않도록 할게."

"네가 어떻게?"

"어떻게든."

조슈아는 다시 파도 소리를 기다렸다가 말했다.

"정 안 되면 이런 방법도 있어. 주인공이 죽고 나면 어떤 얘기든 끝나거든. 얘기가 끝나면 남은 사람들은 절대로 죽을 일이 없는 법이잖아."

막시민은 평소와 달리 화를 내지 않았다. 대신 이렇게 말했다.

"그런 목소리로 잘도 농담을 지껄여대는구만."

"농담인 거 알았어?"

"농담이 아니었으면 네 녀석을 당장 바닷속에 처넣어서 무서운 얘기를 끝내버렸게."

"알아들어줘서 고마운데."

"옛날처럼 진담이 아니라서 내가 고마울 지경이다."

"응. 그냥 뭐든 농담이 될 수 있다, 그렇게 생각하고 싶어서. 여러 사람이 들어주면 더더욱 진짜 농담 같아지고. 내 공연이란 게 곧잘 그래."

그래서였을까. 연극에 익숙하지 않은 선원들이 듣기에는 다소 기괴한 일인극이었을 테지만, 조슈아 자신은 뭔가를 공연으로 표현하고 나면 오히려 그걸 가볍게 받아들이게 되는 듯했다.

잠시 후, 막시민이 말했다.

"데리고 다니다 보니 너란 놈에게도 나아지는 점이 생기는군. 네 친구가 된 이래 처음으로 보람차구만."

어조만은 여전히 신랄했다. 조슈아는 대답하는 대신 실쭉 웃으면서 리체에게 고개를 돌렸다.

"리체 넌 뭘 봐?"

아까부터 꼼짝도 않고 바다만 보고 있기에 한 말이었다. 그러자 리체가 조슈아에게 다가오라고 손짓했다. 나란히 서자 리체가 뱃전 너머로 손가락을 뻗었다.

"저길 봐."

그쪽에는 불빛인지 별빛인지 모를 빛이 몇 개 보일 뿐이었다. 조슈아는 자세히 보려고 애쓰며 말했다.

"이상한 거라도 있어?"

"별일까? 저기 제일 큰 별 아래에 노르스름한 점 세 개 말이야. 저거 잘 봐봐."

잠깐 시간이 흐른 뒤에 조슈아가 말했다.

"움직이네?"

"그렇지?"

조금 더 지켜보자 노란 점들은 왼쪽으로 움직이면서 차츰 커졌다. 정면은 아니라 해도 이쪽과 가까워지고 있는 것이 틀림없었다.

"배일까?"

"그럴 수도 있겠지만."

지나가는 배를 발견했다고 아주 별난 사건이랄 것까진 없었다. 그러나 리체는 뱃전에 팔꿈치를 짚으며 미간을 찌푸렸다.

"우리가 움직이고 있었다면 일찌감치 멀어져버렸을 텐데, 우리가 정선하고 있으니까 계속 보이는 거잖아. 그런데 여긴 암초 지대라면서? 저 배는 왜 밤에 움직이는데?"

"밤 항해에 자신이 있어서?"

"이 배의 선원들은 실력이 나빠서 이러고 있단 말이야?"

조슈아는 고개를 갸웃거렸다.

"그건 아니겠지. 음…… 그럼 여기가 어떤 곳인지 잘 몰라서? 항로를 잃고 잘못 들어왔기 때문에?"

"그러기가 쉽지 않을까?"

점이 커지는 속도는 점차 빨라졌다. 두 사람은 긴장해서 얼굴을 마주보았다. 조슈아가 말했다.

"저러다가 암초에 부딪힐지도 몰라. 사람들을 불러서 경고를 해줘야겠어."

가만히 있던 막시민이 입을 열었다.

"지금이 낮이었다면 경고가 아니라 전투 준비를 해야 했을 걸."

"저 배가 해적이라도 된단 말이야? 이런 곳에서?"

조슈아가 반문했지만 리체는 막시민과 같은 의견이었다.

"막시민의 말이 맞아. 신호도 없이 우리 배의 항로를 침범해오잖아."

조슈아가 고개를 저었다.

"이쪽 바다는 지나가는 배를 만나기 힘든 곳이야. 해적질을 할 작정이라면 일부러 이런 곳까지 올 리 없어."

"그러면 대체 왜 다가오는 건데?"

"혹시 이쪽에 해적 소굴이라도 있는 거 아냐?"

거기까지 말했을 때였다. 조슈아의 예민한 귀에 어떤 소리가 들려왔다. 가락을 가진…… 음악 소리였다.

"음악 소리라고? 이 밤중에?"

조슈아의 말을 들은 리체는 기분 나쁜 상상을 하는지 표정이 좋지 않았다. 막시민과 리체가 귀를 기울인 지 얼마 안 되어 그들의 귀에도 들려왔다. 피리와 현악기 등이 섞인 흥겨운 가락이.

"선상 파티라도 열었나?"

'어둠 속에서 들려오는 음악'이라고만 했을 때 무심코 상상한 것과는 달라도 한참 달랐으므로 리체의 긴장감은 금방 풀렸다. 사람을 홀리는 음산한 피리 소리 따위가 아니라 그저 떠들썩한 음악이었다. 그러나 막시민은 여전히 미간을 찌푸렸다.

"대체 왜 다가오는 거지."

"어쨌든 저 배에 경고 좀 해주라고 얘기해야겠어. 노느라고 암초도 발견 못 하면 안 되잖아."

무서운 이야기가 제격인 밤

"저 배는 쓸모없는 세 녀석이 몰고 온 미의 극치호가 아니라고."

그렇게 대꾸하긴 했어도 막시민은 휘적휘적 갑판 쪽으로 사라졌다. 저쪽 배를 위해서든 우리 배를 위해서든 선원들의 판단이 필요했다. 막시민이 간 뒤에도 리체는 계속 불빛들을 바라봤다. 음악 소리는 점차 커졌고 뱃전을 치는 물소리도 가까워졌다. 배의 윤곽이 드러날 무렵 세 개라고 생각했던 불빛은 어느새 수십 개가 되어 있었다. 배 전체에 불을 켜놓은 모양이었다.

"어쩌자고 저렇게 불을 많이 켜놨을까? 실수로 갑판에 떨어지면 어쩌려고?"

리체가 중얼거렸다. 조수아는 뱃전 너머로 몸을 내밀었다. 좀더 잘 들어보려는 것처럼. 떨어지지 않을까 조금 겁이 날 정도로 위태한 자세였다. 바람을 받은 머리카락이 이마를 수없이 쓸어내렸다. 그렇게 한참 동안 어둠 속을 쏘아보던 조수아가 말했다.

"누가 노래하고 있어."

"어떤 노랜데?"

리체에게는 아직 들리지 않았다. 조수아는 잠시 더 귀를 기울이다가 말했다.

"상당히 잘하는 노래."

조수아의 입에서 이런 말이 나오기가 무척 어렵다는 것을
알기에 리체는 눈을 동그랗게 떴다.

> 항구의 아가씨 잔을 받지 아니하니
> 뱃머리 미녀께 그 술 대신 올리고
> 나무로 된 뺨에다 키스해드리고
> 빈 술병은 바다에 처넣어버렸네.

> 남은 술은 물고기 놈이 처먹었으니
> 내일 낚은 생선이 얼근히 취했거든
> 내 술 먹은 놈인 줄 알고 건져다가
> 술 싫다는 아가씨한테 갖다드리라.

처음 듣는 곡인 것은 물론 노랫말도 이상한 것이, 즉석에서
지어 부르는 것 같았다. 그것도 술김에 말이다. 그런데 곁에
서 즉시 화답이 튀어나왔다.

> 항구의 아가씨가 생선 한입 드시고는
> 일어나 치마 걷고 춤을 추며 말하길
> 이 생선에 진귀한 미약이 들어 있나니
> 먹는 자는 절로 웃음이 난다 하시네.

노래 실력은 훌륭했지만 상대방과 수준을 맞춘 것 같은 노랫말에 리체는 웃음을 참기가 힘들었다. 노래를 맺은 조슈아는 세운 발끝을 탁 울리며 맞은편 배를 향해 절까지 했다. 리체가 물었다.

"뭘 하는 거야?"

"상대방의 노래에 오마주를 바쳤으니 마땅히 인사도 해야지."

"오마주인지 그게 대체 뭔데?"

조슈아는 대답하지 않고 다시 귀를 기울였다. 이윽고 그는 손을 마주 비볐다가, 몇 번 쥐었다 폈다 했다.

"저쪽 배에 가보고 싶은데."

"들여보내줄 리가 있겠어?"

설사 불러준다 해도 낯선 배로 건너갈 생각 따위는 전혀 없었으므로 리체는 건성으로 대답했다. 하지만 조슈아는 농담이 아니었다.

"안 되더라도 부탁은 해볼 수 있겠지."

그즈음 막시민이 선원들과 함께 돌아왔다. 선원들은 커다란 신호용 등을 가지고 왔다. 상대 배는 이미 멈추어 있었지만, 일단은 정지 신호를 보냈다. 리체는 신기하게 생긴 신호용 등에 곧장 달라붙었다. 조슈아는 뱃전에 턱을 괴고 뭔가를 궁리하는 중이었다.

보인 것일까? 잠시 후 저쪽에서도 신호등이 올랐다. 얼마 동안 '쓸모없는 세 사람'이 이해할 수 없는 신호가 양쪽 배에서 오갔다.

"뭐라 합니까?"

조슈아가 묻자 신호하는 선원을 지켜보고 있던 늙은 선원이 대답했다.

"배는 뭐 이미 멈춰 있었으니까 된 건데…… 에…… 저 배는 우리 섬 출신 배가 아니라는뎁쇼. 하긴 페리윙클 사람이라면 이쪽 해역을 저렇게 모를 수가 없고말고, 암. 그런데…… 아, 저 배는 모항이…… 렘노스코드? 조개 반도에 있는 데던가?"

신호를 하던 선원 중 하나가 대답했다.

"네, 조개 반도 서쪽 관자 만灣에 있는 아노마라드령領 항구입니다. 그런데 항구라기보다는 그냥 조그마한 마을인데."

"그 멀리서 이런 데까지 대체 뭘 하러 왔다냐?"

"그걸 이제부터 물어볼 참입니다."

선원은 다시 신호등으로 주의를 돌렸다. 조슈아가 늙은 선원에게 물어보았다.

"등불 신호로 그렇게 자세한 얘기도 주고받을 수 있어요?"

"그러믄입죠. '네놈의 엉덩이 냄새나 맡아라' 같은 말도 보낼 수가 있습죠."

늙은 선원이 그 예를 아주 자랑스럽게 말했기 때문에 세 사람은 웃을 수도 없었다. 신호용 등에는 뚜껑이 달려 있어서 그것을 열었다가 닫았다가 하는 것으로 내용을 나타냈다. 길게 열어두기도 하고 잠깐 열었다가 바로 닫기도 하는 것으로 보아 꽤 다양한 조합이 있는 모양이었다. 그런데 좀더 신호를 주고받던 선원이 괴상한 표정을 지으며 늙은 선원과 조슈아를 돌아봤다.

"제가 잘못 본 것이 아니라면 말입니다, 저들은 자칭 '바다의 유랑 극단'이라고 하는데 말입죠."

늙은 선원이 물었다.

"바다 뭐? 그게 뭔데?"

"그게 왜, 육지에서 이 마을 저 마을 떠돌아다니는 그런 거 있잖습니까. 그걸 바다에서 하나 본데요."

"바다 한가운데에서 노래하고 춤을 춰대면 그걸 누가 봐준다는 거냐? 날치나 다랑어가 쌈짓돈 털어 봐주는 거냐?"

"가까운 항구를 돌아다닌다는 얘기겠지만……."

"그게 말이 되려면 이 근처에 항구가 있어야 되지 않겠냐! 그런데 요쪽 바다에는 암초와 무인도밖에 없지 않냐?"

"따지고 보면 그렇습니다만……."

두 선원이 고개를 갸웃대는 동안 다른 세 사람도 나름대로 고찰을 나누었다. 조슈아가 먼저 말했다.

"바다를 떠도는 유랑 극단이라는 것이 실제로 있긴 했구

나. 칼라이소 사람들이 우리 배가 너무 우스워 보여서 한 소리린 줄 알았더니."

"그런 게 실제로 있든 없든 저쪽이 진짜 유랑 극단이라는 증거가 되어주는 건 아니라고."

막시민의 말에 리체가 맞장구쳤다.

"맞아. 이 정도 불빛으로는 배 모양도 안 보이잖아. 저쪽 배가, 그러니까 우리 배처럼 생겼는지도 알 수 없고."

"미의 극치호처럼 생겨야 유랑 극단이 되는 건 아닌데."

"내 말은, 우리 배처럼 생겼는지 알 수 없으니까 우리 배처럼 생겨도 유랑 극단이 아닐 수도 있지만 우리 배처럼 생기지 않으면 그래도 유랑 극단이 아닐 수도 있다…… 그런 뜻이잖아!"

조슈아는 고개를 갸웃거렸다.

"그런 뜻인 거야?"

거기까지 얘기했을 때, 이어서 신호를 주고받던 선원이 이번에는 미심쩍은 표정으로 돌아보았다.

"저기, 저들이 우리더러 자기들 배로 하룻밤 건너와서 진탕 먹고 마시고 놀아보는 게 어떻겠냐는데요?"

"제발!"

아는 사람의 배도 아니고 페리윙클 선적선도 아니다. 나쁜 의도를 갖고 있지 않다고 장담할 근거라고는 없었다. 유랑 극단에서 밤새워 놀자니까 재미있을 수도 있겠지만, 재미있을 것 같다고 괜한 위험을 무릅쓸 필요는 없었다.

그런데 재미있을 것 같다고 괜한 위험을 무릅쓰는 사람도 있었다.

"그렇게 간절하게 외칠 것까진 없잖아. 이게 뭐 그렇게 위험한 일이라고 그래?"

"바다에서 한밤중에 마주친 낯선 배에 건너가겠다는 생각이 위험하지 않다고?"

리체가 받아치자 조슈아는 사실에 가깝게 말을 고쳤다.

"음, 그러니까, 내가 지금껏 해왔던 일들에 비하면."

이윽고 깨어 있던 선원들이 모두 뱃전에 모였다. 저마다 맞은편 배를 향해 목을 뺐지만 수십 개의 등불 사이로 어른거리는 그림자들만 보일 뿐이었다. 한 선원이 말했다.

"저 등 좀 봐. 설마 밤새 저렇게 불을 켜놓나?"

"바다에서 생선 대신 기름통이라도 낚는 모양이지?"

"왜, 그것도 방법이 있지. 고래를 잡으면 기름이 잔뜩 나오잖나. 배가 휘청거릴 만큼은 나올걸."

"저 배가 고래를 낚았다면 한번 구경하러 가볼 만하겠군."

선원들은 리체만큼 심각하게 생각하는 것 같지 않았다. 어쩌면 조슈아가 어떤 사람인지 아직 잘 몰라서일 수도 있었다.

당직을 서던 일등항해사가 마지막으로 도착했다. 쉰 살쯤 된 땅딸막한 사내인 그는 열두 살에 견습 선원이 된 후로 땅 위보다 갑판에서 보낸 시간이 더 길다는 사람이었다. 그는 자초지종을 조금 듣는 체하다가 다짜고짜 말했다.

"어이, 저쪽 배에서 초대를 했다 그 말이렷다?"

"옛, 배의 생일이 돌아와서 선상 연회를 열었다 합니다."

리체는 조슈아를 말려줄 것을 기대하며 항해사를 쳐다봤다. 그러자 항해사가 리체를 향해 눈을 찡긋했다.

"그거 좋지. 요새는 배 생일을 챙기는 뱃놈들이 드물어져서. 그래, 배 이름은?"

"'고향의 별'호입니다."

"이름이 예스럽구먼. 그래서 누가 가기로 했나?"

"예? 가는 겁니까?"

"이봐, 바다에서 초대를 거절하는 법은 없어."

리체는 경악하여 입을 벌리고 항해사를 쳐다봤다. 그러자 다시 한번 항해사가 눈을 찡긋해 보였다. 리체는 참지 못하고 소리쳤다.

"아저씨! 아니지, 항해사님! 진심으로 하는 말씀이세요?"

"농담처럼 들렸습니까?"

"아니, 하지만 저쪽 배가 해적일 수도 있잖아요!"

"물론 저쪽 배가 특별히 아가씨를 천국으로 데려가기 위해

무서운 이야기가 제격인 밤

관을 싣고 온 배일 수도 있겠죠."

리체는 더 흥분했다.

"그런데 오란다고 아무 준비 없이 가도 돼요?"

"이거 섭섭한데. 우린 언제나 준비가 되어 있는데요."

"무슨 준비요?"

"예절을 모르는 녀석들의 대가리로 볼링을 할 준비."

볼링이 뭔지 모르는 리체가 동그랗게 뜬 눈만 굴리고 있는 동안 항해사는 휘적휘적 선원들 틈으로 들어가 팔을 휘두르며 소리쳤다.

"자아, 자, 차비들을 해라! 우리 소공작 전하께서 유랑 극단의 배에 행차하신다니 그만한 격을 갖춰야지!"

조슈아가 재빨리 다가가 항해사의 팔을 툭 쳤다.

"그런 건 필요 없어요. 난 그냥 평범한 선원처럼 보이고 싶거든요. 다른 분들한테 섞여서요."

그러는 편이 마음놓고 편히 놀기 좋을 테니까, 라는 말은 생략되었지만 항해사는 한쪽 눈썹을 올리며 리체한테 하던 것처럼 눈을 찡긋거렸다.

"흐흐, 저희가 준비하려는 것도 별다른 건 아니고 다만 볼링 핀 정도입니다요."

리체는 마지막 희망을 붙들려 했다. 다시 말해 한쪽에서 팔짱만 끼고 있던 막시민을 붙들고 못다 한 말을 쏟아부어댔다.

"네가 좀 말려봐. 조군은 네 말이라면 그래도 귀를 기울이 잖아."

"귀를 기울이는 척만 하지."

"그게, 그랬던가? 하지만 그랬더라도 말리려는 시도는 해 봐야 되잖아? 안 그래?"

막시민의 반응은 더욱 뜻밖이었다.

"별일 아닐 땐 하고 싶은 대로 하게 내버려둬. 일일이 말리 려고 들어서야 말리는 쪽도 보통 번거로운 게 아니라고."

"이게 별일이 아니니?"

막시민은 리체를 흘끔 보더니 말했다.

"너도 가지그래."

"뭐?"

선원들에게 둘러싸여 신나게 얘기하고 있던 조슈아가 막시 민을 일부러 돌아보며 싱긋 미소를 보냈다. 막시민은 답례로 이맛살을 찡그려 보이고는 다시 리체를 봤다.

"만약에 네가 해적이라고 생각해보자. 지나가는 배를 털려 고 마음을 먹었단 말이지. 한데 지금은 한밤중이다. 그럴 때 첫째로, 저쪽에서 자기 배를 먼저 발견하도록 불을 잔뜩 켜고 다니겠냐?"

"아, 그건…… 글쎄, 별로."

"둘째로, 속임수였든 뭐였든 우리 배로 와서 술 한잔하라

155
—
무서운 이야기가 제격인 밤

고 권하는 것보다 선수쳐서 대포나 쏘는 쪽이 논리적, 아니 합리적이지 않겠냐?"

"해적한테 무슨 합리를 찾니? 인질을 잡으려고 이러는 것일 수도 있잖아? 인질을 잡아서 항복을 받아내고 나서……."

"이것 봐, 리체. 해적한테 걸리면 보통 모조리 죽는다고. 선원 몇 명 잡혔다고 순순히 항복하는 배가 있을 턱이 없지. 항복해봤자 다 죽을 게 뻔하니까. 무엇보다 해적들이 무슨 놈의 인질은 인질이야? 배하고 바꿀 만큼 중요한 해적 대가리 따윈 없단 말이다."

리체가 턱을 쳐들었다.

"이쪽에는 소공작 조슈아 폰 아르님이 있잖니!"

"저쪽에서 그걸 어떻게 아냐? 소공작께서 왜 뜬금없이 이런 곳에 계신지, 어째서 중요한 분이신지, 알 턱이 있냐? 렘노스코드 출신의 유랑 극단 배가?"

"렘노스코드가 어딘지 너 알아?"

"내가 들어보지도 못했을 정도로 시골 구석탱이란 건 알지."

리체는 슬슬 처음 견해를 고수해야 할지 설득당해야 할지 고민하며 고개를 갸웃거렸다. 그러다가 불쑥 물었다.

"참, 그런데 볼링은 대체 뭐니?"

"아노마라드 놀이야. 사람 머리통만 한 공을 굴려서 세워놓은 핀들을 넘어뜨리는 거지."

붉은 등, 검은 깃발

죄인을 돛대 높이 매달아라.

풀리지 않게 단단히 묶어라.

목을 맬 밧줄은 필요 없다.

태양의 먹이로 줄 테니까.

장루에 올라가는 녀석들은

죄인에게 음식을 주지 마라.

물 한 방울도 주면 안 된다.

함께 매달리고 싶지 않다면

비가 오면 좀더 살 테니까

그때는 거꾸로 매달아라.

펄럭이는 돛을 저주하면서

바삭바삭 말라가도록.

◈

수십 개의 붉은 등이 일행을 맞았다.

낮은 활대를 따라 열 개, 삼각돛대로 연결된 밧줄에도 다섯 개, 선실 입구에도 두 개, 그리고 뱃전에는 열서너 개나 매달려 있었다. 그리고 모양도 철사로 구형 뼈대를 만들고 종이를 발라 붙인 것이 영 낯설었다. 또 평범한 램프라면 아무리 등갓을 씌운다 해도 저렇게 바람 부는 곳에서 줄곧 켜져 있지는 않을 것이다. 그러나 붉은 등은 활대에 나란히 내걸린 채하나도 꺼지지 않고 춤을 추었다. 배의 모습은 불그레한 불빛속에 취한 것처럼 떠올라 있었다.

만약 진짜 불이라면 돛에 옮겨붙어 순식간에 배를 태워버릴지도 모르는 일이었다. 조슈아는 어느 정도 짐작하면서 물어보았다.

"저 등불은 어떻게 된 거죠?"

그들을 맞이한 젊은이가 씩 웃으며 말했다.

"그건 저희만의 비밀입니다."

곁에서 한 사람이 거들었다.

"쉽게 알려드릴 수야 없죠. 불이 나진 않으니 안심하시고요."

조슈아가 보기엔 요즘 극장마다 어느 정도 일반화된 조명 마법사들의 불빛과 비슷하지 않은가 싶었다. 다만 상대가 으스대는 것을 보고 예의상 감탄한 표정을 지었을 뿐이었다. 그러나 극장 조명의 원리 따위를 알 리 없는 선원들은 생각이 달랐다.

　"야, 난 저거 신경쓰이는데."

　"진짜 불이 안 나나?"

　"괜히 큰소리치는 거 아냐? 그러다가 불이 붙어버리면?"

　젊은이와 조슈아는 거의 동시에 말했다.

　"그런 불이 아니라니까."

　"그런 불 아니에요."

　젊은이는 '당신이 어떻게 아느냐'는 눈빛으로 조슈아를 돌아봤다. 조슈아는 미소로 얼버무렸다.

　고향의 별호에 건너온 사람은 모두 여덟 명이었다. 조슈아와 막시민, 리체, 이등항해사, 그리고 놀기 좋아하는 선원 네 명이다. 반면 당연히 갈 것처럼 말하던 일등항해사는 오히려 배에 남았다. 언제 돌발 사태가 일어날지 모르는데 당직 항해사가 자리를 비울 수 없다는 일견 당연한 이유를 대면서. 대신 그는 이등항해사를 깨워 조슈아를 호위하도록 명령했다.

　조슈아는 가장 궁금했던 것을 물어보았다.

　"그런데 아까 큰 소리로 노래 부르던 분은 누구인가요? 한

번 뵙고 싶은데요."

"노래요? 아, 노래."

젊은이는 상갑판 밑으로 가더니 선실 문짝을 두드렸다. 그
러자 한 사람이 뛰어나오면서 모자를 벗고 절을 했다. 뱃사람
치고 어울리지 않는 중절모를 쓴 그는 후리후리한 키에 뼈마
디가 툭툭 튀어나올 정도로 마른 사내였다.

"자, 자, 어려운 걸음 하셨습니다. 이렇게 오셨으니 망설
일 것 없이 한판 놀아보는 겁니다. 저희가 원래 공짜로 뭘 보
여주는 사람들이 아닌데, 오늘은 특별한 날이니까 눈 좀 씻
게 해드리지요. 뭘 보실까요? 인형극도 있고, 줄타기도 있고,
바퀴 타기도 있고, 노래에 춤도 있죠. 웃기는 거 보시렵니까?
어제 내렸던 항구에서 대인기를 끌었던 '코주부와 혹부리' 이
거 어떻습니까? 물론 오늘은 우리가 술을 좀 펐기 때문에 내
용이 약간, 아니 많이 달라질 수도 있어요. 핫핫핫!"

조슈아 일행이 뭐라 대답하기도 전에 상갑판에서 여자 둘
이 뛰어내려 와서 또다시 절을 했다. 그들은 물들인 깃털이
달린 챙 넓은 모자를 쓰고 있었는데 솔직히 최신 유행은 아니
었다.

"어서 오세요! 술통에는 술이 잔뜩, 사과 통에는 사과가 잔
뜩! 물에 젖은 비스킷도 잔뜩, 선창에는 쥐도 잔뜩! 없는 거
없는 우리 배에서 오늘밤을 재미없게 보내시면 곤란해요."

"슬슬 밤참 먹을 시간이 된 것 같죠? 선창에 어제 갓 실은 쇠고기가 아직 신선합니다요. 아니, 배에 신선한 고기가 웬말이냐고요? 아따, 고기에 친 소금이 알짜로 신선하다 그 말씀이지요. 좌우지간 맛 좀 보실랍니까? 고기가 짜다 못해 달다니까요. 달아져버렸어."

구석에서 가늘게 들려오던 바이올린 소리가 불쑥 커지더니 빨라졌다. 동시에 피리 소리도, 또 다른 바이올린 소리도 끼어들었다. 남자 서넛이 어린아이 키만 한 쇠꼬챙이에 꿴 구운 사과와 고깃덩이를 들고 나왔다. 또 다른 사람들은 가득찬 술통을 끙끙대며 갑판에 내다 놓았다. 어느새 사방이 왁자해졌고 이미 술이 얼근히 오른 사람들이 여기저기에서 얼굴을 드러냈다. 바야흐로 재미있어지려는 분위기였지만 조금 이상한 느낌이 들기도 했다. 아까부터 파티를 하는 중인 줄 알았는데, 분위기는 이제 막 파티가 시작되려는 것처럼 보이니 말이다.

조슈아는 선실에서 나왔던 말라깽이 남자를 붙들었다.

"노래 부르셨던 분이 당신인가요? 그러니까 아가씨가 술을 받지 않아서 선수상에 부어버렸다던 노래요."

"그게 무슨 노래지?"

남자는 고개만 갸웃대더니 사람들 틈으로 들어가버렸다.

조슈아는 주위를 둘러보았다. 그들을 안내했던 젊은이도

붉은 등, 검은 깃발

어디로 사라졌는지 보이지 않았다. 선원들은 이쪽 배의 사람들과 선뜻 어울리며 술잔을 들었고, 자기들이 아는 가장 웃긴 이야기가 다투어 튀어나오는 중이었다. 배는 딱 기분 좋을 정도로 흔들리고 있었다. 이상할 것은 조금도 없었다. 다만 문득 생각나서 알테나호가 있는 쪽을 돌아봤는데 어둠 탓인지 얼른 눈에 띄지 않았다.

조슈아는 고개를 흔들었다. 그가 선동해서 선원들을 데리고 왔으니 같이 재미있게 노는 것도 그의 의무였다.

달빛이 붉었다. 아니, 붉은 등 때문일지도 모른다. 물안개가 끼어 달이 붉어지는 것도 아주 드문 일은 아니었다. 하지만 날씨가 흐려질 기미는 보이지 않았다.

막시민은 상갑판에 누워 팔베개를 한 채 하늘을 올려다보았다. 묘하게 별이 드물다는 점이 마음 한구석을 건드렸다. 그는 누운 채 아래 갑판에서 나는 소리에 귀를 기울여보았다. 뒤섞인 사람들의 목소리를 구별하긴 힘들었다. 여전히 파티가 계속되고 있다는 것만은 알았다. 아직 끝날 기미는 보이지 않았다.

막시민은 몸을 일으켰다. 아래 갑판에서 어떻게들 하고 있는지 보겠다는 생각이었지만, 옆에 놓아둔 잔이 비었다는 사실이 어쩌면 더 큰 이유였다. 잔을 쥐고 막 상갑판을 내려가기 직전에 그는 누군가와 눈이 마주쳤다. 처음엔 눈이 마주친 줄도 몰랐다. 어두컴컴한 구석에 웅크리고 있었던 것이다. 밧줄을 뭉쳐놓은 뱃전 아래 후미진 곳이었다. 소년 선원이었다. 열두세 살쯤 되었을까.

"왜 그런 데서……."

먼저 말을 꺼내려다 막시민은 입을 다물었다. 이 배에서는 그가 손님이었다. 누가 어떤 구석에 있든 참견할 일이 아니었다.

소년은 막시민을 오랫동안 쳐다보았다. 웅크린 등과 제 몸을 껴안은 팔을 펴지도 않았다. 겁먹은 토끼처럼 눈만 치떴을 뿐이었다. 막시민이 발견하기도 전부터 쳐다보고 있었을까? 견습 선원일 테니 벌을 받아 거기에 있는지도 몰랐다. 상관하지 않는 편이 좋을 듯했다. 일일이 끼어들어 동정심 많은 누군가로 보이는 것도 분명 안 내켰다. 별일이 있을 턱이 없다. 앞을 지나쳐 내려가려고 했지만…….

"거기서 뭘 해."

결국 말하고 말았다. 소년은 떨리는 턱을 멈추려 애썼다. 일부러 한숨을 깊게 내쉬기도 했다. 막시민은 다가가려다가 멈칫하고는 거리를 두고 바닥에 쭈그리고 앉았다.

"밑에서 재미있게들 노는 모양인데."

막시민은 자신이 좀 이상해진 모양이라고 생각했다. 예감이 발달했다고 생각한 일은 없었다. 그는 추론을 즐기는 사람일 뿐이었다. 따져보면 그렇게까지 불쌍하게 생각할 상대도 아니었다. 그를 불러 앉힌 것은 분명 동정심만이 아니었다.

"무슨 일 있냐?"

"……."

순간적인 일이었다. 웅크리고 있던 소년이 갑자기 상체를 움직이며 팔을 뻗었다. 작은 손이 재빠르게 막시민의 손목을 움켜잡았다. 반사적으로 떨쳐버리려 했지만 저쪽에서 먼저 놓았다. 소년은 웅크렸던 구석으로 돌아가는 대신 무릎과 손을 짚고 엎드린 채 고개만 꼿꼿이 들어 막시민을 보았다.

막시민은 스스로도 의아해질 정도로 침착하게 물었다.

"왜 그래."

상대가 대답이 없자 다시 분명하게 물었다.

"왜 그렇게 떨었지?"

손목에 아직도 떨림이 남은 듯 느껴졌다. 소년은 무릎으로 기어 두어 걸음 나오더니 막시민 앞에 쪼그리고 앉았다. 그러나 여전히 말은 없었다.

"그럼 마음이 편해질 때까지 그러고 있어."

막시민은 다리를 풀고 자세를 편하게 했다. 한참 동안 그렇게 나란히 앉아 있기만 했다. 몇 번인가 내려다봤지만 그때마다 눈이 마주쳤으므로 불편해져서 먼저 시선을 돌리고 말았다. 마지막으로 보았을 때, 막시민은 소년이 자신의 얼굴이 아니라 조금 다른 곳을 쳐다보고 있다는 것을 알았다. 시선을 따라가니 막시민의 어깨 언저리였다. 손을 뻗어 만져보았다.

바이올린이었다.

"이거?"

행장에 대충 찔러 넣고 다니는 낡아빠진 바이올린, 이렇게 갖고 다니는 것을 쥬스피앙이 보았더라면 펄쩍 뛰었을 테지만, 카프리치오였다. 머리 쪽이 조금 튀어나온 것을 보았던 모양이었다.

"켤 줄 몰라."

물론 거짓말이었다. 손대고 싶지 않았기에 한 말이었다. 전부터 자주 켜던 물건은 아니었다. 그러나 쥬스피앙에게 그런 얘기를 들은 후로 더더욱 손대기 어려워졌다. 한동안 느긋하게 바이올린을 켤 만한 여유가 없기도 했다. 소년이 계속 쳐다봤지만 막시민은 고개를 흔들었다.

소년은 떼를 쓰지 않았다. 그냥 시선을 바닥에 떨어뜨렸을 뿐이었다. 잘 보니 여전히 오한이 이는 듯 어깨가 떨렸다. 막시민은 미심쩍은 표정으로 뺨을 실룩거렸다. 실은 처음부터 줄곧 그 표정이었다. 다른 사람이 볼 때는 그의 머릿속에 어떤 복잡한 생각이 뒤엉키고 있는지 짐작하지 못할 것이다.

막시민은 주머니에 손을 넣었다. 아이의 관심을 끌 만한 것이 없을까 했는데 마침 적당한 것이 잡혔다. 저녁 무렵 알테나호의 선원들이 꺼내 왔던 카드 뭉치였다. 그게 어째서 막시민의 주머니에 와 있는가 하는 점은 둘째 치고, 그는 카드를 꺼내 바닥에 내려놓았다. 그리고 소년의 기색을 살폈다.

뜻밖이었다. 카드놀이 정도는 다들 알고 있지 않나 생각해서 꺼낸 건데 소년은 난생처음 보는 것처럼 신기해하는 표정이었다. 손을 내밀려다가 눈치를 살폈고, 망설이던 손이 이윽고 카드 뭉치를 흐트러뜨렸다. 넓게 흩어지자 카드의 문양들이 드러났다.

소년은 금화가 그려진 카드를 한 장 집었는데 보통 사람들이 카드를 다룰 때 그렇듯 손끝을 쓰지 않고 두 손으로 좌우를 꼭 쥐고 살펴보았다. 카드의 인쇄 품질은 조잡했지만 그림 자체는 훌륭한 편이었다. 물론 막시민은 그런 것에 신경쓴 적이 없었지만. 이윽고 소년의 입에서 첫마디가 나왔다.

"아아…… 신기하다."

"카드일 뿐이잖아."

소년은 잠시 사이를 두었다가 한결 나아진 목소리로 물었다.

"카드가 뭔가요?"

막시민은 어깨를 으쓱했다. 카드놀이는 기껏해야 심심풀이일 뿐 모른다는 사람한테 굳이 가르쳐줄 정도로 중요한 거라고는 생각하지 않았다. 새로운 것에 관심을 갖느라 오한도 가라앉은 듯하니 그만하면 카드는 역할을 다한 거였다. 그런데 소년의 입에서 뜻밖의 말이 나왔다.

"카드가 뭔진 모르겠지만 이 그림은 알아요."

"그림을 안다고?"

"어떻게 손에 넣었어요?"

중요성도 없는 얘기를 구구절절 설명하자니 번거로웠다. 막시민은 그냥 한쪽 손만 펴서 내보였다. 대답하기 싫을 때의 표현이었다. 소년은 혼자 고개를 끄덕이더니 말했다.

"우리 할머니가 갖고 계시던 그림이에요. 할머니 친구가 그려줬죠. 예언하는 사람."

"이 카드 그림이?"

"이렇게 오래 남을 줄은 몰랐는데. 요샌 이걸 뭐에 쓰죠?"

어리둥절한 문답이 되어버렸다. 막시민은 간단히 대꾸하려 했다.

"장난감일 뿐이야."

"장난감이라고요? 그런 것이 아닌데."

소년이 자세를 바로잡으며 앉더니 심호흡을 했다. 고개를 들었으므로 그제야 얼굴이 보였다. 소년은 꺼슬꺼슬 흐트러진 머리카락 아래로 주근깨가 박힌 창백한 뺨과 얇은 입술을 하고 있었다. 소년 선원다운 활기는커녕 앓다 일어난 것처럼 시들시들했다. 특히 눈에 빛이 없었다.

소년은 쥐고 있던 카드를 내려놓고 두 손으로 관자놀이를 잠시 눌렀다. 바람이 불어와 카드 몇 장이 후루룩 날렸지만 둘 다 집지 않았다. 막시민이 지켜보는 가운데 소년의 얼굴은 점차 변했다. 서서히 핏기가 돌고 입술과 눈매가 뚜렷해졌다. 누가 붓을 들고 덧그리고 있는 것처럼. 마침내 아픈 기색이 가신 소년이 입을 열었다. 목소리조차도 달라졌다.

"당신과 당신 일행은 왜 우리 배에 왔나요?"

막시민은 어이가 없는 표정으로 두 팔을 들썩해 보였다.

"너희가 초대했잖아."

"알아요. 왜 초대를 받아들였느냐는 이야기예요. 잘 모르는 배의 초대잖아요."

"그건…… 뭐, 그럴 수도 있는 거잖아?"

조슈아의 바보 같은 고집 때문에 이렇게 됐다고 설명하려니 귀찮았다. 그런데 소년은 대답이 끝나지 않았다고 생각하는 것처럼 계속해서 막시민을 바라보고 있었다.

"그게, 그러니까, 내 친구 중에 괴상한 녀석이 있어서 그래. 그 자식이 너희 배에서 나는 노랫소리를 들었다는 거야. 그 노래를 한 사람을 꼭 만나보고 싶다고 우겨대니까, 그리 내키진 않았지만, 도무지 내버려둘 수 없는 녀석이라서 어쩔 수 없었다고."

모두 반대했다면 뱃전에서 뛰어내려 헤엄쳐 갔을지도 모를 놈이니까, 하는 말은 삼켰다. 그런데 잠깐, 헤엄은 칠 줄 알던가?

"만났나요?"

"만나지 못한 것 같던데. 그거야 뭐 너희가 안 가르쳐주니까……."

소년이 갑자기 자세를 다잡았다.

"어떤 노래였죠?"

"몰라. 내가 들은 게 아니잖아."

소년은 생각에 잠겨 고개를 숙였다. 소년이 다시 고개를 들었을 때 문득 나쁜 예감이 스쳤다.

"나갈 수 없어요. 당신들 중 누구도. 이 배에 사로잡힌 우리와 마찬가지로. 우리가 해방되기 전에는. 영원히."

"뭐?"

정말로 무슨 뜻인지 이해하지 못했기에 되물었다. 소년이 되풀이했다.

"이 배를 떠나지 못할 거예요."

"무슨 소릴 하는 거야?"

소년이 오른손을 들어 돛대 꼭대기를 가리켰다.

"저 위에 펄럭이는 것이 보여요?"

막시민도 위를 올려다보았다. 처음에는 활대에 밝혀놓은 붉은 등 때문에 잘 보이지 않았다. 돛대 주위로 달이 스칠 즈음에야 겨우 보였다. 깃발이었다. 무늬 없는 검은색이었다.

"왜 저런 것을 달고 있어?"

소년은 비밀을 말하듯 목소리를 낮췄다.

"땅 위에서와 똑같아요."

막시민의 눈썹이 꿈틀거렸다. 땅 위의 검은 깃발은 사형을 의미했다. 그가 살던 곳에서는 사형 같은 일을 보기 힘들었지만 큰 도시에서는 사형 장면을 공개하지 않을 경우 검은 깃발을 대신 내걸도록 되어 있었다. 형은 집행되었다, 그런 의미였다.

"어째서지?"

소년은 몸을 움츠리며 아래를 손가락질했다. 사람들이 떠들썩하게 놀고 있는 갑판 쪽이었다. 막시민이 그들을 보니 아까는 알아채지 못했던 점이 눈에 띄었다. 그들의 머리나 옷깃에 검은 리본이 꽂혀 있었다. 장식처럼 자연스럽게, 상장으로 보기엔 너무 작은 리본들이 숨어 있었다.

"누가 죽은 건가?"

"네, 죽었어요."

"사람이 죽었는데 밤새 떠들썩하게 술을 마시고 노래를 부르고, 너희의 관습이냐 그건?"

"아뇨……. 아니에요. 저들은 일부러 저러는 거예요. 두려움을 잊으려고, 자기들이 한 짓을 술기운 속에 묻어버리려고요."

막시민은 잠깐 생각하더니 말했다.

"앞뒤가 맞지 않는군. 상장은 애도의 의미인데 깃발은 처형을 뜻하니, 어느 쪽이 너희의 진심인 거지?"

검은 깃발은 다시 밤하늘 속으로 숨어버렸다. 소년이 속삭였다.

"둘 다예요. 그를 죽이고, 그를 애도하는 거죠."

리체는 잠깐 쉬다 오겠다고 한 막시민이 오랫동안 돌아오지 않자 상갑판 쪽을 올려다보았다. 돌아앉은 뒷모습이 눈에 띄었다. 누군가와 함께 있는 모양이었다. 잠시 후 막시민은 뒤를 돌아보았다. 리체는 눈이 마주쳤다고 생각했지만 착각이었다. 곧 고개를 돌려버리는 것을 보며 리체는 생각에 잠겼다. 막시민은 평소처럼 무표정했지만 기색이 달랐다. 단순한 직감만이 아니었다. 리체 자신도 조금 전부터 미심쩍은 점을 느낀 참이었다.

리체는 상갑판으로 올라갔다. 막시민은 열두어 살쯤 된 소년과 마주앉아 있었다. 주변에 카드가 몇 장 흩어져 있었지만 카드놀이를 했던 것 같진 않았다. 리체가 다가가자 소년이 먼저 고개를 들었다. 이어 막시민이 돌아보았다. 눈이 마주치는 순간, 리체는 확신했다. 무슨 일이 있었다.

성격대로 바로 질문이 튀어나오려 했지만 얼마간 막시민과 함께 다녔던 경험이 되살아나 입술을 붙들었다. 미녀 조수답게 신중하게. 그녀는 얼마간 쾌활함마저 가장하며 물었다.

"여기서 뭘 해? 아래에서 다들 신나게 노는데."

막시민이 손짓했다.

"이리 와."

리체는 두 사람 곁에 앉았다. 그리고 소년을 향해 먼저 말했다.

"난 리체야."

"알비예요."

리체는 고개를 끄덕였다. 막시민이 말했다.

"사람들은 어때?"

"재미난 사람들이야. 조금 있다가 연극을 한대. 다들 술에 취했으니 제대로 되는지 모르겠지만."

"조 군 녀석은?"

"연극이라니 좋아하겠지, 뭐. 배우들하고 얘기하는 것 같던데."

"별다른 일은 없고?"

"별다른 일이 있어야 되는 거야?"

막시민은 뜻밖으로 바로 대답했다.

"응. 네가 보기에는 저 사람들한테 별난 점이 없었냐?"

"글쎄. 굳이 말하자면 하나 있긴 해."

막시민이 자세를 고쳤다.

"어떤?"

"저 사람들 옷이 좀 이상하거든. 내가 알기로 저런 옷은 몇백 년 전에나 입던 것들인데. 무대의상이어서 그럴까? 하지만 평소에도 다들 무대의상을 입고 지내는 거야?"

막시민은 고개를 숙였다가 턱짓으로 알비라는 소년을 가리켰다.

"이 녀석의 말을 믿어야 할지 말지 고민하던 참이었어. 네얘기를 들으니 믿어야 할 모양이다."

"무슨 얘긴데?"

"저 아래를 다시 한번 봐."

리체는 고개를 돌려 내려다보았다. 위에서 보니 조금 전 그들 틈에서 어울리던 때와는 사뭇 느낌이 달랐다. 태엽 인형이 움직이는 것 같달까. 그러나 금방 뭔가를 알아채긴 힘들었다.

"내가 뭘 보아야 하는데?"

"고물 쪽 구석에 놓인 것."

리체의 눈에도 띄었다. 검은 천을 씌워놓은, 아마도 화물 상자가 아닐까 싶었다. 네모지고, 상당히 컸다. 사람이 들어가 앉아도 될 법한 크기였다.

"저게 뭔데? 상자 아냐? 뭐 이상한 거라도 들었어?"

"네가 보기엔 뭐가 들어 있을 것 같으냐?"

"저렇게 싸놓은 걸 보니 보통 짐 같진 않은데. 보물이라도 되나?"

"너 같으면 보물을 대충 천 쪼가리로 덮어서 갑판에 놔두 겠냐? 그것도 손님을 부르면서."

리체는 더 대답하지 않고 상자를 지켜보았다. 상자에는 변화가 없었지만 상자를 중심으로 바라보아야만 느껴지는 점이 있었다. 사람들의 움직임이었다. 마치 보이지 않는 힘이 상자 주변을 감도는 것처럼, 모두를 밀어냈다. 사람들은 술에 취해 비틀대다가도 상자가 가까워지면 경로를 바꾸었다. 비스듬히 비껴갔다. 한 걸음 정도 거리를 두고 상자 곁은 늘 비어 있었다. 누구도 상자를 건드리지 않았다.

리체가 한 손으로 코와 입을 감싸며 생각에 잠겼을 때, 알비가 말했다.

"저들은 저기에 손대지 않아요. 가까이 가는 것조차 두려워하죠. 그래서 다른 곳으로 옮겨놓을 수도 없었던 거죠. 저기 놓인 그대로, 언제까지나 놔둘 수밖에 없죠. 만일 저주가 풀린다면……."

"저주라고?"

리체가 깜짝 놀라며 되물었다. 알비는 멈추는 기색 없이 말을 이었다.

"다시는 저 상자를 보지 않아도 되는 곳으로 도망쳐버리겠죠. 하지만 그들은 배를 떠나지 못하니까요."

"항구에 들어가면 될 거 아냐?"

"그럴 수 없어요. 이 해역을 벗어날 수조차 없는걸요."

"무슨 소리야? 아까 듣기로는, 그러니까 어제 내렸던 항구에서 공연을 했다던데? 새로 실은 고기도 있다고 그랬고."

알비 대신 막시민이 말했다.

"어제라고? 그럴 리 없지. 이 근처에는 하루 만에 닿는 항구가 없어. 사람이 사는 섬으로 가장 가까운 곳이 우리가 사흘 전에 떠나온 페리윙클이란 말이다."

"우리가 내일 도착한다는 곳도……."

"그래, 노을섬도 무인도지."

리체는 혼란에 빠져 눈을 깜빡거렸다. 그러다가 알비와 눈이 마주쳤다. 이때 알비의 표정은 묘하게 일그러져 있었다. 화를 낼 것 같기도 하고 울음을 터뜨릴 것 같기도 했다.

"맞았어요. 어제가 아니에요. 아니, 어제이긴 하지만 아주 오래된 어제죠. 얼마나 되었는지…… 기억나지 않아요."

"그게 무슨 뜻이야?"

"오늘을 몇 번이나 되풀이하고 있는지 난 기억할 수가 없어요."

억지로 말을 맺은 알비는 뺨에 경련을 일으켰다. 리체는 알비의 말을 이해하지 못했지만 몸을 조금 뒤로 뺐다. 막시민이 말했다.

"이 녀석의 얘기로는 저들이 모두 까마득한 옛날에 죽었어야 하는 사람들이라는 거야. 옛날 옷, 예스런 배, 묵은 관습. 모두 이 시대의 것들이 아니지. 대체 몇 년이나 된 건지도 모르겠고. 물론 이 녀석도 마찬가지지. 한데 괴이하게도 이 녀석 혼자만 세월이 흐른 것을 알고 있어. 저들은 모르고."

"아니, 잠깐만. 저들이 모두 죽은 사람이라고? 저렇게 멀쩡한데?"

"죽은 사람이라고는 안 했어. 하지만 아직까지 살아 있을 수는 없다 그거지. 이 꼴이 된 후로 몇백 년은 흐른 모양이니까. 저 모습 그대로 산 건지, 죽은 건지 그것까진 모르겠지만."

리체는 당혹스러운 눈빛으로 고개를 저었다. 죽은 사람이라면…… 그래, 시체는 아닐 테니 유령일까? 조슈아 덕택에 유령이 존재한다는 것은 알고 있지만 직접 본 적은 없었다. 기껏해야 목소리를 들은 것이 전부였다. 물론 보고 싶지도 않았고 볼 수 있다는 기대도 안 했다. 하지만 만약 보게 되더라도 반투명한 그림자 정도일 거라고 생각했던 것 같았다. 옷깃이 닿고, 술잔을 주고받고, 이야기하고, 저렇듯 뚜렷한 모습을 한 유령을 상상한 적은 없었다.

막시민이 리체의 생각을 눈치챘는지 고개를 저었다.

"조슈아 녀석은 자기가 본 유령을 사람으로 착각하곤 했지. 예전부터 몇 번이나. 쥬스피앙 마법사의 집에서도 그랬고. 유령이란 별나게 생긴 게 아니라 보인다면 보이는 거고, 안 보인다면 안 보이는 걸지도 모르지."

"조슈아는? 그렇다면 조슈아가 제일 먼저 알았어야 하잖아?"

"그 자식은 이미 알고 있어."

막시민은 갑판 구석으로 손가락을 뻗었다.

"저 사람을 봐."

막시민이 가리킨 사람이 누구인지 알아채기까지, 짧지만 기묘한 시간이 흘렀다. 조슈아 곁에 서 있는 남자가 보였다. 그들이 타고 온 배의 선원도, 이 배의 선원도 아니었다. 호리호리하게 말랐고 긴 머리를 뒤로 헐렁하게 묶고 있었다. 옷차림은 조금 기이했다. 그 남자는 조슈아와 이야기하는 배우를 보고 있었다. 뭐라고 실컷 떠들던 배우는 조슈아에 이어 남자에게도 악수를 청했다. 남자는 예를 표했지만 악수를 받아들이지는 않았다.

"저 사람이 누군데?"

"정말 몰라? 너도 여러 번 만났잖아."

"내가 안다고? 난 처음 봐."

리체는 잠시 후 했던 말을 낮게 되풀이했다.

"처음…… 봐."

목소리 속에 간신히 억누른 놀라움이 깔려 있었다. 리체도 깨달았던 것이다. 몇 번이나 이야기를 나눴던 사람. 한 번도 본 일은 없지만 분명히 아는 사람.

켈스니티였다.

죽은 광대의 노래

광대는 너희를 웃기는 사람이 아니야.

너희 대신 웃는 사람이지.

❧

새벽 2시.

갑판에서는 즉석 공연이 한창이었다. 유랑 극단이라고 자신들을 소개한 만큼 이들은 어디서든 즉석 무대를 차릴 능력이 있었다. 돌투성이 황야에도 세우는데 갑판 위라고 안 될리 없었다. 흔들리는 것쯤은 전혀 문제 되지 않았다.

대본도 필요 없었다. 남부 아노마라드 사람이라면 다섯 살

꼬마부터 예순 살 할머니까지 누구나 알고 있는 연극 〈메이! 메이!〉이니까. 구전설화나 다름없는 내용인데도 그들은 오직 자기들만이 보여줄 수 있는 특별한 것이라고 뽐내며 말했다. 그게 말버릇인지 상술인지는 일단 봐야 알겠지만 말이다.

사실을 말하자면 연극 내용은 어느새 특별한 것이 되어갔다. 처음 말했던 대로 술기운이 내용을 제멋대로 바꿔놓은 까닭이었다. 본래 〈메이! 메이!〉의 내용은 이랬다. 쌍둥이 자매 메이와 홀리가 이웃 마을의 요니와 닐바 형제를 각자 좋아하지만 형제는 둘 다 메이를 좋아하고, 두 사람 다 실망시키지 않으려고 홀리가 메이 행세를 하다 보니 어느새 둘 다에게 결혼 약속을 하게 된다. 그래서 메이와 홀리는 합심하여 어떻게든 한 사람이 홀리를 사랑하게 만들려고 동분서주한다는 이야기였다. 그런데 현재 자매는 둘 다 닐바를 뒤쫓는 중이고 요니는 무대 구석에 고꾸라져 잠든 지 오래였다. 하지만 신경쓰는 사람은 아무도 없었다. 술에 취한 두 아가씨의 대사는 각본과 무관한 유치한 것으로 변해갔다.

"사랑하는 닐바, 구운 사과에 꿀을 발라드리겠어요. 한입 베어 물어보세요."

"제 사랑만큼 정열적인 꿀 사과를 거절하지 말아줘요."

닐바 역의 배우는 그나마 제정신이었으므로 주방에서 방금 갖고 나와 김이 펄펄 나는 사과를 깨물진 않았다. 그는 뒤로 물러나다가 잠자는 요니가 불쑥 내뻗은 발에 자빠질 뻔했다. 막으로 쓰던 커튼을 부여잡아 가짜 칼이 무대 바닥을 뚫고 들어가는 상황만은 모면했다. 그러나 그 대신 커튼을 묶어놓았던 임시 기둥이 기우뚱거리다가 급기야 서까래 역할을 하고 있던 봉과 반쯤 분리되어버렸다. 배우 셋, 아니 자고 있는 사람까지 넷이 모두 커튼과 서까래에 깔릴 위기에서 관객들이 쫓아가서 기둥을 얼싸안고 하나는 커튼을 뒤에서 끌어당기고, 그 와중에도 연극은 계속되었다.

이윽고 메이 역의 배우가 순서를 잊지도 않고 노래를 부르기 시작했다. 그러나 술기운에 목구멍이 말라붙어 노래는 형편없었다. 목보다 귀가 늦게 취하는 모양인지 관객들은 참아주지 않고 야유를 보냈다.

"목소리가 다 갈라졌잖아!"

"우우, 물이나 한 잔 마시고 와라!"

같은 극단 단원인 관객들이 낄낄대며 소리치자 메이는 노래를 그치더니 갑자기 대본에도 없는 춤을 추기 시작했다. 이쯤 되면 노래나 춤 실력을 떠나 각본 없는 동네잔치라고 부르는 쪽이 어울렸다. 다행히 알테나호에서 건너온 선원들도 술과 음식이 충분하니 아무래도 좋다는 분위기였다. 실은 대부분 곯아떨어졌기 때문이었지만. 불만을 갖는 사람은 없었고, 방해하는 바람이나 파도도 없었다.

죽은 광대의 노래

그날 밤은 되풀이될 것 같았다. 수천 번이나 그랬던 것처럼 똑같이 흐르다가 끝날 것만 같았다.

새로운 사람이 나타난 것은 그때였다. 그는 천천히 걸어 들어왔지만 화려한 차림새 때문에 금방 눈에 띄었다. 밝은 호박색과 암적색 무늬가 교차된 헐렁한 튜닉이 발치를 덮었고, 코가 긴 녹색 신발을 신었다. 머리에는 긴 꼬리가 둘 달린 광대들의 모자를 썼다. 솔기마다 검은색과 금색 바이어스가 들어간 모자가 하얗게 번쩍거렸다. 비쭉 선 모자 꼬리 끝에 방울이 달려 있어서 걸을 때마다 소리를 냈다.

그의 얼굴에는 색칠이 되어 있었다. 뺨과 이마가 하얗고, 눈가는 검게 칠해 푹 꺼져 들어간 것처럼 보였다. 그는 무대 가운데 서자 씨익 웃음을 머금었다. 도입부조차 없이 갑작스럽게 고음의 클라이맥스가 울려 퍼졌다.

광대가 아가씨를 사랑하는 것은 웃음거리
아가씨는 그에게 미소를 보여주지 않아
정성껏 부른 노래에 돌아올 대가는
상해버린 토마토와 깨진 달걀이 어울려

그리고 뚝 그쳤다. 동시에 다른 소리들도 멎었다. 짧은 지진이라도 지나간 듯 고요해졌다. 광대 옷을 입은 남자는 다시 씨익 웃었다. 이어 주위를 휘둘러보더니 춤을 멈춰버린 메이에게 위협적으로 팔을 휘두르며 절을 했다.

메이는 겁에 질린 얼굴로 주춤거렸다. 무대에 섰던 다른 배우들은 꼼짝도 하지 않았다. 코를 골던 요니 역의 배우가 어느새 깨어 후닥닥 몸을 일으키더니 부르짖었다.

"어떻게 된 거지?"

"어떻게 됐냐고?"

즐거운 일을 말하듯 목소리에 가락이 들어갔다. 광대는 두 팔을 벌렸다가 하늘 높이 쳐들고, 다시 홱 내리며 외쳤다.

"되살아왔다!"

연인들을 즐겁게 하는 것이 광대의 역할

아가씨는 그를 보며 깔깔대고 웃어줘

그들에게 사랑의 노래를 불러주고서

동전 서 푼을 주워 떠나는 것이 어울려

음은 경쾌했지만 목소리는 사나운 저음이었다. 노랫말은 우울했지만 그는 웃고 있었다. 그러나 마지막 소절은 지진을 뒤쫓아온 폭풍처럼 거칠어졌다. 이국적인 억양이 울리고 끊길 때마다 망치로 바닥을 내리치는 듯했다. 훌륭함을 논하기에 앞서 너무 강렬했다. 그건 무대 위의 곡이 아니었다. 누구도 상대역이 되어 노래할 수 없을 곡이었다.

다시 노래를 그친 광대가 입을 커다랗게 벌리더니 소리 없는 웃음을 터뜨렸다. 그리고 외쳤다.

"자아, 나를 불러내지 않았나? 내가 이렇게 왔다. 너희에게 노래를 들려주려고 이렇게 왔다!"

아무도 대답하지 않았다. 광대는 낮게 킬킬댔다. 웃음만이 바람 소리처럼 갑판을 훑었다.

"자, 상대를 해라. 노래해라. 내게 어울리는 노래를 해라."

배우들은 얼굴이 딱딱하게 굳어져 있었다. 하나가 용기를 내어 재빨리 뛰어내리자 다른 두 사람도 무대에서 벗어났다. 광대는 그들을 잡지 않았다. 대신 광대에게 앞이 가로막혀 달아나지 못한 메이를 가리켰다.

"노래해줘. 내게 노래해줘!"

메이가 벌벌 떨기만 하자 그는 다시 노래를 불렀다.

광대가 아가씨를 사랑하는 것은 웃음거리

아가씨는 그에게 미소를 보여주지 않아

정성껏 부른 노래에 돌아올 대가란

상해버린 침묵과 깨진 예의뿐이란 건가

마지막 발음을 하며 그는 입술을 일그러뜨려 이를 드러내더니 그르륵거리는 소리를 냈다. 그 소리를 들은 메이가 울음을 터뜨리고 말았다. 광대는 고개를 흔들었다. 방울 소리가 짤랑거렸다.

"아가씨가 울면 광대도 운다네. 아가씨가 울어버리면 광대는 쓰러져 몸부림친다."

광대는 고개를 번쩍 들더니 허공에 대고 뜻 모를 소리를 내질렀다. 그의 성량은 실로 대단해서 돛대조차 부르르 떨리는 듯했다. 다시 고요해지는 순간 상갑판 쪽에서 가느다란 외침이 들렸다.

"그러지 말아요, 클랭."

소년 알비였다. 무릎과 손을 짚고 엎드린 채 아래를 내려다보고 있었다. 광대가 돌아보자 소년은 한 손을 가슴에 대며 말했다.

"제발."

"오늘도 어김없이 새벽이 온다. 너희의 살점이 찢어지고 뼈가 부러지는 새벽이 온다. 너희의 목구멍에 소금물이 처넣어지는 새벽이 온다. 웃던 너희의 턱은 밧줄에 감겨 부러질 것이다. 나는 수천 번이나 보아왔다. 노래를 그치라고? 내가 그치면 무엇이 달라지나?"

낮은 웅성거림이 퍼졌다. 새벽 축제의 기분 좋은 술기운 속에 난데없는 죽음의 예고가 들려온 것이다.

"달라지지 않아요. 그러니 그만둬요."

"달라지지 않으니 계속해야 돼. 노래해라. 춤춰라. 새벽이 올 때까지 울고 웃어라. 달은 지고 있어. 멀리서 돛줄 우는 소리가 난다. 나 혼자 웃으며 지켜볼 새벽이 가까이 왔다."

"살도 뼈도 남아 있지 않아요. 찢어질 것도 부러질 것도 없어요. 똑같이 이 배에 갇힌 당신과 우리가 언제까지 비웃어야 하나요?"

"너희가 내 목을 돛대에 매단 후로 늘 그렇지. 너희는 울겠지만 나는 울 필요가 없어. 난 한 번 죽었지만, 너희는 수천 번이나 반복해서 죽고 있지. 난 통쾌할 따름이야. 난 이 밤을 즐겨도 돼. 오늘은 특히 그래도 돼. 오늘 누군가가 날 불러내어 노래할 수 있도록 해줬어. 노래, 참 오랜만의 노래지. 그러니 너희도 노래하라고. 날 불러낸 자는 누구지? 그가 노래할 텐가?"

그때 관객들 틈에서 조슈아가 벌떡 일어나서 그를 쏘아봤다.

"내가 불러냈습니다."

사람들이 조슈아를 보려고 고개를 돌리는 순간이었다.

광대는 누구도 사랑해선 안 되지

그럴 자격이 없지

아가씨는 그에게 꽃을 주지 않지

손수건도 안 주지
그날 밤 당신은 아가씨를 엿봤지
아가씨의 작은 방
두 사람의 속삭임 들려오는 순간

불처럼 타는 마음
누르지 못해

당신은 취했지
다디단 향에 머리가 아찔해졌지
눈멀어버렸지
아무것도 보지 않아도 되도록

광대와는 전혀 다른 음색으로, 전혀 다르게 압도하는 곡이
었다. 현란한 기교나 장엄함도 없이, 악의 어린 농담 같은 노
래였는데도 그랬다. 처음에는 빈정거리는 어조로 시작되었
다. 그러나 같은 목소리가 자연스럽게 자조적으로 변하고 비
틀렸다.

광대는 누구도 사랑해선 안 되지
그렇게 되뇌었지

아가씨는 그에게 말을 건네지 않지

초대해주지 않지

어제 또 당신은 아가씨를 엿봤지

두 사람의 작은 방

뜨겁게 구운 사과에 발라놓았던

불처럼 타는 꿀

머금는 순간

녹여버리겠지

그 입이 존재한 적도 없었던 듯

달콤한 상처가

그대의 죄를 깨끗이 씻어주리라

광대는 누구든 울게 해선 안 되지

웃게 해야 하지

아가씨는 당신에게 웃어주지 않지

그래선 안 되지

오늘은 당신이 아가씨를 만날 차례

세 사람의 작은 방

웃지 않는 두 사람을 위해 준비한

익살스러운 노래

불러줄 순간

당신은 되뇌지

입이 없는 당신도 여전히 사랑스러워

불편은 있겠지만

아주 작은 몇 가지 불편은 있겠지만

　이 노래는 기괴하고 까다로워 조슈아가 교묘하게 감정을
변화시키는 탄력을 모두가 이해한 것은 아니었다. 화자부터
가 조슈아 자신이 아니었다. 클랭의 역할인 '광대'를 낚아채어
가면처럼 쓰고서 클랭이 품은 음침한 복수심을 모사해서 적
나라한 우화로 만든 곡이었으니 클랭 본인이 아니고서는 조
슈아가 의도한 이중적인 풍자를 깨닫기가 쉽지 않다. '이
순간 너는 광대의 미덕인 균형을 잃었기에 풍자의 대상으로
전락하며, 그런 너를 풍자하는 광대는 나다.' 그러나 의도를
다 읽지 못해도 노래가 폭력적으로 휘두르는 감정만은 누구
에게나 전달되었다. 모든 사람의 말문이 막힌 가운데 조슈아
는 끝 소절에 실렸던 감정을 살려 눈을 살짝 가늘게 하며, 마
치 가면처럼 소리 없는 홍소를 지어 보였다.

"마음에 듭니까?"

광대는 조슈아를 빤히 보았다. 수천 번이나 보았던 장면 속에 나타난 '없었던 자'였다. 그는 이해할 수 없었다.

"마음에 들지 않는다. 너는 누구지?"

"초대받은 손님입니다."

조슈아는 한 손을 내밀더니 말을 이었다.

"그리고 당신을 다루는 자입니다."

"나를 다룬다? 나를 불러냈다? 무슨 뜻인가?"

"알게 될 겁니다. 그럼 계속하세요. 하고 싶은 말이 아주 많았을 테니까. 노래를 하고 싶으시다면 하시고 듣고 싶으시다면 계속 들려드리죠."

"너의 그토록 훌륭한 노래는 날 비웃는군. 너 따위가 나타날 자린 없다고 말이야. 그렇지 않나?"

조슈아의 입가에 짓궂은 미소가 떠올랐다.

"그렇지 않습니다. 화답하는 거죠. 당신의 방식 그대로. 광대의 모자는 화려하게 번쩍이고 방울은 딸랑거리죠. 색칠된 얼굴은 누구라도 될 수 있죠. 그리고 난 당신의 노래를 정말로 좋아합니다. 부디 살아생전의 재치를 되찾으셨으면 하는데요."

항구의 아가씨 잔을 받지 아니하니

뱃머리 미녀께 그 술 대신 올리고
나무로 된 뺨에다 키스해드리고
빈 술병은 바다에 처넣어버렸네.

남은 술은 물고기 놈이 처먹었으니
내일 낚은 생선이 얼근히 취했거든
내 술 먹은 놈인 줄 알고 건져다가
술 싫다는 아가씨한테 갖다드리라.

조슈아가 한 노래를 기억하는지 광대의 눈썹이 꿈틀거렸다.
"생전의 일 따윈 잊었어."

"그럴 리 없습니다. 죽은 자는 생전의 기억으로 살아가기 마련이고, 더구나 당신은 똑같은 일을 수천 번이나 보고 있으니까요. 죽은 후의 시간 따윈 전혀 흐르지 않았죠. 어쨌든 재치 있는 노래를 부르지 못하게 되셨다니 제가 대신 불러드릴까요? 제 노래 쪽이 훨씬 훌륭하니까 이쪽도 괜찮겠죠?"

광대는 조슈아를 쏘아보았다. 색칠된 얼굴에 어린 것이 분노인지 공포인지 알 수 없었다. 검은 것은 분노, 흰 것은 공포.

"너의 노래는 내가 지금껏 들어본 어떤 노래보다도 훌륭하다. 네가 날 비웃고 있다 해도 말이야. 하지만 상관없다. 네가 누구인지 모르지만 네가 나타났다고 해서 결과가 달라지진 않아."

"달라지지 않길 원하는 모양이죠?"

"되풀이되는 건 내가 죽은 뒤의 상황뿐이니까. 내가 도로 살아나는 것도 아닌데 이들에게 평화가 주어져선 안 되지. 안 되고말고."

그즈음 취기가 가신 갑판에서 사람들은 얼굴을 마주보며 침묵으로 묻고 있었다. 무슨 일이 일어난 것이냐고. 이들이 주고받는 이야기는 무슨 의미냐고. 그들 중 몇은 소리 내어 물었다.

"클랭은 죽었어. 그런데 어째서 저기 서 있지?"

"우리가 죽는다는 말은 다 무슨 소리지?"

"되풀이되다니, 무엇이 말인가?"

아무도 대답해주지 않았다. 조슈아가 다시 말했다.

"당신의 복수심에 바닥이 없기 때문에, 억지로 이 상황을 견디고자 하는군요. 실은 당신에게도 전혀 달갑지 않을 텐데. 그렇지 않은가요?"

광대가 대답하지 않자 한층 목소리를 높였다.

"아니면, 달아날 길이 없다고 생각하기 때문에 억지로 이 상황을 즐기려 하는군요. 이미 수백 년 전에 바닥난 복수심을 짜내어서 어쩔 수 없이 쳇바퀴를 굴려야 하는 자신을 위로하고 있군요. 어떤가요? 어느 쪽이 진심에 가까운가요? 당신의 진심을 듣고 싶은데요."

광대는 고개를 홱 돌려 알비를 보았다.

"네가 저자를 불렀나?"

알비는 고개를 흔들었다.

"아니에요. 우연이었어요, 그들의 배가 지나간 건."

"우연이라고? 우연 따위가 어찌 진심을 묻는단 말이냐? 우연 따위가 어찌 진실을 본다는 거지? 우연 따위가 어찌 나를 불러낸단 말인가! 운명이 우연이 아닌 한, 우연 따위가 무엇을 해결해주겠나? 우리가 처한 이 꼬락서니가 우연이라면 여기에는 죄도 복수도 존재하지 않아. 난 내 운명을 가볍게 만들지 않겠다. 비록 지옥에 갇힌 꼬락서니라 해도 너희의 죄도, 내 복수도, 우연처럼 가벼운 걸로 만들지 않겠다."

조슈아가 말했다.

"당신이 한 말이, 내가 나타난 것이 우연이 아님을 방증합니다. 난 유령이 아니고 이 상황은 꿈이 아니니까요. 당신을 불러내어 진심과 진실을 묻는 나는 분명한 실체죠. 만일 내가 당신들의 쳇바퀴에 변화를 준다면 그건 가벼운 일일 수 없습니다. 가벼운 우연일 리 없습니다. 자, 그렇다면 나는 필연적으로 이곳에 왔습니다. 우리는 수백 년일지도 모를 세월을 넘어 이 자리에서 만나기로 되어 있었습니다. 왜일까요."

그동안 조용히 술렁이고 있던 사람들은 드디어 무언가를

물어야 할 때라고 판단한 듯했다. 조금 전까지 술에 취해 쓰러져 있었다고는 믿기 힘들 정도로 또렷한 눈빛이 된 요니가 물었다.

"너희는 마술쟁이들인가? 죽은 자를 되살려서 우리에게 겁을 주고 그 대가로 뭘 얻어가려는 거지? 최악의 일이란 또 무슨 소리야? 너희는 뭘 알고 있지?"

알비의 목소리가 들려와서 사람들은 고개를 돌렸다.

"제가 다 말해줬어요."

알비는 엎드려 있던 자세를 풀고 천천히 상갑판에서 일어섰다.

"뭘 말해줬느냐고요? 우리가 저지른 말도 안 되는 일에 대해서죠. 우리를 가르치고 이끌었던 위대한 광대, 이 배의 주인이었던 사람을 돛대 높이 매단 일에 대해서죠. 죽음이 두려워서 친구를 희생양으로 바친 일에 대해서죠. 그러면 자기들은 살아날 줄 알고서 우애를 배신한 일에 대해서죠. 그러고도 결국 살아나지 못해 훨씬 더 비참하게 죽었던 일에 대해서죠."

"죽다니, 누가 죽었단 말이야?"

"우리 모두."

"넌 미쳐버린 거냐? 우린 죽지 않았어. 언젠가 죽긴 하겠지만 그게 언제가 될지는 아무도 모른다고!"

항변하면서도 요니는 광대 쪽을 흘끔흘끔 보았다. 그가 저

자리에 멀쩡히 서 있는 이상 어떤 말도 농담이 아니었다. 그들의 광대, 클랭 다 페르부르는 지난 아침에 돛대에 목이 매달려 죽었으니까. 그런 그가 나타난 이상 어떤 괴이한 이야기도 비웃을 수 없었다.

"아뇨. 우리 모두는 죽었어요. 다만 운명의 바퀴 굴레에 단단히 잘못 끼여 오늘을 되풀이하고 있을 뿐이죠."

홀리 역의 배우가 물었다.

"꼬마 알비, 네가 언제부터 예언을 하게 됐는지는 모르겠지만 대체 우리가 왜 죽는다는 거야? 그거라도 들어보자."

"붉은 돛이죠."

그 말만으로도 충분했다. 홀리는 억지로 평온함을 가장하며 물었다.

"언제?"

"이 새벽이 끝날 때."

"그럴 리 없어!"

다른 사람들의 표정도 홀리와 같았다. 알비는 슬픈 눈으로 그들 모두를 둘러보았다.

"이해할 수 없다는 거 알아요. 하지만 우리는 수백 년 전에 죽은 사람들이에요. 그대로 죽어 있어야 했지만 그러지 못한 자들이에요. 알 수 없는 힘이 우리를 깨울 때마다 우린 새로 태어난 것처럼 되풀이해 죽어야 했어요, 수천 번이나. 여러분은 아무것도 기억하지 못한 채, 저는 모든 것을 기억한 채."

"네 말은 우리가 마법에 걸렸단 말이냐?"

"마법이든 저주든 뭐라 불러도 똑같겠죠. 몇 시간만 지나면 내 말이 무슨 뜻인지 알게 돼요. 우리 모두가 이번에도 죽고 나면 잠깐 동안은 같은 기억을 갖게 될 거예요. 함께 울게 될 테죠. 또다시 알 수 없는 힘이 우리를 깨울 때까지는……."

"왜, 왜인지 말해봐! 알 수 없는 힘은 도대체 뭐야? 왜 우리에게 그런 일이 일어나는 거야? 어떻게 하면 피할 수가 있는 거야?"

"이 일이 되풀이되는 시점은……."

알비는 꼼짝 않고 서 있는 광대를 바라보았다.

"오늘밤이기 때문에, 다시 말해 클랭이 죽은 이후이기 때문에 우린 아무것도 돌이킬 수 없어요."

싸늘한 침묵이 흘렀다. 누군가가 하늘을 올려다보았다. 별이 기울어지고 있었다. 새벽이 오기까지는 고작 두 시간쯤 남아 있을 따름이었다. 한 사람이 중얼거렸다.

"난 믿을 수 없어……."

알비 뒤에서 한 사람이 천천히 일어섰다. 막시민이었다.

"믿을 수 없는 건 우리 쪽도 마찬가지야. 너희는 아침에 그런 짓을 저질렀으면서 밤에는 파티를 열어서 술을 마시고 심지어 우리를 초대하기까지 했어. 다들 머리가 어떻게 된 거 아니야?"

대답하는 사람은 없었다. 막시민은 갑판으로 이어지는 계단 쪽으로 두 걸음 내디뎠다.

"우리가 보기에 너희는, 어느 시대인지 몰라도 우리와 같은 때 사람들은 아니야. 옷도, 배도, 먹는 요리도. 그리고 너희가 특별히 보여준다는 그 연극, 우리한테는 전래 동화나 마찬가지라고."

홀리가 당황한 얼굴로 물었다.

"우리 연극을 너희가 알고 있다고?"

"알다뿐이겠냐? 어려서는 인형극으로, 커서는 동네잔치에서 단골로 상연해서 아예 외웠거든? 무엇보다도 중요한 건 너희가 돌아다녔다는 항구들 얘긴데, 이 근처에는 항구가 없어. 예전에 다 사라졌어. 전부 무인도라고. 지금 이 해역에서 사람이 사는 섬은 오직 하나, 페리윙클밖에 없단 말이다."

쉽사리 납득할 수 없는 이야기였는지 몇몇은 얼굴이 창백해졌다. 다른 몇은 주위의 반응을 보려 했으며 나머지는 발끈했다.

"그런 말도 안 되는 이야기를!"

"어제까지 멀쩡히 있던 항구가 가긴 어딜 간다는 거야?"

"너희야말로 모두 정신이 어떻게 된 거 아냐?"

막시민은 조슈아를 보았다. 둘이 눈빛을 주고받더니 말했다.

"그럼 비밀을 보라고."

막시민은 상갑판에서 성큼성큼 내려와 사람들 사이를 통과했다. 그리고 고물 쪽에 놓여 있던 상자 앞에 섰다. 누군가가 말리기도 전에 그의 손이 검은 천을 젖혔다. 커다란 뚜껑이 붙은 상자가 드러났다. 놋쇠 경첩이 달려 있었으나 자물쇠는 없었다. 대신 노끈이 친친 감겨 있었다. 막시민이 뚜껑을 두드리자 속이 빈 듯한 소리가 울렸다.

요니가 외쳤다.

"그걸 건드리지 마!"

"왜? 이 안에 뭐가 들었는데 그래?"

사람들이 막시민의 주위를 둘러쌌다. 그러나 다가오지는 못했다. 막시민과 리체가 상갑판에서 관찰한 그대로였다. 두어 걸음 정도 사이를 두고 사람의 벽이 생겨났다. 막시민은 노끈을 당겨서 풀어버리고 상자 뚜껑을 잡았다.

"어차피 와서 날 잡지도 못하면서 어쩌려고 둘러싸? 그러지 말고 안에 뭐가 들었는지나 말해봐. 안 가르쳐주면 내가 열어서 봐버릴 거니까."

또 다른 사람이 사정했다.

"제발, 열지 마시오."

"그럼 말을 해. 뭐가 들어 있느냐고 묻고 있잖아."

늙은 선원이 말했다.

"만약에, 만에 하나 우리가 진짜로 저주를 받아 꼬마 알비의 말대로 같은 날 밤을 되풀이하고 있다면…… 그 상자를 열어봤자 너에게도 좋은 일은 없을 거다."

막시민은 예상한 듯 바로 되물었다.

"아아, 당신도 그렇게 생각하나? 이게 원인일 것 같단 말이지? 그렇다면 이 안에 들어 있을 건 뻔하겠군. 열어보지 않아도 알겠는데 말이야, 그래도 궁금한 것이 있어. 시전자가 누구지? 이런 대단한 마법을 건 자가 도대체 누구지?"

그때 무대 구석에 웅크렸던 메이가 더듬거리며 입을 열었다.

"저, 저기, 크…… 클랭? 말해봐요. 당신인가요? 당신이 우리를 저주한 건가요?"

광대는 고개를 흔들며 막시민을 보았다.

"난 모른다. 넌 알고 있단 말인가?"

"글쎄, 직접적 원인을 어디에 두느냐에 따라 달라지겠지. 그래서 묻는 거야. 너희가 최악의 일을 저질렀다는 건 알겠는데, 그런 일을 저지른 놈마다 모조리 너희처럼 최악의 벌을 받게 되진 않는단 말이야. 피해자가 저주를 퍼붓는다고 모두 이런 꼴이 된다면 세상에 남에게 피해를 끼치는 놈은 하나도 없게?"

아무도 대꾸하지 못하자 막시민은 두 손으로 뚜껑을 잡으며 외쳤다.

"아직도 못 믿는 분들에게 증거를 보여드릴까?"

막시민은 뚜껑을 힘껏 열어젖혔다. 경첩이 삭아 있었기에 뚜껑은 가볍게 분리되더니 덜컹, 소리를 내며 갑판에 떨어졌다. 그와 동시에 둘러쌌던 사람들이 우르르 물러섰다. 막시민은 안을 들여다보았다.

안은 텅 비어 있었다.

"아아……."

납득하지 못한 사람들이 이윽고 떨면서 다가왔다. 그들의 눈에도 텅 빈 상자 속이 보였다. 하나하나 모여들더니 곧 빈틈없이 둘러쌌다. 상자 안을 보고 돌아선 사람들은 공황에 빠진 눈을 하고 있었다.

"이럴 리가 없어. 어떻게 이럴 수가 있지?"

"어디로 갔단 말인가. 정말로 살아 일어났단 말인가?"

"분명히 죽었는데…… 내가 확인했는데……."

"아…… 난 꿈을 꾸는 기분이야……."

알비가 상갑판에서 내려왔다. 그는 사람들을 헤치고 다가와 상자 속을 들여다보았다. 상자는 완전히 비어 있지 않았다. 먼지와 함께 낡아빠진 작은 상자, 그리고 종이 비슷한 것이 흩어져 있었다. 알비는 허리를 굽혔으나 손이 상자 바닥에 닿지 않았다. 막시민이 대신 팔을 뻗어 종이 뭉치를 집었다. 집어보니 일반적인 종이와는 촉감이 달랐다. 어쨌든 막시민은 그걸 그러모아 알비에게 건네주었다.

"아니에요."

알비는 종이들을 모아 쥐더니 다시 막시민의 손에 쥐여주었다. 막시민은 의아한 눈으로 소년을 봤다. 알비가 말했다.

"당신한테 필요한 거예요."

막시민은 종이를 들여다봤다. 한 페이지 넘기자 얼른 이해하기 힘든 기호들이 빼곡하게 적혀 있었다. 뒷면도 마찬가지였다. 어차피 뭔지 모른다는 생각에 대충 끝까지 넘겨보았다. 그런데 마지막 장을 넘기는 순간 퍼뜩 떠오르는 것이 있었다. 비록 오선도 없고 음표나 쉼표 등을 표시하는 방법도 다르지만…… 이건 악보였다.

더 물어볼 틈이 없었다. 광대가 상자 앞으로 다가오자 모두 허둥지둥 물러섰다. 옷깃조차 닿고 싶어 하지 않았다. 광대는 개의치 않고 상자 속을 들여다보더니 킬킬대며 웃음을 터뜨렸다.

"사라졌어. 깨끗이 먼지가 됐어. 이미 까마득한 옛날에 그리 됐겠지. 아무것도 돌이킬 수 없다 했나? 정말이야. 난 이제 먼지야. 하지만 너희는 먼지가 비웃는 존재지. 너희는 내가 저주를 내려서 이렇게 됐다고 생각하는 모양인데 난 그런 마법 따위 모르고, 물론 너희의 저주를 풀 줄도 모르고, 내가 벗어날 방법도 몰라. 오직 비웃을 줄만 알 뿐이야. 광대는 웃는 게 직업이지. 웃지 않는 자들 대신 웃어대는 자라고. 그러니 실컷 웃어주겠다. 지긋지긋하더라도, 아니 그것조차 느끼지 못하는 너희지만, 우린 알비가 말한 '알 수 없는 힘'이 작용할 때마다 깨어나 이 지루한 연극을 되풀이할 수밖에 없는 거야!"

그때 조슈아가 말했다.

"포기하기엔 이르죠. 추리는 이제부터 시작입니다."

조슈아는 성큼성큼 클랭 앞으로 다가와 마주섰다. 모두가 피했기에 둘의 곁에는 아무도 없었다.

"자, 당신의 시체는 먼지가 됐는데 이 배는 상상 이상으로 멀쩡하군요. 당신의 시체는 이 배 안의 모든 것들 중 유일하게 저주를 비켜간 모양입니다. 그렇다면 이 저주는, 마법은 어디에서 시작됐으며 어디까지 닿는 것일까요? 무엇보다도 이제부터 당신들이 죽으려면 죽이는 자가 있어야 하는데, 그들은 무슨 죄로 당신들을 수천 번 죽이고 있습니까? 왜 그들조차 저주에 포함됐을까요?"

광대 클랭의 원한 때문이라면 그후 이들을 죽인 자들조차 몇백 년 동안 떠도는 이유를 설명할 수 없었다. 의문은 분명했으나 아무도 답을 찾지 못했다.

조슈아는 냉담한 미소를 머금은 채 기다렸다. 한참 동안 바람이 돛을 두드리는 소리, 갑판의 물건들이 느리게 밀려다니는 소리만 들렸다. 사람들은 자꾸 하늘을 올려다보았다. 새벽별이 뜰 시각이 멀지 않았다. 이 이야기를 믿지 못하더라도 사실인지 아닌지 알기 위해 오래 기다릴 필요는 없었다. 그들이 죽거나, 이 밤은 지나갈 것이다. 그렇다면 이 배에 타게 된 손님들은?

"우리라도 이 배를 떠나야 하는 거 아냐?"

알테나호의 선원 하나가 말했을 때, 고물 쪽에서 명쾌한 목소리가 들려왔다.

"알 것 같은데."

사람들의 눈이 쏠렸다. 막시민이 어느새 고물에 올라서 있었다.

"뭘 알았다는 거지?"

"딴 게 뭐 있겠어? 당신들이 저주에서 풀려날 방법. 그것 말고 알고 싶은 거라도 있나?"

잠깐 사이를 두고 술렁거림이 퍼졌다. 그 말은 정곡이었다. 누가 마법을 걸었든, 왜 걸었든, 그런 것은 중요하지 않았다. 벗어나기만 하면 되는 것이다. 몇 명이 고물 쪽으로 급히 다가갔다.

"말해봐. 어떻게 하면 되지?"

"어떻게 피할 수 있다는 거지?"

막시민이 말했다.

"알비한테 들었는데 당신들을 뒤쫓는 건 해적이라지? '붉은 돛'이라는 별명으로 불리는 잔인한 놈들이란 말이지. 당신들은 그들이 노리는 저 광대를 목매달면 너희만이라도 용서받을 줄 알았단 말이지? 그런데도 그놈들은 밤새 너희를 추격해서 붙잡더니 끝내 모조리 죽이고 말았다. 그런 이야기잖아. 그래서 너희는 그 밤을 되풀이하고 있는 거고, 매번 똑같았다 이거지. 자, 그러면 알겠지? 너무 간단하잖아."

사람들은 여전히 영문을 모르는 표정이었다. 막시민은 기가 막히는지 인상을 찌푸렸다가 소리쳤다.

"그 해적 놈들을 물리쳐버리면 해결되는 거 아니냐고!"

사람들은 얼른 납득하지 못했다. 너무 단순한 나머지 선뜻 동의하기 힘든 말이었다. 아니, 분명한 만큼 불가능한 이야기였다. 이윽고 요니가 고개를 저었다.

"말장난일 뿐이야. 이기면 정말로 해결이 되는지는 모르겠지만, 무엇보다 우리가 어떻게 해적을 상대로 이긴단 말이냐. 그것도 붉은 돛을. 어차피 안 된다고."

그러자 한 명이 광대를 흘끔 보며 말했다.

"이길 수 있었다면…… 그런 짓을 저지르지도 않았겠지."

메이가 갑자기 광대 앞으로 달려갔다. 무릎을 꿇으며 두 손을 마주잡고 허공에 올렸다.

"저기 클랭, 제발, 우리를 도와주세요. 미안해요. 죄송해요. 다 잘못했어요. 우리가 나빴어요. 난 어쩔 수가 없어서, 아무 말도 못 했을 뿐이고, 그래도 용서가 안 되겠지만…… 그래도 도와주시면…… 정말로…… 난 너무 무서워요. 무슨 일이 일어나는 거죠?"

얼마 안 가 더 많은 사람들이 달려갔다. 그들은 메이와 똑같이 무릎을 꿇고 간청했다. 상대를 설득할 구실 따윈 없었다. 그들은 마을 모퉁이의 큰 나무나 우물에 대고 소원을 빌듯 광대 앞에서 외쳤다.

"도와줘요, 클랭, 옛일을 생각해서라도!"

"이세 그만 저주를 풀어주시오. 몇천 번이라면 충분히 분도 풀렸을 텐데……."

"난 당신을 죽이는 걸 반대했소! 당신도 기억하고 있을 거요!"

"당신은 죽었다가 살아났으니까 힘이 있을 거 아니오? 우릴 도와줄 힘이 있을 거야, 분명! 저 해괴한 예언을 제발 멈춰주시오!"

막시민은 그들을 내려다보고 있다가 흐트러진 대열을 뚫고 다가오는 사람을 보았다. 그는 교묘하게 사람들을 피하며 누구와도 몸이 닿지 않았다. 고물로 올라와 눈앞까지 오자 막시민이 낮게 말했다.

"당신……."

"그래요. 납니다."

켈스니티는 막시민이 그동안 목소리만으로 상상해온 것과 비슷한 미소를 보였다. 알 수밖에 없는 것이 막시민은 예전에 조슈아가 그려준 그림을 보았던 것이다. 그는 그 그림과 정말로 같았다. 단순히 외모뿐이 아니라 풍기는 인상마저도.

"직접 만나서 기쁩니다. 비록 잠깐뿐이겠지만."

"아아, 그래. 그렇다고 해두자고."

막시민은 일부러 그러는 것처럼 불친절하게 대꾸했다. 다시 안 보이게 될 것이 뻔하니까, 잠깐 사이에 친해지거나 해서 나중에 골치 아프게 되고 싶지 않다고 억지를 부리는 중이었다.

"더 많은 이야기를 나누고 싶지만 그럴 여유가 없군요. 새벽이 멀지 않았으니까요. 우선 말하자면 리프크네 군의 의견은 확실히 타당합니다. 어쩌면 핵심이기도 하겠군요. 저들은 어차피 불가능하다고 믿고 있지만 방법은 있습니다."

"해적을 상대로 필승 전략이라도 있는 건가? 대단한데. 당신은 사제라고 들었는데 말이야."

"사제이긴 하지만 페리윙클 사람이기도 합니다."

막시민은 무슨 소린지 모르겠다는 듯 눈만 굴렸다. 켈스니티는 빙그레 웃었다. 활짝 웃으니까 눈이 몹시 가늘어졌다.

"페리윙클에서 태어난 사람들은, 그다지 우아한 이름은 아니지만 어쨌든 전부 다 해적이죠."

어느새 다가온 조슈아가 덧붙였다.

"더구나 켈스는 해적 공작 이카본 폰 아르님의 참모이자 오른팔이었지, 안 그래?"

켈스니티가 대답했다.

"네, 그게 바로 해답입니다."

돌아온 맹약자들

우리의 맹약을 보살피는 이가 있다면

그날 맹세하며 대접에 담았던 바닷물이

소금이 되어 내 눈에 들게 하소서.

새벽별이 떠올랐다.

이 계절에는 새벽별이 보이는 시간이 짧았다. 잠깐 만에 하늘이 밝아지고, 그러면 녹아버렸다. 일부러 지켜보지 않으면 깨닫기도 전에 사라졌다. 그러나 이날 수많은 사람들이 새벽별을 보았다. 지평선에 떠오를 때부터 흐려지는 순간까지. 이

날 고향의 별호를 탄 사람들에게 그 별은 두려움이었다.

음악도 술도 사라진 갑판은 휑했다. 전날 밤 놀이의 흔적이 을씨년스러움을 더했다. 곳곳에 먹다 남은 음식 찌꺼기와 무대 소도구 등이 굴러다녔다. 사람들도 그것들의 일부인 양 아무데나 맥없이 앉아 있었다. 누가 보아도 곧 생사를 건 전투를 시작할 사람들로는 보이지 않았다.

"저기, 켈스. 당신 얼굴을 진짜 보게 될 줄은 몰랐는데요, 저기, 생각보다 젊네요."

평소라면 유령이라는 이유로 어쨌든 겁을 냈을 텐데, 리체는 켈스니티를 보며 묘하게 안정이 되는 모양이었다. 모조리 유령뿐인 배에서 아는 유령이 하나라도 있는 편이 그나마 안심되는 걸까? 리체의 말을 들은 켈스니티는 평소라면 희미하게 웃고 말았을 텐데 뜻밖으로 되물었다.

"어떻게 상상하셨기에?"

"저어, 목소리가 꼭 그랬던 건 아니지만, 어쨌든 조수아한테 할아버지뻘쯤 된다니까 뭐, 그렇게 생각했을 때 상상되는 거 있잖아요? 하지만 그렇게만 생각했던 건 아니고, 그런 느낌도 있었다, 그런 얘기예요."

켈스니티의 대답은 짧았다.

"아아, 네."

"저기, 혹시 토라졌어요?"

"네? 아뇨. 그럴 리가."

둘의 시시한 대화를 들으며 막시민은 콧방귀를 뀌었다. 그러자 켈스니티가 돌아보았다.

"그보다 리프크네 군, 아브릴 양이 맡아야 하는 역할에 대해서 설명해드렸나요?"

리체는 깜짝 놀랐다.

"네? 제가 뭘 해요?"

"아무 말도 못 들으셨나 보군요. 괜찮습니다. 제가 곧 알려드릴 테니 걱정하지 마세요."

"아니, 이봐. 나한테 말해주라고 한 적도 없으면서 왜 내가 할 일을 대신 해주는 것처럼 말하는 건데?"

고물 쪽에서 사소한 다툼이 오가는 동안 조슈아는 상갑판으로 올라갔다. 알비가 여전히 그곳에 웅크리고 있었다. 옆에는 광대가 앉아 있었다. 그는 두 사람 앞에 섰다.

"날 봐요."

광대 클랭은 조슈아를 외면했으나 알비는 처음 막시민을 만났을 때보다 한결 나아진 눈빛으로 조슈아를 올려다보았다. 그러나 여전히 입술이 새파랬다. 조슈아는 알비를 내려다보며 온화하게 물었다.

"말해봐."

"무엇을요?"

"진심 말이야. 네가 원하는 것. 원치 않기도 하는 것."

조슈아가 곁에 앉자 알비가 말했다.

"무슨 소린지 모르겠어요."

"넌 이 상황이 끝나지 않는다고 말했지만 우린 끝내려 하고 있어. 그렇다면 넌 기뻐해야 할 거야. 갑판의 저들은 믿지 못해 저러지만 너는 아니잖아? 그런데 넌 기뻐하지 않아."

"아뇨, 전 기뻐요……."

"네 얼굴에 그렇지 않다고 씌어 있는데."

알비는 불안하게 눈동자를 굴렸다. 조슈아는 다그쳐 묻지 않고 그저 기다렸다. 알비는 두 손으로 자신의 해쓱한 뺨을 감싸쥐었다. 핏기가 잠시 돌아왔다가 사라졌다. 이윽고 한숨과 함께 말이 나왔다.

"전…… 저만은 살아 있거든요."

"알고 있었어."

알비는 눈을 크게 떴다.

"알고 있었다고요?"

조슈아는 그제야 미소를 보였다.

"난 영매야. 산 사람을 유령으로 보는 일은 없어. 가끔 유령을 산 사람으로 착각하는 일은 있지만. 살아 있는 널 알아보고서 그래서 너만이 제정신이구나 싶었어."

"영매라고요? 그렇다면, 바로 당신이……."

"그래. 내가 클랭 다 페르부르를 불러냈어."

알비가 속삭였다.

"왜 그랬죠?"

다리 사이에 얼굴을 묻고 있던 클랭이 고개를 들었다. 조슈아는 다가앉으며 그와 시선을 마주했다. 광대가 말했다.

"네가 나를 다룬다고 했지? 나를 불러냈으니, 돌려보낼 수도 있다는 말인가?"

"당신은 이 배 주위를 줄곧 떠돌고 있었죠. 이 배에 탄 자들의 운명을 지켜보면서. 어젯밤 내 배에 당신의 노래가 들려왔어요. 어쩌면 나만 들었을지도 모르지만. 처음엔 유령이 부르고 있다고 생각하지 못했을 정도로 흥겨운 노래였죠. 난 그 사람이 보고 싶었어요. 당신도 알겠지만 난 평범한 노래를 부르는 사람이 아니죠. 그런 내가 당신의 노래를 듣고 반해서 당신을 찾아 이 배로 건너왔던 겁니다. 결국 당신 때문에 나와 동료들까지 이 배에 묶인 신세가 된 거고요. 한 가지 물어봐야겠네요."

클랭은 대답하지 않았고, 조슈아가 말을 이었다.

"왜죠? 당신은 이 배를 떠날 수 있었는데. 왜 떠나지 않았죠?"

"떠날 수 없었다. 나 또한 이 배의 운명에 묶인 몸. 저들이 죽음을 반복한다면 나는 죽은 채로 묶여 있다."

"아니야. 당신은 떠날 수 있었어요."

"네가 그렇게 해줄 수 있다는 뜻인가?"

광대의 눈동자에 언뜻 생기가 감돌았다. 옛 동료들을 윽박지를 때조차 무표정했던 눈이었다. 일말의 흥미가, 빛이 지나갔다.

"꼭 내가 그래야 할 필요는 없어요. 물론 유령인 채로 이곳을 떠날 수는 없겠죠. 하지만 소멸을 택하면 되니까. 의식은 사라지겠지만 최소한 이 좁은 시공간에서 풀려나 이윽고 새롭게 태어날 수도 있을 테죠. 설마 그럴 수 있다는 걸 몰랐던 건 아니겠죠?"

"난......"

"복수심 때문이었다는 얘긴 그만둬요. 난 당신을 내 몸에 강령시킬 수도 있으니까. 당신이 원한에 사로잡혀 쉬지 못했던 거라면 당신의 혼은 지금과 좀 다른 상태일 거예요. 그런 혼은 느낌부터가 다르니까."

광대가 고개를 흔들었다. 방울이 짤랑거렸다.

"아니야, 난 떠날 수 없었다. 나도 이유는 몰라. 하지만 이 마력은 내가 쉬는 것조차 막고 있어. 내가 쉬고 싶은지 한 번도 생각해보지 못했지만, 네 이야기는 낯설다. 내가 스스로 할 수 있는 일은 아닌 것 같다. 네가 해줄 수는 있는 건가?"

조슈아는 고개를 숙였다가, 말했다.

"솔직히 말해 한 번도 그렇게 해본 적이 없어요. 될 것 같은 느낌은 드는데 섣불리 시도하기가 좀 겁난달까."

"할 수 있다면 해다오. 난 더이상 이곳에 있고 싶지 않다."

알비가 조그맣게 말했다.

"당신은 클랭이 수백 년 전부터 우리에게 하고 싶었던 말을 실컷 하도록 해주었어요. 이제 그는 더 하고 싶은 말이 없을 거예요."

광대는 알비를 돌아보다가 약간 쉰 목소리로 말했다.

"꼬마 알비, 네 말이 맞을지도 모르지."

조슈아는 머뭇거리다가 웃었다.

"글쎄, 그럴 작정으로 불러낸 건 아니었는데. 난 당신들이 과연 무슨 일로 이러고 있는지 궁금했거든요. 그걸 알려면 당사자들끼리 만날 필요가 있다고 생각했고요."

알비가 말했다.

"그래요. 그 말씀이 맞아요. 우린 모두 잘못을 했죠. 클랭이 먼저 우리를 작게 배신하고, 우린 그에게 크게 보복했어요. 아까 클랭이 화를 냈을 때 무서웠지만 한 번쯤은 그도 그런 말을 할 자격이 있을지 몰라요. 우린…… 누구를 탓하지 못할 처지니까. 우리가 왜 저주받게 됐는지는 아무도 몰라요. 하지만 우린 저주받아 마땅한 짓을 했죠. 그것만은 분명해요. 그런 짓을 했다면 누구라도 벌을 받아야 될 거예요. 누가 벌을 줬는지는 중요한 게 아니죠……."

알비는 고개를 떨어뜨렸다. 담담하게 말하면서도 그는 여전히 두려워했다. 다가올 어떤 일을.

조슈아가 물었다.

"넌 어떻게 살아남았니?"

"활대에 걸렸던 밧줄…… 클랭의 목을 달아맸던 밧줄을 잡고 돛 속에 숨어 있었어요. 아주 긴…… 시간이었죠."

"그러고서 사람들이 죽어가는 것을 봤구나."

셋 다 말이 없었다. 이제 피하지 못할 일을 말해야 할 때였다. 마침내 조슈아가 입을 열었다.

"어떻게 될지 알고 있는 거지?"

알비는 고개를 끄덕였다. 조슈아의 입에서 약한 한숨이 흘렀다.

"세상에는 영원히 살고 싶어 하는 사람이 많지만 너 같은 방식으로는 아니겠지. 하지만 힘들게 살고 있다 해서 당장 삶을 그만두려는 사람은 또 드물 거야. 갑판의 저들한테는 굳이 물을 필요를 못 느끼지만, 너만은 아니야. 진심으로, 이제 그만 끝내도 좋다고 생각해?"

알비는 조슈아의 눈을 바라보았다. 소년의 눈은 맑았다.

"아주 오랫동안…… 그렇다고 말하고 싶었어요."

결단을 내렸다고 편안해지는 것은 아니었다. 말하면서도

알비는 떨고 있었다. 그때 광대 클랭이 말했다.

"꼬마 알비, 넌 내가 살아 있을 때부터 날 무서워했다. 그런 네가 아까는 대담하게도 말하더군. 이제 아무것도 무서워하지 않아도 돼. 내 목을 맸던 동아줄을 붙들고 살아났던 너, 그래서 나와 진실을 나누게 된 너, 모든 일이 끝나면 우린 나란히 걷는 길동무가 될 거다. 그 길은 아주 길지. 길동무 없이 걷기엔 너무 길어."

조수아는 고개를 끄덕이며 자리에서 일어섰다.

"네가 결심했다니 한결 마음이 편해졌어. 이제 당신들을 위해 내가 할 수 있는 방법을 쓸게. 작별은 이걸로 대신하자."

"네, 편하게 생각해주세요."

조수아는 몸을 돌려 갑판으로 내려갔다. 목을 잠시 가다듬더니 이윽고 주저앉은 사람들을 향해 외쳤다.

"자, 다들 술은 깼겠죠? 그만 일어들 나요. 중요한 일을 해야 하니까."

예상했다시피 사람들은 얼른 일어나지 않았다. 맥없이 자포자기한 눈, 또는 만사가 귀찮다는 눈으로 흘끔 쳐다보았을 뿐이었다. 조수아는 웃었다.

"내가 여기 온 것이 우연이든 필연이든 예상했던 일만은 아니었습니다. 난 본의 아니게 이곳에 와서 당신들의 까닭 모를 '되풀이되는 밤'에 포함되어버린 겁니다. 생각해봐요. 당신들한테 대단한 동정심이 있을 리 있겠는지. 달가운 감정이 있겠는지. 더구나 그리 훌륭한 일을 하지도 않은 당신들한테. 신경쓰이는 예언에 골몰하느라 당신들이 부른 손님한테는 아무 책임도 안 져도 된다고 생각하나요? 바다의 유랑 극단은 손님 치르는 예의가 그것뿐인가요?"

잠깐 말을 끊고 주위를 둘러보았다. 사람들의 표정이 조금 변하는 것을 보면서.

"당신들은 다가올 해적만 무서운지 모르지만 여기 선 나도 그 해적보다 덜 위험한 사람은 아니죠. 적어도 당신들한테는. 유령치고 나를 겁내지 않을 자는 없으니까. 내킨다면 난 당신들을 얼마든지 집요하게 괴롭힐 수가 있어요. 내가 그러지 않는 이유는 귀찮아서도 아니고 절망해서도 아닙니다."

사람들은 여전히 대답이 없었지만 눈은 조슈아를 보고 있었다.

"일말의 책임이 느껴져섭니다."

그 말의 뜻을 바로 이해한 사람은 없었다. 사람들은 물론 막시민이나 리체도 마찬가지였다. 오직 하나, 켈스니티만이 그 말을 들으며 빙긋 웃었다.

"번거로운 설득은 안 하겠습니다. 이제부터 내가 명령하는 대로 하십시오. 당신들 사이의 해묵은 원한이나, 이 마법을 누가 걸었느냐 하는 문제는 잊어버리세요. 어차피 당신들은 서로 다 잘못했습니다. 미묘한 차이는 이제 됐습니다. 그런 것을 가려내는 건 내 몫이 아니죠. 난 몇백 년 뒤의 사람입니다. 당신들도 몇백 년 전에 이런 일이 있었다는 이야기를 당신 할머니나 그런 사람의 입에서 들었다고 생각해보세요. 감상이 어떨까요? 그냥 다 나빴네, 이럴 게 뻔하죠. 안 그래요?"

조슈아는 사람들 사이를 가로질렀다. 그리고 고물 쪽 계단에 한 발을 디디고 말했다.

"두 번 말할 생각은 없습니다. 당신들은 내 명령을 듣고 그대로 따르면 됩니다. 문제는 내가 해결합니다. 모두 일어나서 옷매무새를 바로 하고 아무 일도 없었던 것처럼 갑판을 정리하세요. 최대한 빨리!"

몇 명은 벌떡 일어났으나 모두가 그런 건 아니었다. 조슈아는 다시 독려하는 대신 고물로 올라서며 비꼬듯 한마디 던졌다.

"움직이기 싫으면 어디, 무슨 일이 일어나는지 앉아서 떨며 구경해보시지요. 그땐 나도 상관하지 않을 테니까. 나 같은 손님이 어떻게든 해보려 하는데 일어나 돕지도 않는 사람들은 내가 책임을 느낄 가치도 없을 테니까."

닐바 역을 했던 남자가 고물 앞으로 다가왔다. 그는 올라오는 대신 조슈아를 올려다보며 물었다.

"왜 당신이 책임을 느끼는지 설명해줄 순 없는 거요?"

조수아는 평소 누군가가 자주 했을 법한 대답을 했다.

"귀찮아요."

장루에 오른 선원이 동녘 수평선을 뚫어져라 보고 있었다. 아직도 반신반의하면서, 그러나 나타날지도 모르는 배를 기다렸다. 실은 기다리지 않았다. 나타나지 않기를 바랐다. 수평선 언저리의 별이 지워져갔다. 섬이 흔들렸다. 무언가가 있음을 깨달았을 때는 벌써 뚜렷한 윤곽이 되어 있었다.

그자는 갑판을 내려다보며 소리쳤다. 소리치면서 이미 내려가고 있었다.

"왔다!"

갑판에서 기다리던 사람들의 마음도 지금 정신없이 돛줄을 타고 있는 선원의 마음과 같았을 것이다. 그러나 준비는 끝났다. 혹여나 원치 않는 일이 닥칠까 봐 해둔 준비라 해도, 쓸데없는 짓이 되길 바랐다 해도, 마침내 쓸모가 있게 된 순간에는 가슴이 덜컥 내려앉으면서도 미약한 보람이 느껴진다. 마주보는 사람들의 얼굴에는 일말의 흥분과 긴장감, 그리고 각오 같은 것이 감돌았다. 두려움도 물론 있었다. 하지만 물러설 곳은 없었다.

뱃머리에 서 있던 조수아가 손을 흔들었다. 올렸다가, 휙 내렸다.

"시작!"

그와 동시에 갑판에서 현과 피리의 선율이 흐르기 시작했다. 갑판은 어느새 깨끗이 치워졌고, 심지어 반짝거릴 정도로 닦아놓았다. 무대장치로 쓰이던 천과 리본들이 뱃전을 장식했다. 갑판 한가운데에서 극단의 연주자 넷이 나란히 서서 연주에 들어갔다. 그들이 밟고 있는 것은 본래 막을 내릴 때 쓰지 않았을까 싶은 붉은 천이었다. 그런데 어느새 테두리에 금술이 재빠르게 둘러져 있었다. 이 배 안에 그렇게 바느질 솜씨가 빠른 사람은 한 명밖에 없었다.

그런 바느질만이었다면 어렵지 않았을 것이다. 그러나 이제부터는 전혀 익숙하지 않은 역할을 해야 했다. 리체는 숨을 깊이 들이쉬었다. 그 상태로 꾹 참으며 가슴에 자신감을 불어넣으려 애썼다. 하지만 그녀는 재봉사지 배우가 아니었다. 참으려 애써도 어깨가 무의식중에 떨렸다. 종아리는 벌써 뻣뻣하게 굳었다. 초보 배우의 불평을 들어줄 연출가는 저만치 뱃머리에 혼자 서 있었다.

그러나 연출가는 눈이 좋았다. 리체와 눈이 마주치자 조슈아는 바로 알아차리고 내려와 리체 곁으로 왔다. 눈을 보며, 차분하게 말했다.

"불편해할 거 없어. 평소처럼 행동하면 돼. 말만 하지 않으면 되는 거야. 서 있기가 힘들면 저쪽에 앉아 있어도 돼."

"평소처럼 행동해도 된다고? 그럴 리가 있겠어? 비슷한 점이 하나라도 있겠니? 그런 사람이, 나 같은 애하고."

"아냐, 내가 생각하기엔……."

조슈아는 리체의 등뒤를 건너다보며 살짝 웃더니 말했다.

"너하고 꽤 비슷한 사람이었을 것 같아."

등뒤에서는 켈스니티가 두려움보다 불평이 많은 초보 배우를 붙들고 비슷한 얘기를 하고 있었다.

"괜찮습니다, 리프크네 군. 평소대로 하세요. 제 생각에는 그가 당신과 좀 닮았거든요."

"아, 괜히 하는 소리인 거 다 알아. 어차피 내가 모르는 사람이다 이거잖아? 하긴 뭐 저쪽 놈들도 잘 모르는 사람일 것 같은데. 대충 처리할 테니까 내버려두라고. 대단한 거 기대 안 하잖아? 나 때문에 망치지만 않으면 되겠지."

켈스니티는 눈을 내리깔며 소리 없이 웃었다. 평소 대답이 빨리 나오지 않을 때, 보이지 않는 그가 어떤 표정을 지었을지 이제야 알 듯했다. 그렇게 웃으면서 말했다.

"긴장을 불평으로 해소한다는 점에서도 말입니다."

유랑 극단 사람들은 실력이 좀 떨어진다 해도 기본적으로 배우였으므로 초보들보다 대기 상태가 나았다. 그들 중 몇 명은 무대의상 중 가장 그럴듯한 것을 골라 입고 뱃전에 서 있었다. 남은 역할은 가장 노련한 배우이자 연출가, 그리고 연기할 필요 없이 자신다운 모습만으로 충분한 자뿐이었다.

추격자가 가까워진다.

저만치 장전 준비가 된 대포들이 보였다. 하지만 예상대로 당장 쏠 생각은 없어 보였다. 되찾을 물건이 있는데 배가 부서져 가라앉도록 대포를 쏴댈 순 없는 노릇이었다.

저쪽 배가 내는 물소리가 들릴 즈음 조슈아가 고물 갑판으로 올라섰다. 그는 본래 입고 있던 흰 셔츠 위에 금빛 견장 달린 검붉은 재킷을 어깨에 걸치고 팔짱을 꼈다. 역시 리체가 무대의상을 골라 즉석 바느질로 그럴듯하게 고쳐준 것이었다. 머리에는 챙이 길쭉한 붉은 모자를 썼다. 챙이 눈가로 내려와 소년다운 얼굴을 가려주었다.

새벽이 바다에게 화해를 청한다
밤새 다투던 수평선 머리에서
석류차 한 잔을 붉게 데워서
푸르게 언 입술을 녹이라 한다

리체나 막시민은 조슈아의 노래를 자주 들었지만 지금처럼 깜짝 놀랄 정도로 성량을 높인 노래는 처음이었다. 그러면서도 음색은 조금도 흐트러지지 않았다. 목소리는 새벽 공기만큼이나 차고 또렷했다. 기교도 없이, 무엇보다 멀리 전달되도록 힘을 실은 노래였다.

'붉은 돛'이라는 이름과 어울리는, 검붉게 물들인 돛을 단 배가 위압적인 선체를 붙여왔다. 어스름 속에서 사람들의 윤곽이 나타났다. 표정을 알아보기엔 멀었으나 신호등으로 의사를 주고받기에는 너무 가깝기도 했다. 잠시 후 저쪽에서 신호용 깃발을 가져왔다. 첫 번째로 전해 온 내용은 이런 것이었다. '멈춰라.'

한 사람이 내용을 해석해주자 이쪽에서 신호기를 준비한 선원이 조슈아의 얼굴을 쳐다보았다. 어느새 당연한 듯 지시를 기다리는 모습이었다. 조슈아가 피식 웃더니 말했다.

"'이미 멈춰 있는데'라고 전하세요."

지시를 들은 선원은 저도 모르게 미소를 머금었다가 흠칫 놀랐다. 조금 전까지만 해도 웃을 수 있으리라고는 생각하지 못했던 까닭이었다.

저쪽에서 다시 신호가 왔다. '배를 가까이 붙이겠다.'

조슈아는 답 신호를 보내게 했다. '좋을 대로.'

이렇게 대화가 오가는 동안 사람들은 바짝 긴장했다. 곧 육성이 오갈 만한 거리가 되면 저쪽에서 먼저 다그치려 들 테고, 즉시 백병전에 돌입할 수도 있었다. 그러나 예상은 어긋났다. 한 손에 확성 나팔을 받아들고 있던 조슈아가 먼저 소리를 질렀다.

"바다의 예의로 인사를 하자꾸나! 우리는 모르는 사이니 소개가 필요할 거야. 내가 내 배를 타고 있지 않으니 더더욱 그렇지. 이렇게 마주보니 너희는 내가 누구인지 알겠지만, 난 너희를 모르겠다. 너희 배에 명판이 보이지 않는 걸 보니 바다에서 고생이 많았나 보구나. 인사한다, 너희에게, 바다의 공작이!"

나팔을 통하자 조슈아의 목소리는 배 전체를 울릴 정도로 커졌다. 대꾸가 돌아오기까지는 한참 걸렸다. 저쪽에는 조슈아 같은 목을 가진 사람이 없으니 좀더 배를 붙여야 했기 때문이다. 이윽고 얼른 대답하지 못하는 동안 초조해진 것이 분명한 목소리가 울렸다.

"잘 들어라! 바다의 공작은 한 분뿐이야. 너희 같은 배에 타고 있을 리 없는 분이지!"

저쪽에서 확성기를 든 자는 선원이나 항해사인 듯했고, 그 뒤에 선장으로 보이는 자가 버티고 서 있었다. 낡아빠진 회색 셔츠 차림이었지만 한눈에 알아봤다. 해적이라는 이름에 어울리는 거구에 높이 솟은 어깨, 배가 흔들리는데도 뿌리라도 내린 것처럼 꼼짝 않는 발. 비스듬히 쓴 모자에 가려져 얼굴은 잘 보이지 않았다.

조슈아는 거침없이 대꾸했다.

"그렇게 생각해주니 고맙군. 그 호의 받아들이겠다."

"뭐라고? 무슨 소릴 하는 거냐?"

"바다의 공작이 하나임을 아는 걸 보니 너희는 내 친구라는 이야기지. 내가 잘못 생각한 거라면 빨리 말해라. 그래야 나도 너희를 어떻게 대접할지 알게 될 테니까."

저쪽 선원은 확성 나팔을 거두더니 몸을 돌려 선장과 몇 마디를 나눴다. 이윽고 선장이 나팔을 받아 쥐었다.

"설마, 당신이 바다의 공작, 이카본 폰 아르님이라고 말할 셈이냐?"

선장의 목소리는 가래가 들끓어 탁했다. 아침 파이프를 아직 피우지 못한 모양이었다. 조슈아는 대꾸하는 대신 웃음을 터뜨렸다.

"하하하하……."

명랑한 웃음소리에 상대방은 당황한 기색을 감추지 못했다. 그때 켈스니티가 나팔을 받아들지도 않고 말했다.

"공작께서 재미있어하시니 다행스럽습니다. 아니라면 우리도 그대들의 무례를 그냥 넘길 수는 없었을 테니까요."

켈스니티의 목소리는 외침이 아니었는데도 자연스럽게 저쪽 배까지 잘 들렸다. 이쪽 배의 선원들도 놀랐을 정도였다.

"넌 누구냐?"

"전 공작을 모시는 보잘것없는 사제입니다."

저들끼리 다시 몇 마디가 오가더니 조금 달라진 목소리가 물어왔다.

"사제라면…… 발미아드?"

켈스니티는 손바닥을 마주대며 사제의 인사를 했다. 그러나 목소리는 불친절했다.

"저 같은 사람의 이름까지 아실 줄은 몰랐습니다만. 어쨌든 이제 예를 갖춰주십시오. 공작께서 오늘 아침 몹시 기분이 좋으셔서 그대들에게 먼저 호의를 베푸셨는데도 그대들은 아직 그 호의에 답하지 못하고 있군요."

붉은 재킷을 걸친 조슈아 곁에 나란히 선 켈스니티는 조슈아와 키가 비슷했다. 헐렁하게 묶은 긴 머리와 망토, 품이 넓은 소매가 바람에 휘날렸다. 망토 깃과 달마티카 아랫단에는 글자처럼 보이는 무늬가 수놓아져 있었다. 이렇게 선명한데도, 줄곧 목소리만 들었기 때문인지 어느 순간 지워져버릴 것 같기도 했다.

하지만 이 배는 숨겨진 것을 보여주는 배였다. 조슈아가 아직 어린지라 켈스니티는 이카본 곁에서 그랬듯 형제처럼 보이지는 않았다. 대신 주의깊은 보호자의 모습이었다. 무기를 갖지도 않았고 갑주를 걸치지도 않았다. 그런데도 아주 가까이에서 조슈아를 지키고 있다는 느낌이 들었다. 그런 모습은 처음 보지만…….

아니, 실은 줄곧 그렇게 서 있었을 것이다. 보이지 않았을 뿐.

"자, 자, 잠깐. 당최 이해가 잘 안 되는데. 우선, 저기, 난 '붉은 돛'의 선장 라스콜 데토랭이오."

드디어 상대의 말투가 바뀌었다. 켈스니티가 소맷자락을 한 번 젓자 어둠 속에 금가루 같은 것이 흩날리다가 어느새 커다란 2절판 책의 윤곽이 되었다. 그 모양을 본 해적들은 크게 놀랐다. 이쪽 배에서 구경하는 사람들도 눈이 튀어나올 지경이었다.

켈스니티는 품에서 외알 안경을 꺼내어 눈가에 대더니 허공에 떠 있는 책장을 천천히 넘겼다. 넘길 때마다 윤곽이 스러질 듯 날리다가 다시 가라앉곤 했다. 이윽고 한 페이지를 짚더니 말했다.

"거짓을 말하진 않았군요. 라스콜 데토랭 선장. 티아틀란드 출신이고 사 년 전에 결혼한 로잘린 데토랭과 아들 둘이 부모와 함께 여전히 티아틀란드에서 지내고 있겠죠. 이쪽 해역에서 가나폴리의 난파선을 건지러 다니다가 얼마 전에 성과도 냈던 걸로 알고 있고. 당신이 보고하지 않았다 해도 공작께선 이미 알고 계십니다. 어쨌든 그만한 명성이 있는 해적이라면 우리 공작에 대해 충분히 알리라 생각합니다. 그분이 왜 바다의 공작이라 불리는지도 말이지요."

켈스니티가 책을 접자 책은 다시 금가루로 변해 날아갔다. 데토랭은 침을 꿀꺽 삼키며 외쳤다.

"아, 물론 알고 있소! 남쪽 바다와 해적들을 모조리 다스리시는, 바다가 임명한 공작이 아니오? 비록 수하에 들지 못했더라도 마음속으로는 언제나 흠모하고 있었소이다. 이런 곳에서 마주치게 될 줄은 상상도 못 했고, 그래서 놀랐지만······."

그는 말을 이으려다가 머뭇거렸다. '보고하지 않았다'는 말을 들었으니 신경이 쓰일 수밖에 없었다.

"우린 곧 보고할 생각이었소. 약간의 문제만 없었다면······ 음, 우린 난파선을 건져서 얻은 것들 중 가장 좋은 걸 공작께 바치려고 했소. 그래서 서둘러서······ 그런데, 그게, 음, 실은, 우린 지금 그 배를 쫓아온 건데, 저, 저, 그런데, 공작께서 왜 이런 배를 타고 계신지 여쭤보아도 되는지?"

웃음을 그친 조슈아가 말했다.

"이 배는 작고 우아하고 낡았지. 손때 탄 악기처럼."

설명은 그뿐이었다. 저쪽에서는 말이 이어질 줄 알고 목을 빼고 있었으나 조슈아는 미소만 지을 뿐이었다. 결국 그들이 다시 묻기 직전, 막시민이 나섰다.

"아아, 아, 잔소리가 길군. 뭐가 그렇게 궁금한 게 많나. 공작께선 행선지를 알리지 않고 가야 할 곳도 많으시다. 그럴 때면 쓰시는 방법이야. 지난 항구에서 이 배를 구하셨다. 다시 말해 배와 선원을 모조리 사신 건데, 물론 처음 있는 일은 아니야. 사람들은 다 너희와 마찬가지여서 이런 유랑 극단의 배에 공작께서 타셨다고 감히 짐작하지 못하거든. 이 배가 작았던 것도 이유가 되었고. 이 배에 볼일이 있다고? 이제는 공작께 여쭤야 할걸. 그게 무슨 일이든 간에 말이야. 말해봐라. 너희는 무슨 볼일이냐?"

"그게……."

해적들은 솔직하게 말해야 할지 망설이는 눈치였으나 결국 입을 열었다.

"그 배에 탄 녀석 하나가 바로 우리가 얻은 보물을 훔쳐서 도망쳤기 때문에…… 그래서 그놈을 붙잡아서 공작께 가려고 생각했던 겁니다. 그 물건이 바로 저희가 공작께 바치려고 하던 것이었는데…… 공작께서 그런 걸 찾고 계신다는 소문도 들었고…… 그걸 어떤 식으로든 공작께서 갖게 되셨다니까…… 아무래도 좋은 셈이 된 것 같기도 한데……."

"아, 그래? 좋은 이야기군. 그런데 그런 귀한 걸 내놓으려 한 이유라도?"

"아, 예…… 다시 말해 수하로 거둬주시지 않을까 해서였지요."

막시민은 저도 모르게 쿡 웃고 말았다. 생각한 것보다 일이 잘 풀릴 성싶었다. 조수아는 어느새 대수롭지 않은 소리를 들었다는 듯 시선을 돌렸고, 켈스니티가 말했다.

"그 청원에 대해 공작께서는 고려해보실 것입니다. 우선 그대들의 물건을 훔쳤다는 자를 찾아 자초지종을 듣고 죄를 물은 뒤에 말입니다. 그자는 해적들의 방식으로, 해적을 배신한 벌을 받게 될 것입니다."

그만하면 해적들도 납득할 수 있을 대답이었다. 데토랭이 물었다.

"저, 그런데 공작께서는 어디로 가시는 길이신지요?"

막시민이 대꾸했다.

"너희도 머리가 있다면 생각해봐라. 일부러 작은 배를 골라야 하는 곳으로 말이야."

물론 이카본이 노을섬의 폭풍을 피했던 배는 이보다 훨씬 작은 쪽배였지만 그런 사실은 상관없었다. 가벼운 수수께끼를 풀었다고 생각하면 사람은 기분이 밝아지는 법이다. 대답하는 목소리에 언뜻 활기가 돌았다.

"그렇다면…… 노을섬?"

"머리는 꽤 도는데."

이카본이 누구도 통과할 수 없다던 노을섬의 폭풍을 어떻게 뚫고 들어갔는지, 그래서 무엇을 얻었는지 하는 이야기는 당시 이 근방에서 대단한 관심거리였다. 손에 잡힐 듯 생생한 전설이었다. 해적들은 본능적으로 이쪽 배의 갑판을 살폈다. 있었다. 선미루 앞 상자에 걸터앉아 이쪽을 쏘아보는 붉은 머리 여자가.

리체는 팔짱을 낀 채 무표정하게 붉은 돛의 갑판을 훑어보았다. 그것으로 충분했다. 리체의 시선이 선원들의 얼굴을 하나하나 거쳐 배 구석구석과 돛, 돛대 꼭대기에 이르렀다가 내려오는 것을 본 해적들은 귀신이라도 본 듯 오싹한 얼굴이 되었다. 마치 그녀가 시선만으로 주시한 것들을 모조리 부숴버릴 거라고 생각하는 것처럼.

막시민이 다시 입을 열었다.

"너희는 입을 다물어주는 편이 좋을 거야. 나중에 섬에 간 이야기가 밖으로 새면 너희 탓이라고 생각할 수밖에 없잖아. 공작께선 조용히 다녀오기를 원하시니까 말이야. 자, 공작께서 너희를 친구라고 생각하시겠다는데 혹시 이의가 있나?"

"있을 리가 있겠습니까!"

여기까지는 일이 순조롭게 되어갔다. 그런데 저쪽에서 고급선원으로 보이는 자가 선장과 귀엣말을 나누더니 나팔을 받아 쥐었다.

"바다의 공작을 이렇게 뜻밖에 만나 뵙게 되어 영광스럽기 그지없습니다. 또 다른 전설을 만들러 가시는 자리에 함께한 것도 자랑스럽고요. 그런데 저희가 전부터 궁금한 것이 있어서 말입니다. 듣기로 공작께서는 신비로운 축복을 받으셨다고 하던데 시골뜨기 까막눈인 놈들로서는 보지 않고는 도저히 믿기가 힘든 이야기더란 말씀이죠. 아, 물론 저는 공작을 한 점 흐림 없이 믿기 때문에 감히 의심하는 녀석을 가만히 둘 수가 없었더랍니다. 몇 달 전에 한 내기인데 자그마치 손가락 두 개가 걸렸지 뭡니까."

갑판에 일순 긴장감이 감돌았다. 그러나 막시민은 거리낄 것 없는 태도로 대꾸했다.

"아, 그래서? 구구한 설명은 그만두고 알고 싶은 게 뭔데 그래?"

선원은 비굴한 웃음을 보였다.

"공작께서 저희한테 그 축복받으신 능력을 좀 보여주셨으면 하고 말씀입죠. 그게 뭐, 좀 애매하다면 위대한 마법사께서 그래주셔도 좋겠고."

그때 리체가 상자에서 일어섰다.

동시에 저쪽 갑판에 선 사람들이 전부 움찔하는 것이 느껴질 정도였다. 리체는 천천히 걸어 상갑판에 올라섰다. 그리고 뱃전을 짚으며 그들 쪽을 보았다. 리체를 슥 돌아본 막시민이 한숨을 내쉬려다가 자신이 맡은 배역을 자각하고 말했다.

"감히 그런 말을 해놓고서 겁나는 게 있긴 한 거냐? 마법사께서는 오늘 아침에 기분이 좋지 않아."

"……."

"너희의 말을 듣고 기분이 더 나빠진 모양인데."

조슈아가 갑판을 가로질러 선뜻 상갑판으로 올라갔다. 뱃

머리 장식을 짚은 리체의 손을 톡톡 두드리더니 불쑥 노래를
불렀다.

　　움트지 않는 싹, 자라지 않는 숲
　　모퉁이에 선 너는 고개를 저었네
　　시골 사람의 눈은 거짓을 말 못 해
　　봄밀 거두면 돌아오겠다고
　　박하꽃 피면 돌아오겠다고

　　낙엽 자박자박, 불 꺼진 붉은 숲
　　손 한번 잡아주고 쉬이 보내준
　　구부러진 오솔길은 끝이 안 보여
　　깃이 자라면 돌아오리라고
　　어른이 되어 돌아오리라고

　소년처럼 청아한 노랫소리에 해적들도 놀랐다. 노랫말이야
어찌됐든 소리가 너무나 맑았다. 아무도 청하지 않았지만, 아
무도 거절하지 못할 노래였다. 막시민이 아는 한 조슈아는 코
츠볼트 시절 이후로 이런 목소리로 노래한 적이 없었다. 막시
민조차 직접 들은 일이 없지만, 그건 모나 시드 합창단 솔리
스트의 목소리였다.

노래를 그친 조슈아가 리체의 얼굴을 물끄러미 들여다보며 미소를 지었다. 리체는 아무 대답도 하지 않았지만 저도 모르게 시선을 피하고 말았다. 조슈아의 저런 얼굴은 아무 생각 없이 마주보고 있기가 상당히 힘들었다.

어쨌든 멀리서 보기에는 이카본이 기분이 좋지 않은 아나로즈를 달래는 듯 보였을 것이다. 이윽고 조슈아는 해적들을 향해 몸을 돌렸다.

"노을섬은 아나로즈의 고향이다 보니 앞바다를 시끄럽게 하고 싶지 않군. 하지만 앤이 그런 생각을 버리는 순간 힘들어지는 것은 너희니까, 그런 일이 없길 간절히 비는 편이 좋겠지."

섣불리 능력을 보고 싶다고 조르다가 돌아올 대가를 경고하는 말이었다. 주위가 조용해졌다. 물결이 두 배를 두드리는 소리만 들렸다.

"그 대신."

조슈아는 켈스니티를 바라보았다. 켈스니티가 고개를 끄덕였다.

"그대들은 운이 좋습니다. 호기심 중에는 대가가 비싼 것들도 있지요. 본래 마법사께서 그대들을 먼지 한줌으로 바꿔버리고 나면, 나는 빈 수면을 보며 그대들의 영혼을 위해 기도합니다. 그때 내가 할 수 있는 일은 그것뿐이니까요. 공작께서 그 순서를 바꾸라고 명하시니 오늘은 살아 있는 그대들을 위해 기도할 수 있게 되었습니다. 저도 조금은 보람이 느껴지는군요."

켈스니티는 두 손을 높이 올렸다가 천천히 모았다. 그와 동시에 조금 전에 책을 만들었던 것과 비슷한 가루가, 이번에는 은빛 장막이 되어 일시에 퍼져나갔다.

"오래 헤매어 지친 혼들이 은빛 강의 속삭임에 이제 쉬노라."

새벽의 옷자락만큼 길었고, 여명인 양 세상을 덮었다. '붉은 돛'의 해적들은 빛나는 장막이 다가와 그들을 감싸고 이윽고 바닷속으로 흩어지는 것을 보았다. 말로 다 할 수 없는 광경이었다. 모두가 말을 잊었다.

잠시 후 그들에게 세상에서 가장 달콤한 잠이 찾아왔다.

청록색 유리병에 든 배

그 배는 세상에서 가장 아름다웠어.

바다 밑에

푸른 보석처럼 가라앉아 있었어.

조개도 없는 진주였어.

세상에 없다는 새파란 꽃이

그곳에 다 있었어.

은어들이 바다꽃을 뜯는 배에

선원 하나 없지만

그 배의 선장이 되어

다시 한번 떠나고 싶었어.

바닷무덤 속으로

뱃사람의 고향으로 가는 긴 뱃길을.

～

커튼처럼 묵직하던 아침 안개가 걷혀갔다. 갑판 한쪽에는 밤새 갖고 놀던 카드가 나뭇잎처럼 굴러다녔다. 그늘진 구석마다 선원 몇이 모포를 말고 처박힌 채 곤히 잠들어 있었다. 닫혀 있던 선실 문을 두드리자 잠시 사이를 두고 대꾸가 들렸다.

"아따, 거 시끄럽다. 우리 소공작 전하가 아니시라면 냉큼 나가 아침 운동도 할 겸 갑판이나 유리알처럼 박박 문질러 닦고 있거라, 잉?"

"전하는 아니고 그냥 소공작인데요."

문이 벌컥 열리기까지 숨 한번 내쉴 틈도 걸리지 않았다. 일등항해사 민크는 문에 부딪히지 않으려고 비켜선 조슈아를 보자마자 고개를 꾸벅 숙여 인사했다.

"아이쿠, 잘 다녀오셨습니까요."

"네. 덕택에 재미있는 밤을 보냈어요."

항해사는 조슈아의 얼굴을 보다가 고개를 갸웃거렸다.

"그런데 전혀 피곤하지 않으신 것 같습니다? 밤을 새우셨을 줄 알았는데요."

"아, 그래 보여요?"

"한잠 푹 주무시고 일어나신 듯한뎁쇼."

조슈아는 빙긋 웃었다.

"따져보자면 그렇다고도 할 수 있겠네요."

드디어 또렷해진 해가 갑판 곳곳을 따끈하게 비추었다. 머리는 아직 그늘 속에 뒀더라도 양지에 내놓은 등짝이 데워지자 선원들의 잠도 슬슬 달아났다. 벗어놓은 구두를 찾아 신고 보니 한쪽만 줄어들어 발에 잘 맞게 됐다든가, 밤새 머리카락이 판자 틈새에 끼어 기를 쓰며 뽑는다든가, 그런 일들과 함께 항해사의 호통 소리를 한 귀로 들어 흘리는 평화로운 아침이었다.

조슈아뿐 아니라 고향의 별호에 다녀온 선원들 중 이제부터 쓰러져 자야 할 것 같은 얼굴은 없었다. 하지만 일등항해사도 조슈아의 경우쯤 되니까 물어본 것이지, 다른 선원이 왜 그런지 궁금해하지는 않았다. 조슈아도 더 설명해주지 않았다.

이윽고 안개가 다 걷히자 또렷해진 수면 위로 머리를 내민 암초 무리들이 잘 보였다. 일등항해사가 침로를 재었고, 이등항해사의 지휘 아래 부산하게 밧줄을 당겨 돛이 올랐다. 선선한 미풍이 배를 밀어주었다. 반나절도 걸리지 않으리라 했다. 스콰이어 선장은 점심 먹기 전에 노을섬의 새 부리 같은 곳을 보지 못하면 선장 자리를 내놓겠다고 호언장담했다. 선원들의 반응을 보아 하니 평소 선장의 입버릇인 모양이었지만. 바람이 빨라지자 배를 따르는 포말도 길어지기 시작했다.

조슈아는 선장의 장담에 미소로 답하고 상갑판에 올랐다. 막시민과 리체를 비롯해서 고향의 별호에 다녀온 사람들이 먼저 모여서 기다리고 있었다. 이등항해사가 물었다.

"소공작 전하, 저희가 꿈을 꾼 건가요?"

"정신을 차리고 보니 아침이 됐는데, 어제 일이 당최 이해가 안 가서 말입니다. 어째 잠은 실컷 잔 것 같은데."

"어제 저희가 그 뭐라냐, 놀러갔던 배에서 잠들었던 게 맞죠? 그런데 누가 저희를 이리로 옮겨왔습니까요?"

"아, 내가 그랬어요."

이등항해사는 괴상하게 눈썹을 일그러뜨렸다.

"전하 혼자서 저희를 다요?"

"실례되는 말씀이라 죄송합니다만, 전하의 체격으로는 저희처럼 딱 바라진 놈 한 놈도 업지 못하실 게 틀림없습니다요."

"업기는커녕 끌 수도 없을 건데요."

"친구분들이 도와주셨다 해도 무립니다. 게다가 한 분은 아가씨잖아요?"

"전하라는 말씀은 제발 좀 그만둬주시고요."

조슈아는 대꾸를 궁리하려다가 손쉬운 대안을 생각해냈다. 즉, 막시민을 쳐다보았다.

"농담들은 작작 하시라고. 새벽에 다들 제 발로 돌아와서 이 구석 저 구석으로 잘도 굴러가 주무시더니, 술 좀 했기로서니 아무렴 다들 몽유병이라도 걸린 건 아니겠지요? 건장한 바다 사내들이?"

막시민의 대꾸에 말문이 막힌 선원들은 서로 얼굴을 마주보았다.

"그, 그럴지도 모르겠군. 어쨌든 자다가 걸어 다니는 바다 사나이는 없으니까."

"술 좀 취하면 헷갈릴 수도 있지! 생각해보니까 돌아오던 기억이 나는 것 같기도 해."

"어, 보트에서 졸다가…… 올라갈 때 고생 좀 했지. 안 그래?"

한 명만은 여전히 고개를 갸웃대며 중얼거렸다.

"그만치 술을 마시고 잠도 제대로 못 잤는데 머리가 이렇게 맑을 수가 없는데."

"숙취도 없는 고급술이었나 보죠. 저기, 돛 방향 돌리자고 외치는 소리가 들리는데 안 가봐요?"

선원들은 하나 둘씩 엉덩이를 떼더니 왔던 때처럼 우르르 가버렸다. 저렇게 뒤도 안 돌아보는 것으로 보아 몽유병이라는 말이 대단히 수치스럽게 느껴졌던 모양이었다. 막시민은 인상을 팍 찌푸리며 조슈아를 쳐다보았다.

"다 쫓았다. 됐냐."

조슈아는 킥 웃을 뿐이었다. 리체가 바닷바람에 건조해진 뺨을 문지르고 있다가 말했다.

"좀 찜찜한데."

"다 꿈이었다고 말해주는 것보다야 낫지 뭘. 술 마시다가 어젯밤 일 기억 못 하는 정도는 술꾼들에게 다반사야."

"하지만 전혀 기억이 안 날 리가 없잖아?"

"그럼 유령들이 당신들을 업고 여기 데려다 놨다고 설명하면 좋아할 거 같냐?"

「그 말만은 확실히 맞군요.」

막시민은 고개를 홱 돌렸다가 웃음인지 뭔지 모를 떨떠름한 표정을 지으며 말했다.

"이젠 신호도 안 하고 나타나네."

「새삼스럽지 않습니까, 우리 사이에.」

그 말대로 '새삼' 보이지 않는다는 것도 참으로 어색한 노릇이었다. 하지만 상대의 얼굴을 떠올릴 수가 있다는 것만으로도 묘하게 마음이 놓였다. 리체가 웃으며 말했다.

"이젠 그렇게까지 놀라지 않을 것 같아요. 하지만 섭섭하기도 한데요. 역시 다시 볼 수는 없는 거죠?"

「목소리는 들을 수 있으니 괜찮은 편입니다.」

막시민이 말했다.

"반대로 생각해봐. 어제 네가 켈스를 봤듯 뚜렷하게 봤던 사람들은 사실 전부……."

"굳이 일깨워주지 않아도 되거든?"

둘이 눈을 흘기고 있는 동안 조슈아가 입술을 오므리며 켈스니티의 눈치를 슬쩍 보더니 물었다.

"저기 나, 맘대로 떠들어댔는데 조금이라도 비슷했어?"

대답이 없었지만 이제 다른 두 사람도 이즈음 켈스니티가 어떤 표정을 짓고 있을지 짐작이 갔다. 리체가 말했다.

"미소 짓고 있죠?"

「이해받게 되어서 기쁘군요. 이카본과 비슷했느냐는 질문이라면 글쎄…….」

"저는 어땠어요?"

리체가 끼어들자 비교적 빠른 대답이 나왔다.

「잘하셨어요. 다들 감쪽같이 믿었을 겁니다.」

"이것 봐, 왜 나한테는 그렇게 말해주지 않는 건데?"

조슈아가 불평하자 막시민이 말했다.

"그거야 네가 연기해야 되는 게 이카본이니까 기준이 몹시 높으실 거 아니겠냐."

"듣고 보니 그게 정곡인데? 칭찬은 기대 말아야겠네."

막시민은 리체도 돌아봤다.

"너야 뭐 빨간 머리 여자이기만 하면 됐을 거고. 어차피 대사도 없는 역이고."

"또 말하지만, 넌 꼭 그렇게 말해야겠니?"

"내가 제일 별로였을 게 뻔하니까, 자잘한 건 대충 넘어가라고."

"왜 막군 네가 제일 별로야?"

막시민이 기다렸다는 듯 소리쳤다.

"사람들은 내 배역이 뭔지 알아차리지도 못했잖냐!"

이번에는 미소가 아니라 웃음소리가 들렸다.

「하하하…… 리프크네 군, 그건 오해입니다. 연기를 잘 못해서가 아니라 당시에도 스초안 오블리비언의 이름이 덜 알려졌던 것뿐이니까요.」

"다시 말해 아무렇게나 해도 되는 역을 줬다는 거지?"

「아뇨. 솔직히 말해 리프크네 군이 가장 비슷했어요. 조금 놀랐을 정도입니다. 특히 말투가…….」

"말투가?"

「스초안도…… 빈정거리기를 좋아했죠.」

말끝에서 웃음이 잦아들었다. 한번 얼굴을 보았기 때문일지, 기분이 훨씬 민감하게 느껴졌다. 곁을 흘끗 본 조슈아가 일부러 토라진 체하며 말을 받았다.

"흥, 결국 다들 잘했고 나만 못했다 그거군? 배우 체면이 안 서지만 나라고 켈스의 머릿속에 든 이카본을 만나볼 수 있는 것도 아니니까. 본의 아니게 망쳐놔서 미안해죽겠네."

「굳이 말하자면 노래는 잘했어요.」

"그게 위로가 된다고 생각하는 거야?"

리체가 문득 생각해내고 물었다.

"그런데 켈스, 그 금가루 책이랑 은가루 장막은 뭐였어요? 그냥 환각이에요? 그 사람들에 대해서도 본래 알고 있었던 거예요?"

「본래 알고 있었던 건 맞고, 책이나 장막은 비밀입니다.」

"쳇, 너무해요."

「사제가 그 정도 비밀은 있어야죠.」

조슈아가 입술을 내밀며 말했다.

"그래야 사람들도 슬슬 등쳐먹고 그러는 거지. 리체 네가 이해해라."

빠르게 달리던 배가 조금 느려졌다. 해류를 거스르며 암초를 피하는 중이었다. 조슈아가 더 말하지 않는다 싶어 리체가 물었다.

"저기 켈스, 간 거야?"

"응."

"에…… 본래 그렇게 갑자기 가버려?"

"그럴 때도 있고, 아닐 때도 있고. 익숙해서 그런가 매번 인사하면서 오가진 않아. 또 어쩔 수 없이 가봐야 되는 때도 있고 그래."

"어디로 가는 건데?"

"글쎄. 유령들만이 갈 수 있는 곳이겠지. 켈스처럼 오래된 유령들은 사람 곁에서 줄곧 지낼 수만은 없는 것 같아."

리체가 조금 사이를 두고 말했다.

"나 말이야. 켈스가 생각보다 훨씬 섬세한 사람일지도 모른다는 생각을 처음 했어."

조슈아는 대답하지 않고 자리에서 일어났다. 그의 시선을 따라가자 바다 저쪽에 솟은 길쭉한 것이 눈에 띄었다. 역광 때문에 검게 보이긴 했지만 물결에 따라 천천히 흔들리고 있는 것은 돛대였다.

"으응?"

리체도 곧 이상한 점을 눈치챘다. 바다에 뜬 배는 기우뚱거리기 마련이지만 저 앞의 돛대는 지나치게 기울어 있었다. 그리고 지금처럼 좋은 바람이 불고 있는데 돛도 올리지 않은 맨 돛대였다. 무엇보다도 배가 거의 움직이는 것 같지 않았다.

"난파된 거 아냐?"

벌떡 일어난 막시민이 갑판으로 내려가면서 말했다.

"이런 무인도뿐인 바다에서 다른 배와 만날 확률은 상당히 낮을 것 같은데. 그것도 어제에 이어 두 번째로."

조슈아가 말했다.

"선장을 불러줘."

이윽고 선장이 항해사를 데리고 올라왔다. 그들보다 먼저 발견해서 이미 논의를 마쳤는지 선장은 조슈아 앞에 오자마자 단정적으로 말했다.

"저건 죽은 배입니다. 가까이 가지 않는 것이 좋죠."

"죽은 배라니요?"

"사람이 한 명도 없는 상태로 떠다니는 배를 그렇게 부릅니다. 전염병이 돌거나 식량이 다 떨어지거나, 그런 문제로 선원들은 죽어버리고 빈 배만 해류를 타고 돌아다니는 겁니다. 그런 채로 서서히 삭는 거죠. 저러다가 가라앉지 않으면 어느 해안에 좌초하기도 하고 그럽니다."

"딱 보면 그런 줄 알아요?"

"알고말고요. 만날 기회가 많진 않지만 선원들은 저런 배를 만나면 재수가 없다고 생각합니다. 병이 옮거나 할 가능성도 있고요. 피해서 가라고 지시해놨죠. 소공작께서도 모르는 체하세요."

조슈아는 배를 다시 한번 돌아보았다. 그리고 선장을 향해 말했다.

"미안하지만 가까이 가봐야겠는데요."

"저…… 그게…….."

"아무 일도 없을 거라고 내가 장담하죠."

배는 청록색이었다.

푸르게 갠 하늘을 검게 변색된 돛대가 가로질렀다. 한가로운 파도가 부딪쳐오는 뱃전은 길들인 손잡이처럼 닳아 있었다. 물에 잠긴 이물은 푸른 유리병 속에 든 것처럼 보였다. 가파르게 쳐들린 배쌈에 노랑과 청록색 물이끼가 무늬를 그렸다. 조슈아가 보더니 "바다꽃이 피었네"라고 말했다.

알테나호는 조금 떨어진 곳에서 멈추었고, 조슈아 일행과 선원 몇 명만이 보트를 탔다. 난파선에 닿자 조슈아는 보트에서 일어서며 즉시 갑판으로 건너뛰었다. 균형감이 좋아 비틀대지는 않았다. 오랫동안 기울어져 있던 갑판은 사람의 발이 닿자 아픈 강아지 같은 소리를 냈다.

"발밑이 꺼지지는 않는 모양이네."

막시민은 조슈아가 갑판 곳곳을 걸어보도록 요령 좋게 기다리고 있다가 한마디 던지더니 뒤따라 올라섰다. 갑판의 경사는 주의깊게 걷지 않으면 미끄러져 물에 빠지기 알맞았다. 보트에 남은 리체는 얼른 따라가지 않고 그들을 바라보았다. 갑판에 올라선 두 사람은 이상할 정도로 말이 없었다.

"뭘 해?"

리체가 참지 못하고 묻자 조슈아가 고개를 들더니 손짓했다.

"이리 와봐."

별로 가고 싶지 않았지만 궁금해서라도 건너갈 수밖에 없었다. 미끄러지지 않도록 막시민이 손을 잡아주었다. 뒷갑판에 올라선 리체는 갑판을 내려다보고 저도 모르게 소리를 냈다.

"아."

조슈아가 고개를 끄덕였다.

"너도 알겠지?"

갑판 위를 걷던 두 사람이 멈추어 섰다. 그들만의 특별한 위치였다. 조슈아는 고물 갑판의 뱃전, 막시민은 선실 입구 쪽. 리체는 잠시 머뭇거렸다. 하지만 부인하지는 못했다. 이 닳고 낡은 난파선이 익숙하다는 사실을. 두 소년이 왜 거기에 섰는지까지도.

어느 배를 기다리던 새벽처럼 잠시 뱃전 너머를 응시하던 조슈아가 이윽고 고물 쪽 구석에 놓인 커다란 상자 쪽으로 갔다. 상자는 뚜껑이 열려 있었고 안에는 아무것도 없었다. 뚜껑은 어디로 흘러갔는지 보이지 않았다.

리체가 고물 귀퉁이로 다가가 상자를 들여다보며 속삭였다.

"우리가…… 어젯밤에 여길 와봤나 봐."

대답은 필요하지 않았다. 어젯밤, 아니 오늘 새벽에 수십 명이 웃고 노래하던 곳, 미끈한 곡선과 쭉 뻗은 돛대를 갖진 않았어도 소박한 손때로 길들여졌던 고향의 별호는 수백 년의 시간을 뒤집어쓰고 이곳에 난파해 있었다.

선뜻 납득하기 힘든 장면이기도 했다. 오늘 새벽에 손을 흔들며 헤어졌던 그들이었다. 광대 클랭과 꼬마 알비, 웃고 울던 배우들, 그들은 모두 어디로 갔을까? 유령이 되어 이곳에 깃들어 있을까?

"정말이지…… 이젠 나, 우리가 우연히 똑같은 꿈을 꾸었던 거라고 해도 믿을지 몰라."

막시민은 상자 앞에 쭈그리고 앉아 있었다. 무언가 심각한 생각에 잠긴 모습이었다.

조슈아가 대답했다.

"하지만 꿈이 아닌걸."

"역시 꿈이 아닌 거지? 그러면 그사이에 무슨 일이 일어난 걸까?"

조슈아는 물에 잠긴 뱃머리로 가더니 한참 동안 구석을 보고 있었다. 소년 알비가 웅크리고 숨어 있던 곳이었다. 옆얼굴로 보이는 조슈아의 눈동자에 언뜻 파란 하늘이 비친 듯했다.

바람이 불어왔다. 여름 바다의 바람이 구름을 밀어갔다.

"마법이 풀린 것뿐이야. 이 배가 본래 겪었어야 할 시간이 돌아온 거겠지."

"본래 이런 모습이었는데 밤에는 마법에 걸려 있어서 우리 눈에 멀쩡하게 보였던 걸까?"

"아니. 만약 이 배가 이카본 시대부터 지금까지 바다를 떠돌았다면 완전히 삭아버렸을 거야. 이런 모습으로도 남지 못했겠지. 이 배가 이렇게 남은 건 이 배에 걸렸던 마법…… 그래, 마법이 효력을 발휘했던 밤과 새벽의 시간만은 이들에게 흐르지 않았기 때문일지도 몰라. 그 새벽을 겪고서 우리가 우리 배로 돌아가보니 떠났던 시각 그대로 밤이었던 것처럼. 나도 정확한 것은 모르겠지만……."

조슈아는 발끝에 힘을 주어가며 갑판이 물에 잠기기 시작하는 곳까지 걸어갔다. 그리고 허리를 굽혀 갑판과 물을 매만졌다. 리체는 조슈아의 흘러내린 머리를 바라보고 있다가 중얼거렸다.

"그들은 어디로 갔을까? 이곳에 있을까? 조슈아, 너라면 보이겠지?"

리체는 평소와 달리 무서워하지도 않고 그렇게 말했다. 조슈아는 허공을 바라보다가 말했다.

"없어, 여기엔."

잠시 후 조슈아는 리체에게 돌아와 젖은 손을 내밀었다.

"물이 썩지 않았어. 다행이야. 저주와 원한은 이 배를 떠났어. 이제부터 이 배는 서서히 녹아갈 것 같아. 아마 오래 걸리지 않겠지. 적어도 수백 년은 아니겠지."

"그 말은 원한이 남지 않았기 때문에 유령들이 여길 떠돌지 않고 쉴 수 있게 됐다는 뜻이야?"

조슈아는 고개를 저었다.

"켈스 이야기로는 유령이 자의로 사라질 수 있음을 깨닫기까진 상당히 긴 세월이 필요하대. 이곳의 유령들 중 많은 시간이 흘렀음을 알고 있었던 건 광대 클랭뿐이었어. 다른 이들도 마법이 작용하지 않는 시간에는 알았을지도 모르지만. 아니, 이건 그냥 추측이야. 왜냐면 클랭과 그들은 그사이에 한 번도 만나지 못했던 것 같거든. 물론 유령들이 모두 서로를 알아볼 수 있는 건 아니지만."

"잠깐, 그렇다면 그들이 없어진 이유는 뭐야? 저주가 풀리면 그냥 저절로 소멸하게 되어 있었던 거야?"

조슈아는 얼른 대답하지 않고 침묵을 지켰다. 리체는 혼자 추측하느라 고개를 갸웃거리다가 문득 말했다.

"참, 알비는? 그 애는 알고 있었잖아?"

"알비는 유령이 아냐. 산 사람이었지."

리체가 눈을 크게 떴다.

"살아 있었다고? 어떻게 그럴 수가 있어? 그렇다면 그 앤 어디로 간 거야?"

"……"

조슈아가 대답 없이 고물로 올라갔을 때, 줄곧 상자 앞에 머물던 막시민이 입을 열었다.

"죽은 거지. 어쩔 수 없잖아. 마법이 풀리는 순간 죽어야 하는 운명이었으니까. 수백 년이나 살 수 있는 사람은 없단 말이다."

리체는 어깨를 움츠리며 주위를 둘러보았다. 알비의 얼굴이 또렷하게 기억나는 것이 더 기분을 묘하게 만들었다.

"그 애가 그걸 알고 있었을까?"

"알았겠지. 그 애가 조슈아에게 부탁했잖아. 모두 끝내달라고."

리체는 가만히 있다가 천천히 되풀이했다.

"끝내……달라고? 저기, 그러면 그들이 모두 없어진 것도……."

리체는 조슈아를 돌아보았다. 조슈아는 고물 뱃전에 다시 올라 바다를 보고 있었다. 붉은 돛을 단 배가 있었을 법한 곳을. 리체는 문득 두려움을 느꼈다. 저기 서 있는 호리호리한 소년은 그들의 소원을 들어주었고, 그래서 그들을 세상에서 소멸시켰다. 새 한 마리 잡지 못할 것 같은 손으로.

영매는 단지 유령과 이야기를 나누는 사람일 거라고 생각한 적도 있었다. 그러나 조슈아는 유령을 불러냈고, 그들을 부렸고, 심지어 지워버렸다. 유령들이 동의했기 때문이라 할지라도.

"조슈아."

돌아본 조슈아의 얼굴에는 미소가 있었다. 회한은 없었다.

"응."

"너 그 사람들한테, 실은 유령이지만 어쨌든, 책임감을 느낀다고 했잖아. 그건 왜였어?"

"붉은 돛이 말했잖아. 아르님 공작에게 바치려던 물건 때문에 이 배를 쫓아왔다고. 물론 조금은 허풍이었을지도 모르지. 하지만 그들의 이야기를 일부라도 믿는다면 이 배의 사람들은 이카본에게 바치려던 물건 때문에 죽어야 했던 거야. 켈스가 말해줬어. 라스콜 데토랭이 이카본의 수하에 들어오고 싶어 한 것은 사실이라고. 그때 바치려던 공물이었을지도 모른다고 생각했어. 희생자는 이 배뿐이 아니야. 붉은 돛의 해적들도 그 일 때문에 이 저주에 붙들렸어. 그래서 그 시절 바다에서 영원히 실종되었지. 난 그 다툼을 해결해주어야 했어. 의무는 아니지만, 왠지 그러려고 내가 이 배를 만난 것 같달까."

리체는 천천히 고개를 끄덕이다가 조슈아의 얼굴에 일말의 만족감이 스민 것을 보고 놀랐다.

"그러고 보니 그 보물이란 건 어디로 갔을까? 구경도 못 했네?"

"보물도 이 배나 마찬가지 신세겠지."

"몇백 년이 지났다 이거지? 하지만 금붙이 같은 거라면 어딘가 남아 있을 수도 있잖아?"

"왜, 뒤져보고 싶어?"

"흐응. 글쎄, 어쩔까나."

리체는 갑판으로 폴짝 뛰어내리다가 막시민을 보고 말했다.

"그런데 넌 왜 그 상자를 그렇게 들여다보고 있니?"

막시민은 팔짱을 낀 채 자리에서 일어났다. 조슈아의 맑은 얼굴과 대조적으로 그는 오만상을 찌푸리고 있었다. 조슈아도 그의 얼굴을 보고 물었다.

"왜 그래, 막군? 뭐가 잘못됐어?"

조슈아가 내려오자 막시민은 품속을 뒤지더니 종이 뭉치 비슷한 것을 꺼내 떠맡기듯 건네주었다. 조슈아는 받아들긴 했지만 얼떨떨한 표정을 지었다.

"이건 뭐야? 그냥 종이가 아니네?"

종이가 아니라면 딱히 무엇이라고 불러야 할지는 몰랐지만 어쨌든 익숙한 종이는 아니었다. 훨씬 두껍고, 결이 있고, 한쪽 면만 매끈했다. 테두리는 바스러져 너덜거렸다. 조슈아는 종이 뭉치를 만지작거리다가 한 장 넘겼다.

"뭔가 씌어 있는데……."

한두 장 더 넘기더니 고개를 갸웃했다.

"악보인가?"

조슈아는 펼친 페이지를 보며 몇 군데 음을 잡아 흥얼거려 보더니 미심쩍은 표정을 지었다.

"이거…… 느낌이 이상한 곡인데."

막시민은 입술을 짓씹고 있다가 이윽고 짧게 한숨을 내쉬었다. 그가 이러는 모습을 보기란 쉬운 일이 아니었다. 조슈아는 종이 뭉치를 리체에게 줘버리고 막시민의 팔을 잡았다.

"너 왜 그래?"

"아, 말도 하고 싶지 않아."

"저 종이가 뭔데 그래? 어디서 났어?"

막시민은 리체가 넘겨보고 있는 종이 뭉치에 흘끔 시선을 주더니 내뱉듯 말했다.

"보물이다."

"뭐?"

리체가 먼저 되물었다. 말하는 즉시 종이를 끝까지 넘겨보는 것도 잊지 않았다. 뒷면도 살펴봤다. 하지만 상상하던 것과 비슷한 것조차 보이지 않았다. 온통 뭔지 모를 조그마한 기호들뿐이었다. 리체의 눈에는 악보로도 보이지 않았다.

"이게 왜 보물이야?"

"종잇조각이라서 보물이 될 수 없을 것 같아 보이냐?"

"다 봤지만, 보물지도 같은 건 없는데?"

그때 조슈아가 다시 리체의 손에서 종이 뭉치를 가져갔다. 그도 똑같이 페이지를 끝까지 넘겼지만 고개를 들었을 때 표정은 사뭇 달랐다.

"분명 평범한 곡은 아냐. 하지만 훼손된 곳이 너무 많아서 정확하게는 모르겠어. 이게 이 상자 안에 있었어?"

"그랬지. 그래서 문제지. 젠장, 이렇게 병신 같은 일을 저지르다니. 살기가 싫어진다."

막시민은 신음 소리를 내며 머리를 싸쥐더니 상자를 걷어차려다가 멈췄다. 그런 짓을 했다가는 그렇지 않아도 기우뚱한 배가 삽시간에 기울어질 가능성이 있었다.

리체가 말했다.

"아주 훌륭한 예술 작품이라거나, 그래서 그게 보물이란 얘기니? 뭐어, 그렇게 생각할 수도 있겠지만 그런 말이 막시민 네 입에서 나오니까 어울리지가 않잖아? 예술품을 해적이 쫓아다녔다는 것도 이상하고. 이거 무슨 사연이 있는 거지?"

"사연이 있고말고. 조슈아가 알아봤듯이 이건 악보지. 요새는 쓰이지 않는 아주 옛날 거지만, 난 이런 악보를 딱 한 번 본 일이 있지. 썩은 목장의 영감탱이가 갖고 있었는데 나한테는 보는 법도 가르쳐주지 않았지. 어차피 그때는 이걸 볼 줄 알았대도 연주 자체를 할 줄 몰랐으니까 소용없었겠지만, 어쨌든 분명 본 일은 있다는 거지. 이건 이 상자 안에 있었어. 하지만 지금 꺼낸 게 아니라고. 어젯밤, 아니 새벽에 이 배가 멀쩡했을 때 꺼냈단 말이다. 그걸 알비 녀석이 나한테 가지라고 줬을 때 난 왜 그러는지도 몰랐어. 그때 그런 걸 생각할 겨를이나 있었냐고. 이게 뭘 것 같냐? 본래는 해적의 물건, 클랭이라는 광대가 훔쳐 오는 바람에 이 배의 선원들이 다 몰살 당했다는 귀중한 물건, 바다의 공작 이카본이 찾고 있었고 그래서 붉은 돛이 바치려고 했던 보물, 난파된 가나폴리의 배에서 건져냈고, 내용물은 악보. 이게 대체 뭘 것 같으냐고."

조슈아가 대답 없이 악보를 다시 살펴보고 있는 동안 리체가 눈을 몇 번 깜빡이더니 말했다.

"가나폴리의 악보라면…… 설마, 이게 쥬스피앙 아저씨가 조개 반도 일대에 떠돈다고 했던 신성 찬트의 악보? 저기, 네 바이올린으로 연주하면 엄청난 마력을 발휘한다던?"

"그게 아니라면 당장 도로 물속에 처넣어도 좋다. 하긴 어차피 쓸모없는 종이 뭉치가 돼버렸으니 어떻게 하든 상관없나?"

"……."

리체와 막시민이 둘 다 입을 꾹 다물어버린 가운데 침착하게 악보를 다시 살펴본 조슈아가 입을 열었다.

"막군 네 말은, 이게 오늘 새벽에는 이렇게 훼손되지 않은 깨끗한 물건이었다는 이야기구나. 저주인지 마법인지 모를 것이 풀리면서 이 배가 낡아버렸듯 이것도 똑같이 삭아버렸다는 거지?"

"하지만 이것 때문에 저주가 풀리지 않길 바랄 순 없는 일이었잖아? 막시민 네가 이걸 손에 넣게 된 것부터가 저주 때문인 거니까. 아니라면 옛날에 삭아버렸을 거고. 이것만 마법이 풀리지 않게 하는 방법은 없을 거 아냐."

리체의 말에 막시민이 한숨을 내쉬며 말했다.

"물론 그렇지. 하지만 그때 조군 자식에게 보여주기만 했어도 됐잖아!"

그 말은 정말로 맞았다. 조슈아가 보기만 했다면 필사본보다도 완벽한 것이 머릿속에 만들어졌을 테니까.

셋 다 맥이 풀려 한동안 대화도 오가지 않았다. 한참 뒤에야 리체가 말했다.

"신성 찬트의 악보라는 거 말이야. 추측일 뿐 확실한 건 아니잖아. 가나폴리의 난파선에서 건졌다고 해서 반드시 그 악보라는 보장은 없는 거잖니."

리체는 위로하기 위해 꺼낸 말인 것 같았지만 막시민이 고개를 저었다.

"아니. 지금 생각해보면 모든 게 맞아들어가. 알비가 내게이 악보를 줬을 때 난 영문을 몰랐어. 하지만 그전에 알비가내 바이올린을 보고 연주해달라고…… 말로 하진 않았지만, 어쨌든 그런 의사를 보였었어. 그래, 솔직하게 나, 저번에 쥬스피앙 마법사한테 얘기를 듣고부터 이 바이올린을 제대로연주할 자신이 없어져서 아무데서나 켜고 싶지 않았다. 그래서 거절했어. 그랬는데, 그러고 나서 내가 이 상자를 열어젖혔을 때, 알비가 상자 바닥에 있던 이걸 집으려고 하기에 내가 꺼내주니까 오히려 내게 주면서 '당신한테 필요한 것'이라고 말했단 말이다."

다들 입맛만 다실 뿐이었다. 돌이키지 못할 일이지만 너무 아까웠다. 쉽게 얻기 힘든 기회를 허공에 날려버렸다.

한참 뒤 리체가 목을 가다듬더니 다시 말했다.

"막시민, 너 어차피 마법사가 될 거 아니랬잖아. 그런 거 있어봤자 쥬스피앙 아저씨한테 붙잡혀서 평생 조수 노릇이나 하게 됐을지도 몰라. 그러니 이제 잊어버려. 어떡하겠니."

이 배에 더 볼일은 없었다. 일행은 도로 보트에 올랐다. 보트를 저어 온 선원들은 일부러 전날 함께 오지 않은 사람들로 골랐기 때문에 이들이 나누는 이야기에 관심 갖는 사람은 없었다. 옛날얘기나 하는 걸로 여기는 듯했다.

리체가 말했다.

"한 가지 이해가 안 가는 건, 해적들 말이야, 그 사람들은 유랑 극단 사람들을 죽이지 않았다는 것만으로 저주가 풀렸잖아. 그걸 보면 처음부터 저주는 이 학살 때문에 생겨났던 걸까? 저주를 거는 마법사나 그런 사람이 없어도 저절로 이런 꼴이 될 수도 있는 걸까? 나쁜 일을 했다는 것만으로도?"

조슈아가 중얼거렸다.

"우리가 마법사가 아닌 이상 어떻게 알겠어."

"막시민도 말했잖아. 그런 식이라면 세상에 나쁜 짓을 하는 사람은 한 명도 없을 거라고."

"그래. 맞아. 여기엔 무슨 비밀이 있는지도 몰라. 확실한 건, 우리가 알 수 없다는 사실뿐이지."

알테나호에 오르기 직전, 막시민이 말했다.

"악보, 내버릴까."

조슈아가 고개를 저었다.

"아니, 줘봐. 내가 한번 복원해볼게. 큰 기대는 하지 말고. 워낙 지워진 곳이 많아서 어렵긴 하겠지만 지워진 데가 적은 소절은 어떻게 될지도 몰라."

intermezzo

4월의 폭풍

내게 긴 편지가 있어

그대에게 부치지 못하고

이때껏 가슴 한편에 두었다가

오늘에야 날려보내네

녹색 절벽 아래로

흰나비떼처럼

죽어가는 사랑의 말.

눈에 익었다. 떠나던 날 그대로였다. 테이블 귀퉁이 소금 그릇의 색이 바래고 창틀에 나란하던 바이올렛 화분이 비었을 뿐. 문에 매달았던 화환은 바삭바삭 삭아 손끝만 대도 바스러질 듯했다. 열어놓은 문 너머로 뿌옇게 흐린 바다도 그날과 같았다.

얼마나 됐던가. 기억을 더듬어보면 떠오르겠지만 굳이 그래야 할 필요는 없었다. 늘 앉던 의자에 모자를 걸어놓고 맞은편 의자를 당겨 앉았다. 그가 앉던 의자였다. 의자는 한쪽 다리만 닳아 있었다. 그가 의자를 한쪽으로 틀며 일어나던 버릇 때문이다. 몸을 기울이니 의자가 달칵거리며 힘들어했다. 자세를 바꾸어도 마찬가지였다. 일어나 부엌에서 발받침 대신 쓰던 동그란 의자를 가져왔다. 등받이가 없어 빈 벽에 붙여놓고 앉아 기댔다. 벽에 머리를 대는 순간 문득 오래된 연기 냄새가 코끝을 스쳤다. 착각이겠지. 옛날 그와 함께 벽난로에 넣었던 참나무 장작 냄새가 남은 듯 느껴지는 것은.

테이블 먼지 속에 컵이라도 놓였던 듯 둥근 자국이 있었다. 어느 때 그곳에 놓였던 컵이 저절로 떠올랐다. 거기에 꽂혔던 바람개비 모양의 꽃도. 지금은 사라진 것들.

기억 속 시절과 다름없이 집은 작았다. 1층에는 거실과 식당과 부엌을 겸한 이곳, 그리고 밖으로 딸린 창고뿐이다. 나선계단이 한 바퀴도 돌기 전에 2층에 닿았고, 그곳에 침실이 있었다. 눈에 선한 풍경이었다. 무늬의 결을 살려 짠 흑단나무 침대에 자그마한 파란 꽃을 수놓은 침대보를 깔았었다. 머리맡에는 앉은뱅이 탁자 대용으로 썼던 고풍스러운 상자가 있을 것이다. 청록색 칠을 했고 테두리에는 쇠징 장식이, 뚜껑과 맞물리는 곳에는 닫히지 않는 자물쇠가 걸린 경첩이 붙어 있는 상자. 뚜껑을 열면 누군가의 오래된 물건들이 있었다. 두 사람 중 누구의 것도 아닌 일기책과 다 지워진 초상화, 금색 머리카락이 든 메모리엄 로켓, 베일 달린 옛날 모자, 이지러진 진주를 엮은 팔찌.

빗살 덧문을 열면 널찍한 테라스가 나왔다. 난간과 창틀, 바닥에도 흰 칠을 했다. 나란히 앉을 수 있는 긴 의자도 하얀고 돛포로 만든 차양도 희다. 그곳에 서면 절벽과 바다가 내려다보였다. 그해 4월에 하얀 별꽃과 데이지가 절벽 머리를 덮었던 것을 기억했다. 그곳에서 비가 차양을 두드리는 소리를 들었고, 하늘이 개자 젖은 꽃잎들이 일제히 반짝이는 것도 보았다.

떠난 후로는 지금껏 닫아두었을 것이다. 다시 올라가 덧문을 열고 흰 테라스로 나가면 그해처럼 핀 꽃을 보련만 그녀는 그 자리에 머물렀다. 젖힌 고개를 벽에 기댄 채 참나무 장작 냄새를 맡으며, 나선계단에 앉은 먼지와 그 너머로 꼭 닫힌 그릇장 문을 바라볼 뿐이었다.

들어오며 올려다본 지붕의 십자 풍향계가 마음 둔 곳을 가리키며 흔들리고 있었다. 집의 마음도 자신과 같을까. 흔들리고 있을까.

오늘은 서풍이 분다.

"어머."

문간에서 들린 목소리에 정신을 차렸다. 어느새 거실 바닥의 햇빛 그림자가 절반이었다. 바다를 가리며 선 여인은 한 손으로 머릿수건을 매만지며 머뭇거렸다. 다른 손에는 보퉁이가 들려 있었다. 이제 이 집의 주인이 아니라고 생각하고 있었는데도 저도 모르게 물었다.

"누구신지?"

"아, 저기, 청소를 하러 왔어요. 저기……."

집의 관리를 아랫마을의 누군가에게 맡겼던 기억이 났다. 아마 자주 청소하지는 않았던 것이리라. 그래서 저렇게 쩔쩔매는지도 모른다. 먼지가 곱게 쌓인 테이블에 그녀가 팔꿈치를 짚고 있었으니.

"들어와요."

여인은 안으로 들어오며 신발장 위에 얹어놓은 육중한 자물쇠와 열쇠 꾸러미를 흘끔거렸다. 집 열쇠를 가진 사람이니 주인이겠거니 짐작하는 모양이다. 테이블 앞까지 와서 보퉁이를 풀고 앞치마를 꺼내 둘렀다. 보퉁이 속에는 깨끗하게 빤 천이 한 뭉치 남아 있었다. 곧 걸레가 될 운명이겠지만.

"저어, 뵈었던 기억이 나요."

여인이 불쑥 말했을 때는 조금 놀랐다. 여인의 얼굴을 봤지만 얼른 기억이 나지 않았다.

"저는 리즈 홀덴이라고 해요."

어차피 자신이 이곳에서 만났을 사람은 몇 되지 않았다. 곧 집 관리를 맡겼던 농가의 딸을 기억해냈다. 당시 결혼한 지 얼마 안 되었고, 과히 밉상은 아니어서 웃으면 보조개가 귀엽던 젊은 부인이었다.

그녀가 기억을 더듬는 걸 알아차렸는지 리즈가 말했다.

"어머니가 돌아가시고서 제가 했어야 했는데, 저기, 조금

소홀했던 것을 용서해주세요."

이제 와서 상관할 일은 아니었다. 리즈는 조금 웃었는데 보조개가 들어가는 것이 아니라 뺨 전체가 홀쭉해졌다. 그사이 너무 변했다. 알아보지 못했던 것도 무리가 아니었다.

"저기, 죄송해요. 아씨 성함이 생각나지 않아서. 뭐라고 부르면 될는지……."

그녀는 잠시 생각하다가 말했다.

"앤."

리즈는 고개를 끄덕이고 물통을 찾아내어 밖으로 나갔다. 덧창 너머로 물을 긷는 소리가 들려왔다.

그만 갈까, 하는 생각이 들었지만 억눌렀다. 그녀는 미련을 남기는 것을 싫어했다. 오늘 저녁까지는 이곳에 머물러야 했다. 그래야 미련 없이 떠날 수가 있었다.

떠나야 한다면.

리즈가 빨아서 꼭 짠 수건들을 바구니에 담아서 돌아왔다. 앤이 여전히 그 자리에 앉아 있는 것을 보더니 주저하며 말했다.

"저기, 먼지가 많은데 여기 계시면 옷이 더러워지셔요."

"됐어요. 신경쓰지 말아요."

리즈는 고개를 끄덕거리고 부엌으로 들어갔다. 먼지를 털다가는 질식할 정도다 보니 걸레질로 하나하나 닦으려나 보다 했다.

앤의 예상은 틀렸다. 찬장이며 그릇장을 여는 소리가 나더니 리즈는 안에 든 것을 커다란 대바구니에 모조리 쓸어 담아나왔다. 앤이 놀란 눈으로 바라보는 가운데 그것들을 집밖으로 가지고 나가더니 어딘가에 쏟아놓고 바구니만 갖고 돌아왔다. 다음은 커튼과 방석이었다. 의자 덮개며 테이블보, 등갓 따위도 전부 바구니에 처박았다. 세탁을 하려는 것으로 보기에는 지나치게 뒤섞어버리는 느낌이었다. 마치 집 자체만 빼고 모든 것을 끄집어내려는 것처럼 보였다.

리즈의 손이 벽난로 위를 덮은 장식 천에 닿았을 때 앤은 입을 열고 말했다.

"그걸 어쩌려는 거죠?"

예상했던 대답이 튀어나왔다.

"버리려고요."

"왜?"

"그러라고 하셨는데요?"

누가 그랬다는 것일까. 앤이 망연히 바라보는 가운데 리즈는 바람개비 모양의 파란 꽃을 서툴게 수놓은 장식천을 구겨서 바구니에 집어넣었다. 함께 놓여 있던 자그마한 장식품들도 함께 바구니로 쓸려 들어갔다. 앤은 덧창을 열고 밖을 내다보았다. 밖에는 손수레가 놓여 있고 그 위에 집에서 내간 물건들이 쌓여 있었다. 바람개비꽃의 장식천도 곧 그것들과 같은 처지가 되었다. 리즈가 다시 들어왔을 때 앤은 감정을 누르려 애쓰며 말했다.

"누가 시킨 거죠?"

리즈는 놀란 눈을 했다.

"저기, 감독하러 오신 것이 아니셨어요?"

"묻는 말에나 답해요. 누가 이곳을 청소하고…… 저것들을 다 버리라고 했죠?"

"저는, 저기, 저기, 시키는 대로 했을 뿐이라……."

앤의 어조에 겁을 먹은 리즈는 울먹거리기 시작했다. 앤은 입을 꼭 다문 채 리즈를 노려볼 뿐이었다. 마음을 다잡기까지 조금 시간이 걸렸다. 이 여자의 잘못이 아니다. 이 여자에게 화를 낼 필요가 없다.

"당신을 탓하려는 게 아니에요. 명령이 잘못 전달되지 않았는지 확인하려는 것뿐이니까."

그 말에 겨우 안심했는지 리즈는 한숨을 내쉬었다. 눈가가 눈물로 얼룩지자 좀 전보다 더욱 초췌해 보였다.

"저기, 직인이 찍힌 편지를 가져왔어요, 전에도 왔던 사람이. 얼마 안 있어 공작께서 지내러 오실 테니까 더러워진 물건들은 다 버리고, 저기, 커튼이나 시트나 방석도 전부 흰 것으로 바꾸라고 했어요. 저기, 신부와 함께 오실 것이기 때문에 하얀색이 좋다고……."

'신부'라는 말이 가시처럼 걸렸다. 되물어 확인하려는 자신을 간신히 억눌렀다. 새로운 사실이 아니었다. 언젠가 닥치리라는 것을 오래전부터 알고 있었다. 새삼스러운 관심은 보이지 않겠어. 더 묻지 않겠어. 어차피 어긋났어. 돌이킬 순 없어.

손끝이 떨리는 것을 멈추려고 테이블 귀퉁이를 꽉 붙잡았다. 완벽히 감출 순 없었다. 리즈는 더듬거렸다.

"저기, 놀라셨나 봐요."

앤은 한참 뒤에 말했다.

"신경쓰지 말아요."

"저기, 조금…… 알 것도 같아요."

무엇을? 앤은 고개를 들었다. 그전에는 자신이 눈을 내리깔았다는 것도 느끼지 못하고 있었다. 측은해하는 눈빛을 보니 더 참기가 힘들었다.

"저기, 주제넘은 말이 될 것 같지만 제가 아씨를 옛날에 뵈었을 때, 저기, 공작께서 아씨를 많이 좋아하시는 것 같았어요."

"……."

수치심이 일었다. 그들의 일을 모르는 사람을 탓해보았자 달라질 것은 없는데도 곤두선 목소리가 튀어나왔다.

"당신은 아무것도 모르니까 참견하지 말고 가버려요."

리즈는 대답도 제대로 못 한 채 앤의 눈을 피해 부엌으로 들어갔다. 앤은 자신을 다스리려 노력했다. 아직 해가 떨어지려면 조금 시간이 남았다. 스스로에게 약속한 시간이었다. 그때까지 버틸 의미가 있을까? 없을 것이다. 어차피 예상했고, 이제 확인된 일이었다.

많은 기대 없이 이곳에 왔다.

나선계단에 시선이 닿았다. 저리로 오르면 흰 테라스가 있다. 봄꽃으로 덮인 절벽과 아릿한 물안개가 낀 바다가 보이리라. 마지막으로 한 번만 그곳을 보고 싶다. 이제 아무 의미가 없더라도.

아니, 보지 않는 편이 좋을지도 모른다.

앤은 일어나 부엌으로 갔다. 걸레질을 하느라 찬장이 삐걱대는 소리가 가까워졌다. 리즈는 앤의 기척을 즉시 알아들었다. 얼른 걸레를 놓고 바로 섰다.

"죄송해요, 아씨. 잘못했어요."

앤은 고개를 흔들었다. 상관없는 사람을 다그친 것은 잘못이었다. 아무에게도 피해를 끼치고 싶지 않았다.

앤이 부엌 기둥에 기대어 서자 리즈는 어쩔 줄 모르고 걸레를 잡았다 놓았다 했다. 앤이 불쑥 말했다.

"옛날 당신 얼굴이 지금보다 보기 좋았던 것 같군요."

"저기, 저를 기억하세요?"

271

4월의 폭풍

"기억나요. 갓 결혼했던 것도. 좀더 잘 먹도록 해요. 보조개가 없어질 정도로 말랐군요."

부엌의 공기가 조금 부드러워졌다. 리즈는 걸레를 새것으로 바꾸어 쥐었다.

"먹어도 소용없네요. 뱃속에 검은 구멍이 있어서 그리로 몽땅 나가버리네요."

"남편이 속을 썩이나 보군요."

"그랬으면 좋게요."

리즈는 한숨을 내쉬고는 화덕을 닦기 시작했다. 사이를 두고 말이 이어졌다.

"돌아와 속이라도 썩여줬으면, 제발 그래줬으면 하는데도 당최 돌아올 생각을 않네요. 아무래도 바닷무덤에 들어간 게지 싶네요."

앤은 눈을 내리깔았다.

"내가 괜히 물었군요."

"아녜요. 뱃사람네들 사는 게 다 이렇네요. 이런 줄 알고 사는 거네요."

리즈는 걸레를 놓고 이마를 훔쳤다. 어설픈 미소가 떠올랐다.

"제가 이래서 아까 아씨한테 주제도 모르고 설친 게죠. 에고, 귀한 분들 속을 저 같은 게 어찌 안다고."

앤은 말없이 리즈를 바라보았다. 한참 일하던 리즈는 시선을 느꼈는지 고개를 돌렸다. 눈이 마주쳤다.

앤이 말했다.

"나도 곧 무덤에 가요."

"어머나."

리즈는 뭐라 말해야 좋을지 모르는 표정이었다. 섣불리 나서다가 조금 전처럼 타박을 들을까 겁나고, 그래도 모르는 체하기에는 마음이 안됐고, 그런 생각이 얼굴에 다 드러나 있었다.

"오래전부터 정해져 있었어요. 이제 돌아가는 것뿐이에요."

"저기……."

"어차피 이어지지 못할 운명이었어요. 무덤이 날 기다리는 한. 꿈을 꾸었던가 봐요. 이 집이 너무 아름다워서. 이 집에서 영영 사는 꿈을."

앤은 돌아서서 2층으로 올라갔다. 가느다란 그림자가 계단에 끌리다가 곧 사라졌다.

리즈는 앤의 뒷모습을 바라보며 안절부절못했다. 좀 전에 올라가 본 2층에는 테라스가 있었다. 환기를 하려고 열고 보니 밖은 해안 절벽이었다. 별꽃이 깔린 아름다운 절벽 머리가 초록색 낭떠러지로 이어지고, 몇 걸음 안 가 곧게 떨어져 내렸다. 알바트로스의 날개 같은 바람이 불어오는 곳, 그래서 그 날개를 타고 바다로 갈 수도 있을 것 같은 테라스다. 날아서…….

바람이 들어와 문이 덜컹이는 소리가 들렸을 때 리즈는 참지 못하고 나선계단을 뛰어올랐다. 몇 개 안 되는 계단이 급한 마음 탓인가 길었다. 두 번이나 발을 헛디디고서 겨우 올라섰다. 계단참에서 돌아섰다. 침실 문이 열려 있었다. 문간으로 다가갔다.

방 전체가 바람이었다. 푸른 꽃 박힌 이불이 바스락거렸다. 덧창이, 차양이 소리를 냈다. 돌풍을 만난 돛처럼. 테라스는 뱃머리가 되었다. 막 바다로 나아갈 듯했다.

테라스 끝에 앤이 서 있었다. 그녀의 손에 하얀 것이 있었다. 그녀가 하늘로 손을 펴자 나비떼처럼 흩어졌다. 절벽 아래로, 춤추며 떨어져갔다.

당신은 멀리 떠나자 했지

내 손을 잡고서

내가 꿈에 본 곳으로

바다가 보이는 테라스로

우리가 이곳을 찾아냈을 때

잡았던 당신의 손이

난 영원할 줄 알았지

영원히 머무를 줄 알았지

폭풍 같던 봄이 가도

풍향계는 당신을 가리키고

혼자 선 테라스에서도

아아, 영원히 잊을 수 없는 당신의 웃음.

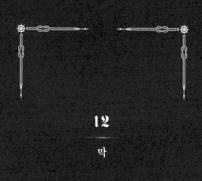

12

막

YEARNING

두 사람의 돛배

내 머릿속에 황금으로 만든 작은 아이가 춤춘다.
그가 천사인지 악마인지 알지 못하나
내 몸안의 가장 귀하고 부드러운 것들을 내주어
날마다 먹고 마시게 하지 않으면 죽는 것을 안다.
내가 메말라 나무껍질처럼 비틀어지는 동안에도
황금의 아이가 춤춘다, 오, 살아 있는 보람이여
네가 혹 지치고 마를까 조바심에 발버둥치며
게걸스레 먹고 마시는 내 위장은 언제나 공허.

꿈을 꾸었다. 수없이 꾸었던 꿈이다. 아홉 살 때, 텅 빈 집에 혼자 남아 끼니를 거르며 이틀 동안 책을 읽다가 혼절했던 날의 꿈이었다.

되풀이되는 꿈은 풀리지 않은 문제를 의미한다고 했다. 그러나 테오의 문제는 해결되었다. 이제는 아버지도, 그를 괴롭혔던 친척들도 없었다. 어린시절을 보냈던 집은 타버렸고, 그 자리에 다른 저택을 지었다고 들었다. 그렇게 세상에서 사라져버린 집은 그의 꿈속으로 옮겨왔다.

처음에는 그 꿈이 두렵기도 했다. 잔상이 하루 종일 가시지 않은 적도 있었다. 그러나 한두 해가 지나자 그는 침착해졌다. 꿈에 새로운 일은 일어나지 않았다. 모두 옛날에 겪은 일 그대로였다. 그렇다면 두려울 것은 없었다. 지켜보기만 하면 된다.

꿈속의 테오는 어두운 방에서 촛불을 켜고 책을 보고 있었다. 다락에서 발견한 낡고 수상쩍은 책이었다. 아버지가 없는 틈에 책을 다 읽으려고 그날은 벨베데르에도 가지 않았다. 늘 그렇듯 집에는 먹을 것이 거의 없었다. 부엌을 뒤져 찾아낸 마른 빵조각은 오전에 먹어버렸고, 그후로는 책에 빠진 나머지 먹는 것도 잊고 있었다.

책은『검은 마술의 자식들』이라는 제목이었다. 잔혹한 그림들과 함께 사람을 저주해서 죽이는 방법들이 잔뜩 나왔다. 여러 지역의 음산한 이야기가 순서도 없이 섞여 있었고 밤이 긴 고장에서 믿어지는 주술이나 예언, 운명을 알아보는 법, 그리고 중간중간 주문이나 마법진 따위가 그려져 있었다.

지금 돌이켜보면 독자에게 겁을 주려는 목적으로 꾸며낸 엉터리 주문이 많았지만, 그때의 테오는 신기한 내용에 푹 빠져 이런 걸 익혀서 정말로 사람을 죽여버렸으면 좋겠다고 생각하고 있었다. 누구부터 죽어야 할까. 아버지를 괴롭힌 큰아버지부터가 좋을 듯했다. 자신을 무시한 사촌들은 다음 차례였다. 빵 한 조각도 팔아주지 않던 빵집 여자, 기웃대기만 해도 돌팔매질을 하던 과수원 늙은이 등 죽일 사람은 얼마든지 있었다.

외우다시피 읽었던 탓일까, 꿈속의 테오는 기묘할 정도로 생생한 글귀를 읽고 있었다.

타고난 행운을 알아내려면 달의 날짜로 생일을 찾아봐야 한다. 달의 날짜는 인생의 숨겨진 반쪽을 움직이고 있기 때문이다.

만일 당신이 차오르는 초승달 기간에 태어났다면 흔히 알려진 대로 행운의 구두를 신고 태어난 것이다. 코가 뾰족한 초승달, 즉 행운의 구두는 깜짝 놀랄 만한 재능과 행운을 주는 요정들의 물건이다.

행운이란 구두 속에 채워주는 것인 까닭에 구두, 즉 달의 속이 비어 있는 날짜일수록 많이 받고, 달의 절반이 채워지면 받을 자리가 없다고 본다. 반달 아래 태어난 자들은 제 손에 쥔 것만으로 인생을 꾸려간다.

저무는 달, 즉 그믐도 빈 구두이므로 그때 태어난 사람에게도 행운의 구두가 주어지긴 한다. 자칫하면 없는 것만 못하지만.

구두란 두 짝이 모여 한 켤레가 된다. 모든 그믐달에겐 정확히 대칭이 되는 초승달이 있다. 그가 가진 구두와 한 켤레를 이룰 이 초승달 구두의 주인을 '맨발의 주인' 또는 '추월자'라고 부른다. 그를 만나지만 않는다면 문제는 없다. 그러나 마주친다면 그 순간 짝을 찾은 구두는 초승달 주인에게로 가버린다.

그 결과 초승달 주인은 두 배의 행운을 얻지만 그믐달 주인은 모든 것을 잃어버린다.

그러므로 그믐달 주인들은 죽을 때까지 '추월자'를 기다리며 송곳니를 갈아놓는다. 행운의 구두를 도로 빼앗아 오는 방법은 오직 하나뿐이며 그믐달 주인이라면 누구나 알고 있다.

이 책을 집어 든 당신도 알고 있을 것이다.

허기진 채로 음산한 책을 읽다 보니 점차 어지러워진 테오는 책을 놓고 창문을 열었다. 창밖에는 말라 죽어가는 나무가 있었다. 몇 년 동안 줄곧 그런 모습이었다. 한 계절에 가지 하나씩, 그렇게 꾸준히 말라갔다.

나무에는 까마귀가 살았다. 쫓아도 날아가지 않는 새를 향해 어느 날인가 잉크병을 집어던진 적도 있었다. 하지만 무슨 짓을 하든 까마귀는 도망치지 않고 그저 옆 가지로 옮겨 앉을 뿐이었다. 그후로 한동안 나무둥치에는 잉크가 피처럼 튀어 있었다. 그걸 보고 있는데 익숙한, 목이 졸리는 듯한 느낌이 왔다. 잠시 후 그는 쓰러질 테고, 꿈도 거기서 끝나곤 했다.

그런데 오늘만은 흐릿해져가는 눈에 낯선 것이 띄었다. 저만치, 맞은편 벽에 붙여 놓은 커다란 의자였다. 거기에 누군가가 앉아 있었다. 달빛이 절반만 드러낸 윤곽은 또래 아이인 것 같았다.

그럴 리 없는데.

테오는 의자로 다가갔다. 그러면서 이건 없었던 일이라고 생각했다. 꿈인데도 알고 있었다. 왜냐하면 이 집에는 또래가 찾아온 일이 한 번도 없었기 때문이다.

어둠 속에서 아이의 윤곽이 서서히 드러나고, 마침내 누구인지 알았을 때 테오는 우뚝 멈춰 섰다. 달빛이 밝힌 이마 아래 검게 그늘진 눈가가 보였다. 아이가 턱을 쳐들자 검은 머리가 흘러내리며 아이답지 않게 서늘한 눈이 나타났다. 네 속쯤은 다 들여다보고 있다는 것처럼 말갛게 빛나고 있었다.

저 눈을 얼마나 미워했던가.

저 눈빛을 볼 때면 왜 그렇게 미쳐버릴 것 같았던가.

왜 여기서 마주쳤을까. 그렇다. 이제 알 것 같다. 저 아이는 테오가 비밀스럽게 가꾸던 소중한 정원에 멋대로 들어와 아무렇지도 않게, 꼭 저런 눈빛으로 앉아 있었다. 당연히 제 것이라는 것처럼. 테오는 소리치고 싶었다. 나가라고, 내 것이라고. 온 세상이 네 것인데 왜 여기까지 왔느냐고.

하지만 그러지 못했다. 네가 손을 내밀면 다 네 것이니까. 그 성에서는 그랬으니까.

하지만 여긴 아니야.

여긴 테오의 집이었다. 허기와 긴장으로 기절해서 죽을 뻔했던 곳이긴 해도, 이미 무너져 사라져버린 곳이긴 해도, 여기만은 네 것이라고 하지 못할 것이다.

그 생각을 하자 기묘한 자신감이 생겨났다. 어느새 목이 졸리던 느낌도 사라졌다. 테오는 아이에게 한 발짝 다가서며 물었다.

"기분이 어때?"

대답은 없었다. 그저 테오를 올려다볼 뿐이었다. 어느새 처음의 눈빛은 사라지고 초점을 잃은 흐릿한 눈이었다. 그런 멍청한 표정을 보자 기분이 좋아졌다. 테오는 다시 말했다.

"좋지?"

한참 쏘아보고 있자 상대는 고개를 끄덕였다. 아주 느리게. 아니라고 하고 싶지만 그럴 수 없었기 때문에.

"당연히 그렇겠지."

"……."

대답 없는 입술에서 미세한 저항이 느껴졌다. 꼭 다문 채 표정을 지우려 하지만 그러지 못한 것을 알았다. 테오는 미소를 지었다. 마음에 들었다. 늘 초연하던, 흠잡을 데 없는 천사 같은 얼굴에 굴욕감이 드러나는 그 순간이. 너무 만족스러워 입에서 비틀린 신음이 나올 지경이다.

동시에 그가 기다려온 관객을 떠올렸다. 그도 분명 똑같은 표정을 지을 것이다. 저 꼴을 보고서. 고작 꼭두각시가 되어 줄을 당기는 대로 맥없이 움직이는 제 꼴이 얼마나 참혹할까. 그 자존심에, 그 오만함에 얼마나 치가 떨리게 분할까. 누이의 그림자인 줄로만 알았던 사내가 누이가 낳은 아이를 데리고 나타났던 순간처럼.

너한테 이런 선물을 주고 싶어서 내가 아직 살아 있는 거야.

테오는 한 발짝 더 다가가며 허리를 굽혔다. 떨리는 눈이 가까워졌다. 바라보는 자신의 눈도 마찬가지로 검게 불탔다.

아홉 살 자신이, 그가 가장 미워했던 순간의 아홉 살 아이를 향해 얼굴을 바짝 들이대며 말했다.

"선물이 마음에 드나, 데모닉 조슈아?"

테오는 눈을 떴다.

눈을 뜨고도 오랫동안 그대로 누워 있었다. 새벽이 희뿌옇다. 아니다. 이미 아침은 와 있다. 커튼의 우윳빛이 감추고 보여주지 않을 뿐이다. 그의 세계는 아직도 밤이다. 그는 내버려두었다. 좀더 밤인 채로 자신을 내버려두었다.

엷은 비가 내렸다. 수면에 발자국도 남기지 않았다.

뒷갑판 계단에 앉아 고개를 젖히고 비를 맞았다. 물길을 긋는 대신 베일처럼 얼굴에 씌워지는 비였다. 그 비를 점토 인형처럼 빨아들였다. 하얗게 부서지는 비는 분장용 분 같기도 했다. 비가 아니라 물기를 흠뻑 머금은 바람 같기도 했다. 그렇게 시원하게 온몸을 쓸어주었다.

7월의 남쪽 바다.

"한가하구만."

눈꺼풀을 들자 빗물로 흐릿해진 친구의 얼굴이 보였다. 조슈아는 눈을 제대로 뜨지 못한 채 웃었다.

막시민이 말했다.

"이게 무슨 비인지 알고 그렇게 한가한 거냐?"

"응."

"안다고?"

조슈아는 눈을 비볐다. 흐트러진 머리카락이 달라붙은 이마가 근질거렸다. 막시민이 말을 이었다.

"선원들 말로는 폭풍의 전조라던데 말이야. 비안개 때문에 섬은 보이지도 않고. 다 와서 운 없이 헤매는 것 아닌지 몰라."

"괜찮아. 예상했던 폭풍이거든. 우리가 가까이 왔다는 증거야."

막시민은 한쪽 눈썹을 올려 보였다. 추리에는 긴 시간이 걸리지 않았다.

"설마, 이게 그거냐? 옛날에 들었던?"

"막군이라면 생각해낼 줄 알았지."

배가 한차례 기우뚱거렸다. 갑판이 미끈거렸으므로 막시민은 선미로 이어지는 밧줄을 잡아야 했다. 조슈아는 젖은 옷자락을 추스르며 일어섰다. 어느새 셔츠며 바지 할 것 없이 몸에 찰싹 달라붙어 있었다.

"아니 잠깐, 그게 아직도 있었단 말이야? 지나가는 폭풍을 보고 괜히 네 맘대로 생각하는 거 아냐?"

"아니, 확인하고 왔어. 출발하기 전에 펠 집정관한테서. 이곳에 폭풍이 돌아왔다는 이야기 말이야."

집정관은 최근 노을섬의 변화를 가장 잘 알 만한 사람이었다. 사실이라는 판단이 서자 막시민은 긴장했다.

"그 옛날 아무도 뚫지 못했다던 폭풍 아니었냐? 마법 폭풍이랬나? 그럼 그냥 폭풍보다 더 난감한 문제 아냐?"

"아무도 못 뚫다니. 뚫은 사람 있잖아, 한 명."

조슈아가 같이 밧줄을 잡고 기대더니 허공을 향해 빙그레 웃었다.

"아니 두 명."

알테나호에는 조슈아의 명령으로 실은 소형 돛배 한 척이 있었다. 구조선치고는 좀 크지만, 본격 항해를 하기에는 터무니없이 작은 배였다. 다만 숙련된 항해자라면 가능할지도 모른다. 북쪽 바다를 낀 렘므에는 이보다 작은 배를 갖고 탐사를 하는 사람도 많다고 했다. 그쪽은 작은 섬이 많은 바다라 외돛배를 이용한 항해가 발달했다고도 했다.

숙련되었다는 것은 단순히 선원 생활을 오래했다는 의미와 달랐다. 이런 크기의 배를 자유자재로 다루려면 선원이자 항해사여야 했고, 또한 선장이어야 했다. 근해에서 몇 년, 또는 몇십 년은 갈고 닦아야 큰 바다에 나갈 실력이 쌓였다. 그렇다 해도 몇 달씩 걸릴 항해에는 역시 알맞지 않은 배였다.

만일 초보자가 이 배를 타고 바다에 나가겠다고 한다면?

"소공작께서 이 배로 노을섬까지 가신다는 말을 믿느니 제가 헤엄쳐서 거기까지 간다는 데 엘소 금화 한 닢, 아니 열 닢 걸겠습니다. 이건 절대로 농담이 아니고요."

"조 배가 조렇게 작아 보여도 말씀입죠, 직접 몰려고 하면 여간 품이 드는 게 아닙니다요. 소공작께서 아무리 축복받은 아르님이시지만 바다에서는 갓난애기나 똑같으시다고요. 노 하나만 똑 소리 나게 젓도록 갈키려고 해도 을매나 드잡이질이 필요한지 아십니까요?"

"바다 일이란 장난이 아닙니다요. 배를 몰아보셨습니까요? 아니시라고요? 파도 한 뼘짜리 바다에도 안 보내드릴 판인데 이 폭풍을 뚫고 가시겠다니요? 해도 해도 도가 지나치십니다요."

"제가 오늘 소공작 전하를 말리지 못하면 당장 바다에 뛰어들어야 됩니다. 암요! 살아서 돌아가더라도 우리 섬 사람들이 요놈을 바다에 던져버릴 겁니다!"

"지금까지 하시자는 대로 다 해왔지만 이것만은 안 됩니다. 저희 얼굴을 봐서라도 참아주십쇼. 네? 제발 좀 살려주십쇼!"

조슈아는 그들의 말을 차근차근 다 들었다. 막판엔 입가에 미소까지 보였다. 드디어 할말이 떨어진 그들이 힘으로라도 막겠다는 태세로 에워쌌을 때 조슈아가 말했다.

"말리는 여러분의 심정을 이해해요. 이유도 그만하면 충분히 들었어요. 그러면 이제부터 내가 여러분을 설득하기로 할까요? 몇 시간일 수도 있고, 며칠이 걸릴지도 모르죠. 그래도 괜찮아요. 여러분의 경험과 식견을 존중하기 때문에 그런 시간을 들여서 설득할 가치도 있다고 봐요. 여러분도 알겠지만 나는 축복받은 아르님이기 때문에 이 설득이 실패할지도 모른다는 생각은 안 해요. 필요한 건 시간과 인내심뿐이에요. 나한텐 두 가지 모두 충분하죠."

반시간 뒤, 선원들은 돛배를 바다에 내리고 있었다.

비는 조금 개었지만 안개는 아직이었다. 배 안에는 물통과 이틀분의 식량, 모포와 갈아입을 옷, 모자 달린 망토, 낚시 도구 등이 든 도구함, 그리고 쓸모가 있을지 알 수 없는 호신용 검 따위가 실렸다. '쓸모없는 세 사람' 중 둘도 실렸다. 나머지 하나는 뱃전에서 그들을 내려다보고 있었다. 어쩐지 섭섭한 표정으로.

"조심해."

인사가 짧았던 건 정말 섭섭했기 때문일지도 몰랐다. 막시민은 한 번 쳐다봤을 뿐 대꾸하지 않았다. 이럴 때 어울릴 법한 대꾸가 모두 마음에 들지 않았던 탓이었다. 조슈아가 뱃전을 올려다보며 말했다.

"난 네가 더 걱정돼."

"내가 왜?"

"남자들 틈에 두고 가니까."

리체는 입술을 꾹 다물었다가 움직이기 시작한 배를 향해 소리쳤다.

"그럼 지금까지는 뭐 여자들하고 다녔냐!"

작은 돛을 올리자 배는 수면 위를 빠르게 미끄러졌다. 막시민이 뒷모습인 채로 한 손을 들어올렸다. 그다음은 안개뿐이었다.

떠나기 전에 알테나호 선원들이 조금이라도 도움을 줘야겠다고 아는 것을 다투어 떠들어댔으므로 조슈아가 듣고 기억하는 것은 무척 난잡한 조종법이었다. 그런데도 배를 타자마자 능숙하게 돛을 올려서 구경하던 선원들을 놀라자빠지게 만들었던 이유는 따로 있었다.

「곧 파도가 높아질 테니 돛줄을 느슨하게 해. 왼손에 쥔 쪽부터 천천히. 좀더 들어가면 돛을 내릴 테니 준비해.」

조슈아는 지체 없이 돛줄을 조절했다. 켈스니티가 멈추라고 할 때까지 풀었다가 다시 감았다. 밧줄은 굵고 거칠었지만 선장이 벗어준 좋은 장갑을 낀지라 큰 무리는 없었다. 막시민은 노를 쥔 채 익숙해지려 애쓰는 중이었다. 선원들이 말했듯 노젓기도 결코 만만한 일이 아니었다. 특히 바다가 요동칠 때는.

"강에서라면 저어보았는데."

「바다는 다르죠. 그래도 이 정도면 잔잔한 바다입니다.」

"쳇, 해적 사제 양반, 잘난 체하긴."

처음에 계획을 말했을 때 막시민은 반대했다. 하긴 막시민이 동의할 리 없는 계획이었다. 항해 경험도 없는 두 사람이 이런 작은 배로 폭풍을 뚫고 가다니 말만으로는 미친 짓이 따로 없었다. 그러나 조슈아에게는 뚜렷한 구상이 있었다. 작은 배. 막시민도 히스파니에에게 들어서 알고 있었기에 부인할 수 없었던 부분이었다.

"마법 폭풍을 뚫으려면 이 방법뿐이야. 옛날 이카본과 켈스가 그랬듯이. 노을섬 사람들은 침략을 막으려고 폭풍 장벽을 만들었지만 그들 자신을 위해 작은 배는 폭풍우가 부수지 않도록 만들었다고 했잖아. 외부인이 숨어들어도 한두 사람일 때는 대단한 짓을 못할 거라고 생각했던 거겠지. 더구나 켈스의 말대로라면 이 폭풍은 무척 범위가 좁아. 마치 커튼처럼 얇아. 그걸 통과하기만 하면 해안까지는 잔잔한 바다일거야."

막시민이 이 조슈아풍의 미친 짓에 가까스로 설득된 것도 켈스니티가 함께한다는 말을 들었기 때문이었다. 켈스니티는 과거 이카본과 함께 쪽배로 이 폭풍을 뚫었던 장본인이었다. 따라서 이보다 훌륭한 조언자도 달리 없었다. 켈스니티의 말에 따르자면 노을섬의 마법이 강성하던 당시에도 폭풍의 두

께가 고작 반시간 정도에 불과했다니까 마력이 약해진 지금은 그보다 약하면 약했지 강해졌을 리 없었다.

리체를 두고 온 이유는 만에 하나 폭풍에 휘말려 위험해질지 모른다는 생각도 있었지만, 그보다는 옛날 이 폭풍을 통과했던 유일한 배에 두 사람이 타고 있었다는 부분 때문이었다. 마법 폭풍의 정확한 성질은 여전히 모른다. 그렇다면 이카본이 성공한 것과 최대한 비슷한 조건을 만드는 수밖에 없었다. 배의 규모가 문제인지, 배에 탄 사람의 숫자가 문제인지 모른다면 둘 다 따르는 것이 안전했다.

하지만 이론처럼 쉬운 일은 세상에 없는 법이다. 이 폭풍을 뚫은 경험자이자 훌륭한 항해자이기도 한 켈스니티가 아무리 정확한 조언을 해준다 해도, 물일에 길이 들지 않은 두 사람의 손은 무뎠다. 힘을 적게 쓰면서 효율적으로 배를 움직이는 방법을 몸으로 터득하자면 적지 않은 시간을 들여야 했다. 그걸 모르다 보니 초반에 엉뚱한 근육을 혹사한 결과 노를 젓는 것도, 키를 잡는 것도, 돛을 조절하는 것도 모두 힘든 일이 되어버렸다.

그리고 폭풍 장벽이 가까워졌다.

알테나호에 남은 리체는 한동안 뱃전에 기대어 안개 속을 바라봤지만, 곧 '어련히 잘하겠어' 하는 생각으로 걱정을 떨어버렸다. 잘났다는 두 녀석은 줄곧 말이 되든 안 되든 제 뜻대로 밀어붙여 지금껏 해왔다. 말린다고 말려진 적은 없고, 걱정한다고 달라질 일도 당연히 없다. 자기가 기분이 나쁜 건 그들을 말리지 못해서가 아니라 같이 가지 못해서가 아닐까 하는 생각까지 들었다.

리체가 선실로 돌아오자 선원들은 지레짐작으로 기분을 풀어주려고 열심이었다. 처음에 소공작의 친구라는 것 때문에 귀공녀처럼 대우하려 할 때도 곤란했지만, 이번에는 그때보다 더한데다 태도도 이상했다.

"예로부터 소공작 전하의 혈통을 타고난 분들은 일생 살면서 말도 안 되는 짓을 꼭 몇 번은 저질러본다고 그래요. 그러지 않으면 아르님이 아니라죠."

"축복받은 아르님은 운이 강하죠. 저런 폭풍쯤은 아무것도 아닙니다. 나쁜 일이 있을 리 없죠."

"초대 공작께서도 잘해내셨는데 소공작 전하께서 못 하신다고야 어찌 말하겠습니까요? 아, 예의가 있지. 게다가 세월도 이렇게 흘렀는데 조금이라도 나아져야지, 퇴보해서야 쓰겠습니까요?"

"남쪽 바다는 아르님을 건드리지 못합니다. 지금껏 단 한 명도 못 그랬습니다. 그러니 심려하지 마시고 편안하게 지내세요. 그래야 전하께서 건강하게 돌아오셔서 아가씨께서 잘

계셨다는 것을 알고 안심하실 것 아니겠습니까? 또 저희도 얼굴이 서겠고요."

처음에는 그런가 보다 했는데 들을수록 점점 느낌이 이상해졌다. 결국 물어볼 수밖에 없었다.

"잠깐만요. 상대를 착각하시는 것 같은데."

"착각하다뇨?"

"절 뭐라고 생각하시는 거예요? 친구니까 걱정이야 되지만 제가 걱정 좀 한다고 여러분까지 그렇게 마음 쓰실 필요가 없는…….."

거기까지 말했을 때 한 명도 아니고, 두 명도 아니고, 무려 세 명이 똑같은 어조로 반문했다.

"아가씨께선 소공작 전하와 약혼하신 게 아니었습니까요?"

리체는 즉시 벌떡 일어나며 외쳤다.

"그럴 리가 없잖아요!"

반응이 너무 격렬한 나머지 질문한 세 사람은 물론, 같은 생각이었다고 얼굴에 씌어 있는 나머지들까지 우르르 물러섰다. 반응이 그렇게까지 된 데는 리체가 앉아 있던 의자가 뒤로 나동그라졌던 것도 한몫했다.

"대체 무슨 근거로 그런 생각을 했는데요? 한두 명도 아니고 어쩜 다들 똑같이 생각할 수가 있죠? 얼굴에 다 씌어 있으니까, 나만은 아니었다는 변명이라면 포기해요. 제가 그렇게 보이도록 행동했나요? 남자하고 같이 여행하면 당연히 약혼자가 되어버리는 건가요? 물론 저도 이러고 싶지 않았죠. 오해받을 행동 따위 하고 싶지 않았죠. 하지만 저한텐 이 두 사람을 쫓아가지 않으면 안 되는 절박한 이유가 있었단 말이에요! 물어보지도 않고 멋대로 생각하는 당신들!"

리체가 흡사 기사가 검을 뽑듯 손가락을 휘둘러 그들을 가리키자 더 물러설 데가 없었던 선원들은 상체를 뒤로 젖혔다.

"빨리 말해요. 그렇게 생각할 수밖에 없었던 정당한 근거 말예요. 약혼자쯤 되는 얘기를 그리 쉽게 확신할 순 없잖아요? 설마 조슈아나 막시민이 그런 식으로 말했을 리는 없겠고."

"정말로 소공작께서 아가씨한테 청혼한 게 아니란 말씀입니까? 저기, 섬에서."

"아니라니까요! 대체 왜 그렇게 생각한 건데요?"

선뜻 나서는 사람이 없었다. 누가 먼저 그런 생각을 했는지 따지기가 힘들었나? 하지만 그들의 기색은 착각했다고 수긍하는 것과 좀 달랐다. 그들은 리체에게 들리지 않도록―물론 다 들렸지만―수군거렸다.

"그러면 그날 식탁 위의 페리윙클꽃은 어떻게 된 거지?"

정오까지 데워진 백사장은 뜨끈뜨끈했다. 홑겹 옷만 걸치고 누워 있자니 불타는 모래 하나하나가 살갗에 파고들어 박

히는 느낌이었다. 이런 바닷가는 거죽이 튼튼한 발로도 경중
경중 뛰어 가로질러 재빨리 물속에 뛰어들어야만 살아남는
다. 그리 멀지도 않았다. 발치에서 네댓 걸음 떨어진 곳까지
밀려온 물머리에서 포말이 부서졌다. 그런데도 두 사람은 꼼
짝도 하지 않았다.

하늘에는 조각구름도 없었다. 해만 희게 번쩍거렸다. 머리
카락을 건드리며 왔다고 신호하는 바람은 일어서기만 하면
온몸을 휘감아줄 듯했다. 그럼에도 불구하고 그들이 석쇠 위
의 생선들처럼 잠시 쓰러져 있을 이유는 충분했다. 그리 오래
있을 순 없었지만.

"안 덥냐?"

그 말이 신호가 된 것처럼 조수아는 상체를 벌떡 일으켰다.
서둘러 모래를 털더니 아예 일어나서 바지도 털며 말했다.

"조금만 더 누워 있다간 등에 회색 점이 생기겠어."

"왜 회색 점이냐?"

"모래가 닿는 부분만 구워진 거지. 고기가 익으면 회색이
되잖아."

막시민이 어이없는 눈초리를 보내는 가운데 조수아는 신발
을 벗었다. 양말도 벗어던졌다. 맨발로 디디려 하자 새삼 비
명이 나올 정도로 뜨거운 모래였다는 것이 실감났다. 긴 다리
는 이럴 때 써먹는다고, 앙감질 두 번으로 물속으로 옮겨가

발바닥이 구워지는 것만은 간신히 피했다. 발가락 사이로 따뜻한, 그러나 모래에 비하면 시원한 물이 들락거렸다.

겨우 상체만 일으켜 앉은 막시민이 한마디 던졌다.

"발끝만 담그는 고양이."

"수영을 하면 온몸이 소금투성이가 돼버려. 씻을 곳도 없고."

"넌 이미 소금투성이야. 바닷물이 아니라 땀으로."

막시민은 천천히 일어나 기지개를 켰지만 동시에 오만상을 찌푸렸다. 팔부터 시작해서 어깨, 옆구리, 허리, 허벅지, 엉덩이, 등까지 모조리 쑤셨다. 조슈아라고 다를 리 없었다. 잠시 후 둘은 똑같이 발만 바다에 담근 채 엉성한 자세로 체조를 하기 시작했다. 이곳에 없는 한 사람, 아니 유령을 욕하면서.

"와, 젠장 이렇게 속다니. 폭풍을 통과한 다음이 진짜배기 구간이었는데. 친구고 뭐고 너희 조상은 켈스를 노 젓는 솜씨 보고 데려왔던 게 틀림없다."

"이게 자기 기준에서는 별거 아니었단 말이지? 아…… 내가 험한 말도 못 하겠고 진짜. 사제도 아니고 해적도 아니고 다음부터 노잡이라고 부르든가 해야지. 나 지금 원한 품었다. 말리지 마라."

"내가 말리겠냐? 영매는 유령 뒤통수 때릴 수 있는지 물어보려던 참이거든? 되거든 내 몫까지 꼭 두 대 때려야 한다? 그리고 이 동네 사람들은 마법으로 폭풍도 만드는 주제에 자

기네 해역에 순풍 정도 만들어두는 예의도 없는 거냐? 융통
성이라고는 전혀 없는 작자들 같으니라고."

"뒤통수는 안타깝게도 어렵고, 침입자들이 폭풍을 뚫었어
도 이 구간에서 다 포기했다는 데 금화 한 개 건다."

"야, 네가 선원들도 아니고 무슨 금화 한 개야? 과감하게
비취반지 성 정도는 걸어."

"그거 내 거 아닌데?"

"난 썩은 목장 걸 건데?"

둘은 서로를 빤히 봤다. 잠시 후 조슈아가 웅얼거렸다.

"뭐 거기라면 할아버지께서 너한테 주실지도……."

"뭘 네가 이제 와서 납득하는 척이야? 옛날부터 나한테 목
장 열쇠 있었거든? 금고도 척척 열거든?"

여기가 그 목장이었다면 풀밭에 드러누워 한 시간쯤은 쉴
텐데, 하고 둘은 똑같은 생각을 했다.

폭풍인지 뭔지 그런 건 이제 기억도 나지 않았다. 둘은 잔
잔한 해역에 들어오자마자 섬의 윤곽을 발견하고 어려운 일
은 다 끝났다고 생각하며 만세를 불렀지만, 거기서부터 바람
한 점 없는 바다를 반나절 동안 노 저어 와야 할 줄 알았다면
도로 폭풍을 뚫고 나가버렸을지도 모른다. '해안까지는 잔잔
한 바다'라는 말이야말로 최악의 함정이었다. 조슈아 자신이
한 말이었지만.

가까이 있는 것처럼 보이던 섬은 아무리 노를 젓고 또 저어도 다가오는 것 같지 않았다. 날씨는 또 얼마나 거짓말처럼 맑아졌는지, 노를 젓기 시작한지 딱 십 분 만에 머리부터 발끝까지 땀범벅이 됐다. 둘이 불평하다 못해 해결책을 내놔보라고 위협하기 시작하자 켈스니티는 도망쳐버렸고, ("영매의 위협이란 유령에게 꽤 심각한 겁니다.") 그다음부터는 평생 한 번도 해보지 못한 막노동으로 아침이 갔다. 반나절 속에는 둘이 자포자기해서 노를 던지고 드러누워 있던 시간도 포함되어 있었지만. 어쨌든 도착하고 보니 정오였다.

둘 다 바다에 들어가고 싶은 마음은 간절했지만 이제부터 얼마나 넓은지 모를 섬을 걸어야 했기에 망설이는 마음이 없지 않았다. 조슈아가 바닷물을 찍어 이마에 바르는 것을 본 막시민이 중얼거렸다.

"가다 보면 씻을 데 없겠냐. 여기도 사람 살던 섬인데. 우물이든 샘이든 있겠지."

말이 끝나는 것과 동시에 막시민은 친구의 어깨를 붙들어 바다 쪽으로 돌린 다음 꾹 눌러 넘어뜨렸다. 그 순간 철썩, 하며 큰 물결이 밀려와 막시민의 몸에도 들씌워졌다. 똑같이 흠뻑 젖고 나니 이제 소금기고 뭐고 아무래도 좋았다. 이유가 무엇이라도 좋았다. 조금 전까지 쩔쩔매던 근육통쯤은 깨끗이 잊은 것처럼 맹렬하다 못해 과격한 물싸움이 벌어졌다. 옛날 코츠볼트의 이름도 없는 강에서 그랬던 것처럼. 강가에서 조약돌을 던지며 바다 이야기를 하던 둘이 바다에서 재회한 이래 꼭 한 번은 이랬어야 했다는 것처럼.

더는 뜨겁지 않은 정오의 해가 둘을 갸웃이 내려다보았다.

"피부가 따끔거려."

"그럴 줄 몰랐냐."

"다른 데는 그냥저냥 참겠는데 얼굴이 너무 당긴다."

"소금에 절인다고 사람 가죽이 줄어들진 않으니 안심해."

"아무래도 줄어드는 것 같아."

"진짜라면 늙은이들은 좋겠네. 소금물로 세수만 하면 주름 걱정도 없겠고."

해가 절반쯤 기울어졌을 무렵, 배에 실은 식량으로 요기를 하고 짐을 챙겨 떠나왔다. 지금은 오르막 경사를 걷고 있었다. 큰 마차가 다닐 정도는 못 되어도 둘이 걷기에는 충분할 정도로 잘 다져진 길이었다. 길 양쪽으로 유난히 잎이 큰 활엽수가 우거졌다. 본래 숲이었던 곳을 가로질러 길을 낸 모양이었다. 무인도가 된 섬에서 이 길이 도로 숲으로 변하지 않은 것도 신기한 일이었다. 마법사의 섬이니 길을 닦을 때 무슨 수를 썼겠거니 상상만 했다.

소금물에 젖은 옷은 아직 마르지 않았다. 축축한 바짓자락이 다리에 달라붙고, 리넨 셔츠도 묵직해져서 예상대로 걷기에 썩 좋은 조건은 아니었다. 근육통도 여전했다. 그러나 둘은 물놀이를 한 뒤로 묘하게 생기가 넘쳤다. 길도 이만하면 쾌적했다. 그늘져서 크게 덥지도 않았고 가끔 새소리나 들려올 뿐 조용해서 물주머니의 물이 출렁거리는 소리까지 들릴 정도였다. 구둣발에 밟히는 잔가지며 마른 잎도 기분 좋은 소리를 냈다. 나뭇진 냄새가 섞인 공기는 상쾌했다.

"살기 좋은 섬이네. 왜 떠났을까."

완만한 경사의 꼭대기에 이르렀을 즈음 조슈아가 중얼거렸다. 막시민이 대꾸했다.

"공기 좋다고 살기 좋은 곳은 아니지. 먹을 게 있어야지."

"먹을 게 전혀 없을 것 같지도 않아. 저 숲을 봐."

"나무 열매나 버섯만으로는 만족하지 못하는 사람도 많겠지. 식후에 홍차와 초콜릿 케이크를 반드시 먹어야겠다는 사람이라면 그걸 두들겨 패서 단념시킬 수도 없는 거고."

이제부터 내리막이었다. 아래를 내려다보다가 조슈아가 말했다.

"이곳 사람들한테 처음부터 마법이 없었다면 어땠을까."

"순서가 거꾸로잖아. 마법 문제가 아니었다면 굳이 살기 좋은 페리윙클을 버리고 이런 바위섬에 오지도 않았을 텐데, 뭐."

"그렇긴 하지만."

땅이 뿜어낸 아지랑이 때문에 먼 곳은 또렷하지 않았지만 길이 계속 이어지는 것만은 분명했다. 다만 이상하게도 마을이 눈에 띄지 않았다. 그들은 이 언덕을 넘으면 마을이 보일 줄 알았다.

"마법에 능하면 굳이 모여 살지 않아도 되나 보지. 우물물도 마법으로 떠다 먹고, 저녁 초대라도 하면 마법으로 척하니 나타나고."

"그래도 떨어져 살면 외로울 텐데. 설마 대화도 마법으로 했을까?"

막시민은 내가 알겠냐는 것처럼 어깨를 으쓱했다. 다시 걷기 시작하면서 조수아가 중얼거렸다.

"그렇게 일상사까지 다 마법으로 해결하지 않아도 됐을 텐데."

어쨌든 그들이 찾는 곳이 마을은 아니었다. 길을 물어볼 사람이 마을에 남아 있을 것도 아니고, 적당한 외곽에 있을 묘지만 찾으면 되었다. 이카본은 외지인이니 따로 물었을 가능성이 없진 않았지만 그건 묘지를 확인한 다음의 문제였다.

"켈스는 어디 갔냐? 나와서 안내 좀 하지."

"옛날엔 부르면 바로 왔는데, 요샌 그렇지가 않아서. 내킬 때만 대꾸하는 것 같기도 하고."

"쳇, 빠져가지고."

외지인의 방문을 반기지 않았던 곳답게 어디에도 표지는 없었다. 어려서부터 이곳에서 자라 모든 것이 익숙한 사람들만을 위한 땅이었다. 이윽고 작은 광장 같은 곳이 나타났다. 그 곁에 주춧돌과 부러진 기둥만 남은 건물이 서 있었다.

본래 사방이 벽으로 막힌 건물은 아니었던 듯했다. 널찍하게 간격을 두고 선 두툼한 기둥들이 건물 주위를 둘러쌌다. 천장은 남아 있지 않았지만 몹시 높았던 모양이었다. 무너진 기둥들을 보건대 사람 키의 열 배 이상이 아니었을까 싶었다. 건물의 형태도 낯설었다. 기둥은 건물 바깥쪽까지 쭉 이어졌다. 다시 말해 기둥이 있었던 자리인 듯, 둥근 돌 기단이 두 줄을 이루고 있었다. 진입로였을까?

건물을 둘러싸고 자랐을 나무가 어느새 기둥 안쪽을 침범하고 있었다. 이대로 간다면 건물과 숲이 하나가 되는 것은 시간 문제였다.

"제대로 남아 있었다면 그럴듯하게 근사했겠는데."

소금물에 절여져 초라한 꼬락서니로 서 있자니 한층 위압적으로 느껴지는 폐허였다. 막시민은 한쪽 다리를 비스듬히 짚고 서더니 한 손을 흔들어대며 지껄였다.

"동냥 왔슈. 따뜻한 목욕물, 갈아입을 옷, 푹신한 침대와 상다리가 부러질 저녁 식사 좀 줍쇼."

조슈아가 피식거리며 따라했다.

"벨크루즈 27년산 포도주도 한잔 곁들이고 후식은 케르느메 홍차에 호두와 아몬드를 넣은 파이로 하면 되겠슈."

"저 자식은 비단옷이 아니면 안 입는다고 하니 참고하슈."

"저쪽은 최소 스무 시간 내에 깨우면 화를 낸다는 것도 알아두슈."

「잘 알아 모시겠습니다. 그럼 목욕물부터 대령할까요?」

둘은 자세도 바꾸지 않은 채 고개만 돌렸다. 막시민이 먼저 말했다.

"폐허에서 노닐다가 유령이 나타났으니 이보다 어울릴 수 없지."

"우리가 원한을 좀 품어서 하는 말인데 말이야, 켈스. 이런 데서 유령과 마주치면 일반적으로 세 가지 소원 정도는 들어줘야 예의가 아닐까?"

조슈아가 눈을 가늘게 뜨며 손가락 셋을 꼽아 보이자 켈스니티가 웃는 소리가 들렸다.

「그거 반 협박이네, 영매 도련님. 유령의 등골이 시려온다. 그래서 그 소원이란 뭔데?」

"일단은 목욕물이고."

조슈아가 입을 열자 막시민이 받았다.

"다음은 묘지가 어디 있는지 좀 안내해봐."

「두 가지가 됐군요. 그럼 마지막 하나는?」

눈짓도 나누지 않았는데 둘은 거의 동시에 소리쳤다.

"이따가 노 안 젓고 돌아가게 해줘!"

무덤

내 계절에는 비밀이 있어.

추워 못 견디겠던 어떤 날

봄을 한 조각씩 잘라 삼켰더니

눈 깜짝할 사이에 다 떨어지고

여름과 가을과 겨울만 남아버렸어.

끊어진 고리를 이어보겠다고

가을을 절반 잘라다 봄 자리에 놨지.

그래서 내 봄은 잎 지고 시드는 계절

그러니 봄 좀 나눠줘, 한 조각이라도

가을 뒤엔 겨울밖에 안 온단 걸 깜빡 잊었어.

해가 서녘 하늘에 걸렸다. 노을은 일렀지만 낮의 더위는 완전히 저물었다.

묘지는 해안가에 있었다. 그들이 배를 댄 쪽이 아닌 서쪽 해안이었다. 바다가 내려다보이는 비스듬한 경사에 갖가지 묘석들이 줄지어서, 또는 무질서하게 흩어져 있었다.

묘지 영역을 표시하는 울타리 같은 것은 없었다. 두 사람은 가장 북쪽에 있는 묘비 앞에 섰다. 단순한 사각에 위쪽 모서리만 조금 둥글린 모양이었다. 가운데에는 이름과 생몰 연대 같은 것이 새겨져 있었다. 아니, 추측일 뿐이고 실은 글자를 읽을 수가 없었다.

"가나폴리 문자일까?"

확인해줄 사람은 없었다. 그들은 얼굴을 마주보며 갸웃거리다가 다른 묘비를 차례로 훑어보았다. 다행히 어느 정도 지나자 알아볼 수 있는 글자가 새겨진 묘비들이 나타났다. 묘비들은 세월이 많이 흘렀는데도 그리 훼손된 흔적이 없었다. 실은 이 섬의 많은 것들이 그랬다. 그들이 따라왔던 길처럼.

카모렌, 홀레, 크니발, 로벨, 테나슈프, 뷀프, 코크니발트, 로엔, 마타람, 페니엘, 트리비스……. 막시민이 읽고 있는 동안 조슈아가 말했다.

"이거 연대별로 배치되어 있는 것 같아."

"하지만 여기 새겨놓은 연대가 아노마라드력은 아닐 거 아냐."

"그렇겠지? 들어본 이름을 찾을 수만 있다면 시대를 대충 맞혀볼 수도 있을 텐데."

이윽고 조슈아는 한 묘비 앞에 멈춰 섰다. 동그란 묘비 가운데 "아몬드꽃의 제노비아"라는 이름이 새겨져 있었다. 조슈아는 그 이름을 한참 동안 들여다보고 있었다. 막시민은 설명을 기다리다가 조슈아의 얼굴을 봤다.

"이 사람이 누군데? 어디서 들어본 듯도 하고."

섬에 들어온 이래 처음으로 조슈아의 얼굴이 흐려졌다. 대답도 한참 뒤에 나왔다.

"이카본의 손녀야."

막시민은 짐짓 아무렇지도 않은 듯 말했다.

"그렇다면 이카본의 무덤도 이 근처에 있겠네. 우리 영감처럼 장수 노인네라 해도 손녀보다 오래 살긴 힘들 테니."

둘은 근처의 묘비 사이를 돌아다니며 수많은 이름들을 읽었다. 그러나 이카본의 묘비는 찾지 못했다. 주인이 불분명한 묘비도, 무엇보다도 파헤쳐진 흔적이 남은 무덤도 없었다. 잠시 후 둘은 '아몬드꽃의 제노비아'의 무덤 앞에 돌아와 물끄러미 그 이름을 바라보았다. 쪼그리고 앉아 있던 막시민이 말했다.

"감상적으로 생각할 거 없어."

조슈아는 묘비에 새겨진 이름을 손가락 끝으로 따라가다가 불쑥 말했다.

"이 이름, 무척 예쁘지 않아?"

"듣고 보니 그런 듯도."

"저 애, 백치였대."

막시민은 입술을 실룩일 뿐 대꾸하지 않았다. 조슈아가 말을 이었다.

"아우렐리에가 말하길 그쪽 핏줄에서는 나 같은 사람 대신 백치나 광인만 태어난다는 거야. 난 그게 이상하게 생각됐어. 어째서 한쪽 핏줄만 그럴 수가 있을까? 그것도 노을섬의 마법의 영향일까? 그 무구 때문에?"

"그럴 수도 있겠지."

"아니, 그것만은 아닐지도 모른다는 생각이 들었어."

얼마든지 더 이어갈 수도 있는 이야기였지만 막시민은 일부러 몸을 일으켰다.

"할머니가 되어서 죽었을 옛날 여자 얘긴 그만 생각해. 우린 닥친 문제를 해결해야 해. 여기 이카본의 무덤이 없다면 왜 없을까? 일부러 숨겼을까?"

"그럴 필요는 없을 것 같은데."

"혹은 네 매형이 모조리 파 갔을까? 하지만 그럴 법한 자국이 없는데. 이 일대의 떼가 고운 걸 보면 말이야."

조슈아가 정색을 했다.

"막군, 전에도 말했지만 난 아직 누가 그랬는지 확실히 안다고 생각 안 해."

"그거야 네 자유지. 확신하는 것도 내 자유고."

서로 더 얘기하고 싶지 않은 화제였다. 조슈아는 선 채로 묘비 하나를 짚고 주위를 둘러보았다.

"여기가 아니고 다른 곳일지도 모르지. 이카본은……."

"알아. 이카본은 이 섬 사람이 아니니까 다른 곳에 묻혔을 수도 있다 쳐. 그렇다면 아나로즈의 무덤은 왜 없지?"

아무리 고향을 버리고 떠났다가 돌아왔다 해도 아나로즈도 이곳에 묻히지 못했다는 것은 조금 이상했다. 역시 두 사람만 일부러 다른 곳에 묻은 것일까? 막시민이 아무데로나 고개를 돌리며 물었다.

"켈스, 당신 생각은 어때? 여기 말고 다른 묘지도 있는 거야?"

「그럴 정도로 큰 섬이 아닙니다. 하지만…….」

켈스니티는 생각에 잠긴 듯했다. 이윽고 이어진 목소리는 신중했다.

「조슈아가 노을섬의 후손이라는 할머니에게 들은 이야기로는, 아나로즈는 이곳으로 돌아와서 봉인된 무구를 지키는 역할을 맡았던 것 같습니다. 그러다가 그곳에서 죽었다면 그 자리에 묻혔을 가능성도 있겠지요. 죽은 사람의 혼이 생전의 의지를 잇는다는 믿음이 널리 퍼져 있던 때니까요.」

조수아가 말했다.

"웨더렌 할머니는 아나로즈가 들어간 곳을 '무덤'이라고 불렀어. 무구를 지키던 사람이 대대로 그곳에 묻혔기 때문에 그런 이름이 붙었을지도 몰라."

"그렇다면 무구를 봉인했다는 그곳으로 가봐야 되는 건가. 어이, 안내는 되는 거야?"

「거기까지는 됩니다.」

"위험한 곳은 아니겠지?"

「위험한 일을 일으킬 만한 능력도 없을 겁니다, 우리에겐.」

"자신을 포함해줘서 고맙군. 겸손하게도 말이야. 그럼 가볼까."

막시민은 입 밖에 내어 말하지 않았지만 분명 내켜하는 얼굴이 아니었다. 그들이 묘지를 벗어날 즈음 켈스니티가 말했다.

「자, 순서가 바뀌었지만 잠시 목욕을 하러 갈까요.」

조수아가 반색하며 말했다.

"아아, 제발 그래줘. 조금 더 있다간 절인 육포가 될 지경이야."

조슈아의 얼굴에 생기가 도는 걸 보며 막시민이 이죽댔다.

"살은 없고 뼈뿐인 아주 맛없는 육포겠지."

막시민도 목욕을 기다리지 않은 건 아니었다. 그러나 켈스니티가 안내한 곳은 기대했던 샘이나 강이 아니었다. 빈집 두 채가 나란히 선 사이에 불쑥 솟은 우물을 보고 조슈아는 김새는 표정을 지었다.

"우물뿐이야?"

「그 정도 물이면 실컷 씻고도 남아. 강은 너무 멀어. 해가 지기 전에 무덤을 찾아내야지.」

막시민마저 두레박을 툭툭 건드려보더니 말했다.

"몸을 담글 곳은 없는 거야? 우린 좀 까다로운 동냥 거지라서."

「우물에 내려가서 헤엄치고 싶다면 말리진 않겠습니다만, 올라오는 방법은 직접 고려해주세요.」

"오, 켈스. 꽤 냉담한 반응인데."

"노 젓다가 어깨가 빠질 지경인데 이젠 물긷기까지. 이 일이 끝나면 어딘가에 하인으로 취직해도 되겠어."

두레박으로 물을 길어 서로에게 번갈아 퍼붓기만 하면 됐겠지만, 이것도 간단히 끝나지 못할 운명이었다. 누가 먼저였는지 모르지만 두레박을 끌어올리자마자 상대방의 얼굴에 냅다 끼얹는 바람에 이른바 '두레박 전쟁'이 발발했다. 하나가

도르래를 감는 동안 줄곧 노려보고 있다가 두레박이 올라오면 잽싸게 낚아채고, 실패한 쪽은 물벼락을 피해 달아나는 방식이었다. 적당히 목욕이 되는 선에서 끝냈으면 좋았을걸, 그 또래들의 놀이가 흔히 그렇듯 지나치게 과격해지기 시작한 두레박 전쟁은 우물 주변을 물바다로 만들고도 끝날 기미를 보이지 않았다.

「그만들 해요! 해가 지고 있잖아요!」

켈스니티가 개구쟁이 둘을 데리고 다니는 보호자처럼 소리치고서야 겨우 진정이 됐다. 물에 빠진 생쥐 꼴이 됐지만 둘다 기분만은 상쾌해졌다. 둘은 거의 동시에 다리를 번쩍 올려 두레박을 우물 속에 차 넣더니 짐 속에서 새 옷을 꺼내 갈아입었다. 막시민이 젖은 머리를 긁적거리다가 불쑥 말했다.

"우리, 이렇게 한가해도 되는 거냐."

조슈아는 물이 뚝뚝 떨어지는 머리를 훑어 짜며 약간 웃었다.

"이제 곧 다 끝날 테니까."

"글쎄다. 정말로 끝날까? 난 왠지 믿어지지가 않아."

조슈아는 버려도 된다고 했지만 막시민의 의견은 달랐으므로 젖은 옷을 대충 짜서 가방에 넣었다. 둘은 다시 걷기 시작했다. 막시민은 걷다가 조슈아의 표정을 흘끔 보더니 나올 얘기를 짐작한 것처럼 하품을 했다. 물론 그런다고 하고 싶은 말을 삼킬 조슈아가 아니었다.

"우리, 코츠볼트에서 헤어지지 않고 쭉 같이 지냈더라면 딱 지금처럼 놀고 있지 않았을까."

"그런 일은 일어나지 않았지. 이제 우린 썩은 목장의 꼬마 녀석들이 아니고 말이야."

"되돌아갈 수도 있을 거야. 꼭 코츠볼트가 아니어도 되고. 꼬마로 돌아갈 필요는 없지만."

"되고말고. 그 목장은 아까 내가 내깃돈으로 팔아버렸으니까 넌 네 머릿속의 목장으로 돌아갈 수 있을 거다. 거기가 어떤 곳일지 상상해보니 난 아주 가끔 초대받는 걸로 만족할 것 같구만."

한 시간여를 걷는 동안 빈집을 서너 곳 더 보았다. 하지만 아무리 관대하게 봐도 촌락의 일부가 아니라 외딴 산장 정도로밖에 보이지 않았다. 줄곧 경사져 있던 잡목 숲을 빠져나오자 널찍한 암반이 나타났다. 말 그대로 돌로 된 쟁반처럼 생긴 지형인데, 저만치 탁 트인 바다를 향해 불쑥 튀어나와 있었다. 켈스니티는 암반 끄트머리까지 걸어가서 손짓했다.

「이쪽으로.」

"그 '이쪽'이 어디쯤인지 한 놈한테는 보여도 다른 한 놈은 장님이라고."

「제일 위험해 보이는 위치입니다.」

"뛰어내리기라도 하게?"

「정확한데요.」

조슈아가 가서 서는 위치를 보며 막시민이 중얼거렸다.

"젠장, 농담이 아닌가 본데."

낭떠러지가 아닌가 하는 생각은 다행히 어긋났다. 그 자리에 서서 아래를 내려다보니 좀더 널찍한 암반이 보였다. 탈색된 것처럼 새하얀 바위였다. 켈스니티가 유령만의 방식으로 내려가는 것을 보며 조슈아가 목을 움츠렸다.

"이쪽은 허공을 걷는 재주는 없어서 말이야."

"아까 켈스가 한 말 못 들었냐. 뛰어내리는 거라잖아."

그 말을 하고 막시민은 정말로 뛰어내렸다. 키를 약간 넘는 정도라 높지는 않았지만 아래쪽 암반의 끝도 낭떠러지고 그 아래는 바다라는 것을 생각하면 꽤 대담하게 내려간 셈이었다. 조슈아 차례가 되자 그는 뒤돌아서더니 뒤로 한 걸음 내딛는 방식으로 뛰어내렸다. 밑에서 보고 있던 막시민이 말했다.

"그렇게 하는 게 더 낫냐? 내가 보기엔 절대로 아닌데."

"적어도 낭떠러지가 보이지 않잖아. 실수로 멀리 뛸 가능성도 없고."

"그래. 안 보이니까 딱 자살하는 기분이 나지 않냐? 너란 놈은 정말 머릿속이 이상해. 그래서 그 목장에 가기 싫다니까."

두 층으로 된 암반 안쪽에 바로 검은 입구가 입을 벌리고 있었다. 바위 색이 희다 보니 마치 커다란 머리뼈의 눈구멍처럼 보이는 입구였다.

처음 들어설 때는 자연 동굴을 연상했으나, 그건 입구뿐이었다. 몇십 걸음 들어가자 사방이 확 넓어지면서 백여 년이나 비어 있었을 이곳에 불이 켜져 있는 것이 보였다. 심지어 벽에 설치된 금장 램프였다. 램프의 빛은 어슴푸레했지만 내벽의 윤곽을 웬만큼 비추어주었다.

정면에 내려가는 계단이 있었다. 널찍하긴 해도 다섯 단밖에 되지 않았는데 각각의 단마다 붓으로 그린 것처럼 또렷한 그림과 기호가 상감되어 있었다. 그림에는 검은색, 여러 단계의 노란색, 연한 주황색만이 쓰였다. 벽도 모래처럼 노르스름했다. 계단 양쪽에는 네모반듯한 돌이 있었는데 걸터앉으라고 만든 것 같진 않아 용도가 미심쩍었다.

계단을 내려간 곳에 그들 키의 두 배 가까이 되는 육중한 돌문이 닫혀 있었다. 문 좌우로는 둥글게 휘어지며 내부를 감싸는 복도가 있어 끝이 보이지 않았다.

막시민이 주위를 휘둘러보다가 말했다.

"이거 상상 이상으로 위압적인데. 왜 이렇게 꾸며놓았담?"

「이곳 사람들에게는 소중한 마법의 원천이었을 테니까요. 마치 타고난 것처럼 모두가 마법을 사용하게 해준 힘의 근원이니 경의를 표하는 것도 마땅하지 않았을까요.」

조슈아가 고개를 끄덕거리며 말을 받았다.

"그건 그렇다 치고 이 문은 어떻게 여는 거야? 여닫는 장치 같은 건 안 보이는데. 이리로 들어가는 것이 맞아?"

「아마 맞을 테지만 나도 들어가보지는 못했어.」

"잠깐, 그러면 켈스가 와본 곳도 여기까지란 말이야?"

「아나로즈는 나도, 이카본도 만나주지 않았으니까.」

조슈아와 막시민은 어렴풋한 램프 빛을 빌려 서로의 얼굴을 바라보았다. 예상한 그대로의 표정이었다.

"젠장, 이거 어쩌라는 거야? 그놈의 무덤을 찾자면 저 돌문부터 부숴야 되는 거냐?"

"진정해, 막군. 우린 숨어버린 아나로즈를 만나러 온 이카본과 켈스니티가 아니잖아."

"아니면 뭐? 우리가 찾는 무덤은 어디 있는데? 아까 그 암반 위쪽에 있다거나 그런 거냐?"

"그건 아니지만…… 일단 저 복도라도 걸어볼까?"

좌우 어느 쪽을 택할지 고민했지만, 곧 알게 뭐냐는 태도가 되어 두 발짝쯤 가까웠던 오른쪽으로 접어들었다. 반 바퀴 돌아 드디어 왼쪽 복도와 만날 법한 곳에 도달하고 보니 복도는 갑자기 우측으로 꺾여 내려가는 계단과 연결되어 있었다.

"이거, 아까 왼쪽 복도로 왔으면 이 지점에서 올라가는 계단이 나오는 거였을까?"

"그럴 것 같은데."

"나 같으면 일단 두 복도를 이어놓고 거기서부터 위아래 계단을 연결해놓겠다. 놀리자는 것도 아니고. 누구야, 이런 멍청한 건물을 지어놓은 게."

"글쎄, 침입자로부터 방어를 하겠다는 의미라면 적절할지도 몰라."

"침입자를 놀리겠다는 의미라면 적절해."

"맞아, 그리고 우린 침입자야."

어쨌든 이쪽으로 온 김에 아래로 이어진 계단부터 내려가보기로 했다. 꽤 긴 나선형 계단을 인내심 깊게 내려가자 드디어 방이 나타났다. 방 맞은편에 땅속으로 이어지는 통로가 있었다. 통로 안쪽에도 램프가 있었지만 흐릿한데다 드문드문 켜져 있어 먼 곳까지 알아보긴 어려웠다. 아치형 천장에 뭔가 그려져 있는 것 같다는 정도가 전부였다.

달리 선택의 여지도 없고 해서 통로로 들어서서 몇 걸음 걷다 보니 오른쪽에 철창이 내려진 방이 하나 붙어 있었다. 내부는 어두컴컴해서 보이지 않았다.

"내 생각만인지도 모르겠지만……."

막시민이 입을 떼자 조슈아가 망설이며 받았다.

"네 생각만은 아닐지도 몰라."

"너도 그렇게 보이냐?"

"어…… 지금 일어난 것 같은데."

방안에 움직이는 것이 있었다. 이윽고 다시 멈췄다. 둘은 뚫어져라 안을 봤지만 정체를 알아내는 데는 실패했다. 놈은 소리조차 내지 않았다. 그러니 더더욱 추측할 길이 없었다. 그러나 분명히 있었다. 아주 크고 검은 것이.

"으스스해진다."

"혹시 키우던 개라든가……."

"개라면 상당히 큰 녀석이 틀림없는데. 게다가 지금까지 뭘 먹고 살아남았지? 이곳에는 남은 사람이 없다고 했잖아."

조슈아가 뒤를 돌아보더니 문득 불렀다.

"켈스? 어디로 간 거야? 물어보려 했더니."

"야, 잠깐만. 지금 켈스가 우리랑 같이 있지 않은 거냐?"

"그런 것 같은데."

"그런 것 같은데, 가 아니잖아! 지금 너랑 나랑 안내 유령도 없이 저 뭔지 모를 짐승하고 철창 하나 사이에 놓고 마주 보고 있는 거 맞냐?"

"언제부터 유령의 안내에 익숙해진 거야. 처음 소개했을 땐 그렇게 질색하더니."

"지금 그런 소리 할 때냐? 빨리 불러봐. 언제부터 없었던 거야? 대체 가면 간다고 보고를 해야지 말도 없이 제멋대로 사라지고……."

"목소리 낮춰봐. 어쩐지 자극하고 있는 것 같지 않아? 철창이 튼튼해 보이긴 하지만."

둘의 시선이 동시에 철창 안으로 향했다. 잠시 후 막시민이 말했다.

"내가 아까 여기에 저놈한테 밥 줄 사람이 없다고 말했지?"

"응."

"그렇다면…… 저놈이 갇혀 있을 리가 없잖아!"

둘은 거의 동시에 왔던 길로 냅다 뛰기 시작했다. 나선형 계단을 주파하는 데 일 분도 걸리지 않았다. 복도를 달려 나와 맨 처음 돌문이 있던 곳에 다다르고서야 겨우 가쁜 숨을 내쉬었다.

"하아, 헉, 야, 저 아래, 막을 수 없을까?"

"후우, 휴우, 문짝도 없던데."

둘은 극도로 긴장해서 휘어진 복도 너머를 주시했지만 뒤따라오는 그림자는 없었다. 시간이 좀더 흘러도 작은 기척조차 없었다. 마음이 진정되자 철창 안에 있던 것을 정확히 보지도 못했는데 제풀에 놀랐다는 생각이 들었다.

"분명 있긴 했는데. 그림자는 아니었어."

"안심하기엔 일러. 별것 아니었을 수도 있지만……."

그렇다고 아예 도망칠 수도 없는 일이었다. 둘은 머뭇거리면서 돌문을 바라봤다. 이윽고 막시민이 슬슬 다가가 표면을 밀어보고 쓸어보았다. 자연석을 그대로 활용한 것인지 이곳 저곳에 얕은 요철이 남아 있었고, 두께는 적어도 한 뼘 이상 일 것 같았다.

"아나로즈는 무덤 속으로 들어갔다고 했어."

조슈아의 말에 막시민이 대꾸했다.

"그 말은 어떻게든 들어갈 방법이 있다는 뜻이겠지. 이 문은 사람의 힘으로 열릴 것 같지 않지만, 그들에게는 마법이 있었으니까. 한데 지금처럼 마법이 사라져서 문이 열리지 않게 되면 안에 들어간 사람은 평생 갇혀버리나?"

"아나로즈는 노을섬의 마법이 사라지기 전에 죽었잖아."

"그 뒤를 누군가가 이었을 거 아냐. 네가 들은 얘기대로라면 아나로즈도 누군가의 뒤를 이었던 거 아니었어?"

"누가 뒤를 이을 때마다 이 문이 열리고 닫혔을까? 아냐, 사람이 안에서 살자면 필요한 것이 많을 텐데, 그때마다 이 문을 여닫았다면……."

조슈아는 다가가 문 아래쪽을 살펴봤다. 정확히는 문과 벽의 이음매를 살폈다.

"닳아 있어. 이 문은 분명 여닫을 수 있는 거야."

둘은 문 곳곳을 더듬어보았다. 그러나 이음매와 문 사이는 틈새도 없이 잘 맞았고, 여닫는 장치처럼 보이는 것도 없었다. 마지막으로 조슈아는 돌문의 표면을 빤히 보고 있다가 천천히 쓰다듬었다. 한참 동안 그러고 있다가 막시민을 불렀다.

"막군, 와서 이것 좀 봐."

막시민이 다가오자 조슈아는 그의 손을 잡아 돌문 표면의 한곳을 만져보게 했다. 정확히는 손바닥으로 넓은 범위를 쓸어보게 했다.

"글씨?"

아주 얇게 새겨져 주의깊게 만져보기 전에는 깨닫기 힘든 글씨였다. 또한 글씨 하나하나가 크기 때문이기도 했다. 램프 불빛은 돌문의 형태를 충분히 비추었지만 동시에 이런저런 그림자도 함께 드리워서 글씨를 알아보는 것을 방해했다. 두 사람은 벽을 훑듯이 일일이 더듬어 보고서야 겨우 쓰인 것을 읽었다. 짧지만, 문 전체를 뒤덮다시피 한 문장이었다.

아몬드꽃이 만발한 정원

"아몬드꽃?"

무심코 중얼거린 막시민은 돌문을 새삼 올려다보았다.

"안에 정원이 있을 것 같진 않은데."

조슈아는 한 걸음 물러나 문 곳곳을 훑어보더니 생각에 잠긴 표정이 되었다. 막시민이 미간을 모으며 말했다.

"그래. 섬에 있는 저택에도 아몬드나무가 많았지. 그리고 아까 본 묘비에도……."

"아몬드꽃의 제노비아. 말했다시피 이카본의 손녀야."

"그렇게 '무엇무엇의 누구'라고 부르는 건 노을섬의 전통인 것 같더구만. 무슨 뜻이 있는 것 같기도 하고."

조슈아가 고개를 끄덕거렸다.

"맞아. 다른 묘비에도 그런 것들이 씌어 있었어. 내가 웨더렌 할머니에게 들은 대로라면 그건 그 사람의 인생을 빗대는 별명이 아닐까 해. 그 할머니는 '아몬드꽃의 제노비아' 외에도 '상장喪章을 단 멜오렌', '돌로 된 발의 게인', '말없는 에일로즈' 같은 이름들을 말해줬는데, 듣고 보니 그런 별칭들은 모두 그 사람이 살아온 모습과 관계가 있었어. 예를 들어 '말없는 에일로즈'는 무척 과묵한 사람이지. 동생의 아이를 키우고 있다는 비밀을 아주 오랫동안 지켰으니까."

"돌로 된 발은?"

"그 사람은 아나로즈 티카람보다 먼저 이곳에 들어갔던 사람이래. 이곳을 지키는 것이 힘에 부쳤는데도 끝끝내 버티었다고 하더라고. 그래서 '돌로 된 발'이라는 별명이 붙은 것 아닐까?"

"그럼 '상장을 단 멜오렌'이라는 사람은 평생 상장을 달고 살았단 말이냐? 계속해서 주위 사람이 죽어서?"

조슈아는 약간 서글프게 웃었다.

"멜오렌은 아나로즈와 이카본의 딸이지."

"아."

들은 대로 아나로즈가 이곳에 들어가 평생 나오지 않았다면 멜오렌은 어머니가 살아 있지만 죽은 것이나 마찬가지였을 것이다. 또한 아버지도 살아 있지만 딸의 존재조차 몰랐으니 없는 사람으로 여겼을 것이다. 그래서 평생토록 상장을 달고 살았을지도 모른다. 특히 죽음과 다름없는 세월을 보내고 있는 어머니를 위해서.

"마지막으로 '아몬드꽃'인데. 네가 저번에 그 아몬드나무 아래에서 말했지. 아몬드나무는 이카본이 좋아했고, 데모닉을 의미하기도 했다고."

조슈아가 고개를 저었다.

"제노비아는 아몬드나무가 아니고 아몬드꽃이야. 겨울이 가려고 할 즈음 성급하게 피었다가 봄이 되면 떨어져버리는…… 너무 서둘렀던…… 이른 데모닉의 꽃."

"이른 데모닉이라니?"

"이카본과 아나로즈에서 이어져 내려간 또 하나의 아르님 가계에서는 데모닉 대신 백치가 태어나곤 했다지. 그중 첫 번째가 제노비아. 그녀의 별명은 아몬드꽃."

"잠깐, 그 꽃 하얗잖아. 혹시 너처럼 머리가 하얗게 탈색돼

서 붙은 별명인 건 아니냐?"

조슈아는 잠시 후 고개를 끄덕이더니 말했다.

"그럴 수도 있겠네. 본래의 머리가 금발 같은 연한 색이라면 사실상 하얗게 됐을지도 몰라."

"대체 이 별명은 사람이 죽은 후에 붙이는 거야, 살아가는 동안 붙이는 거야?"

"모르지. 어쩌면 태어났을 때 붙이는지도."

조슈아는 다시 문 앞으로 다가가 글자를 쓰다듬어보았다. 그중에서도 '아몬드꽃'이라는 글자를.

"나, 이 문을 알 것 같아졌어."

조슈아는 몇 걸음 물러나더니 문을 향해 어떤 말을 했다. 잠시 후, 돌과 돌이 부딪는 굉음과 함께 이음매마다 하얀 돌가루가 피어났다. 문이 좌우로 밀려 사라지고 나자 어둠이 입을 벌렸다.

아몬드꽃

울새가 속삭이다 떠난 자리
나뭇가지에는 온기가 남아
손 내밀어 만져본 겨울눈은
이제 곧 잎이 돋을 듯해
손끝에 묻은 초록 한 조각
어머니 앞에 가져왔더니
봉투에 고이 넣으시면서
비밀을 가르쳐주십니다.

가장 추운 1월에 주워 온
봄 씨앗을 깊이 간직했다가

4월에 녹지 않은 땅을 보면

고루 뿌리라고 하십니다.

졸음 겨운 봄이 빠뜨린 곳에

봄을 가저다주지 않으면

녹았던 곳도 도로 얼어

겨울로 돌아간다고 하십니다.

⌇

문 안쪽에는 불빛이 없었다. 막시민은 돌아가 벽에 달려 있
던 금장 램프를 하나 떼어 왔다. 벽에 붙은 걸쇠에 걸려 있었
으므로 가져오는 것은 어렵지 않았다.

막시민이 램프를 갖고 들어서자마자 조슈아가 웃음을 터뜨
렸다. 막시민 때문이 아니었다.

"아니, 왜 혼자 여기 있어요? 길 잃은 애처럼."

「길을 잃은 아이라니, 지나친 실례야. 내 나이가 몇인데.」

막시민의 눈에는 보이지 않았지만 켈스니티의 목소리였다.
조슈아는 계속 키득대며 말을 이었다.

"유령한테 무슨 나이가 있어. 그리고 그런 자세로 앉아 있
으면 누구나 그렇게 본다고요. 막군, 네가 보기에는…… 아
참, 안 보이지. 하여튼 그만 일어나요."

328

데모닉 6

막시민이 미간을 찡그리며 물었다.

"어째서 이 안에 있는 거지?"

「그냥 통과한 것뿐입니다.」

"우린 여길 들어오지 못해 줄곧 머리를 싸맸는데, 쉽사리 들어왔으면 그렇다고 말이나 할 것이지."

조슈아가 여전히 웃으면서 말했다.

"켈스가 말해준댔자 우리가 따라 하진 못하잖아."

"안쪽에는 여는 장치가 있을 수도 있잖아."

「안타깝지만 그런 건 없는 것 같군요. 일부러 먼저 들어와 있으려던 것은 아니었습니다. 도로 나가려다가 두 사람 소리가 나기에 곧 오겠지 싶어 기다렸지요.」

듣고 보니 켈스니티는 먼젓번 계단 앞에서 딴생각을 하다가 무심코 벽을 통과해서 이리로 온 모양이었다. 막시민이 말했다.

"우리가 내는 소리를 들었다고? 과히 듣기 좋은 소리는 아니었겠군."

「그랬죠. 대단히 놀란 것 같던데 무슨 일이라도 있었습니까?」

"철창 속에서 짐승 같은 게 움직이고 있었어. 그뿐이야."

말하면서 켈스니티가 비웃을 줄 알았지만 그렇지 않았다.

「어떤 모습인지 자세히 보지 못했습니까?」

"안 보였어. 어둠 때문인지 본래 그런 건지, 하여튼 시커
멓고 커다랗고 네발인 것 같았어. 소리도 안 내고 냄새도 없
었고."

조슈아가 막시민을 돌아봤다.

"네발? 자세히도 봤네."

"안경은 멋으로 쓴 줄 아냐."

「그 설명만으로는 확실하지 않습니다만, 떠오르는 것이 있
군요.」

"신경쓰이니까 분명하게 말해봐. 뭔데?"

「옛날, 나와 이카본이 아나로즈를 찾으러 왔을 때 이곳이
가나폴리의 건물을 최대한 재현하려 애쓴 결과라는 이야기를
들은 일이 있습니다. 그때 들은 바로는 가나폴리의 성 외벽에
는 마법 걸린 조각들이 세워져 있어서 외적의 침입을 알리기
도 하고, 또 성을 지키기도 했다고 합니다. 조각의 모습은 다
양했지만 주로 맹수의 모습을 본떴다고 하는데, 세월이 흘러
관리하는 자가 없어지면 조각들이 살아 있는 맹수처럼 자기
자리를 떠나 어슬렁거리는 일조차 생긴다고 했습니다.」

"여기엔 조각이 있었을 법한 성 외벽 따위가……."

막시민이 거기까지 말했을 때 조슈아가 말을 잘랐다.

"처음 들어왔던 입구 계단 옆의 네모진 주춧돌, 그게 조각
이 놓였던 자리였을까?"

"……."

어슬렁어슬렁 돌아다니는 돌로 된 괴수를 상상하자 두 사람의 얼굴이 굳어졌다. 켈스니티의 목소리가 들렸다.

「확인할 수 없는 문제니 일단 생각하지 마십시오. 그보다 다른 문제가 있습니다. 제가 여기부터 같이 갈 수 없게 되었습니다.」

둘은 한층 경악한 표정이 되어 같은 곳, 그러니까 막시민은 조슈아가 보는 쪽을 바라봤다. 켈스니티는 막시민이 하려는 말을 눈치챘는지 냉큼 말했다.

「어차피 제가 이곳 지리를 아는 것도 아니니 같이 간다 한들 별다른 도움은 안 됩니다.」

"도움이 안 되더라도! 적어도 석상 괴물이 나타났을 때 당신이라도 옆에 있으면 안심이 되잖아!"

「괴물이 나타났는데 유령이 옆에 있으면 안심된다고요?」

듣고 보니 이상한 소리였지만 막시민은 인정하지 않고 고개를 흔들어댔다.

"몰라. 쓸데없이 겁주지 말고 이유나 말해봐. 정당한 사유면 보내줄지도 모르니까."

어차피 켈스니티는 막시민이 보내주지 않아도 줄곧 잘만 사라지고 있었다. 하지만 켈스니티는 부드럽게 말했다.

「정당한 사유가 있습니다. 저쪽을 보십시오.」

막시민은 켈스니티가 가리킨 쪽을 보겠거니 생각하며 자연스럽게 조슈아를 쳐다봤다. 그런데 조슈아는 막시민을 쳐다보고 있었다. 막시민은 한숨을 한번 내쉬고는 뒤를 돌아봤다. 램프로 비춰보니 문이 없는 아치형 입구와 그 너머 통로가 보였다. 그런 입구가 둘이었다.

「저곳부터 저 같은 존재의 출입을 막는 장벽이 쳐져 있는 것 같습니다. 정확히 어떤 마법인지는 저도 모릅니다. 또한 어째서 그런 것이 있는지도 모르겠습니다. 어쩌면 이곳의 보존이 매우 중요하다고 생각해서 저처럼 보이지 않는 존재의 침입조차 막으려 한 것일지도 모르겠습니다.」

"마법이야 뭐 내가 알 만한 게 아닌데 말이야, 그런 게 있다면 저 안에 뭔가 중요한 것이 있다는 의미도 되겠는데?"

꽤 긍정적인 해석을 해낸 막시민은 스스로를 납득시키려는 듯 고개를 끄덕거렸다. 조슈아가 말했다.

"혹시 산 사람도 못 들어가는 거 아냐? 보이지 않는 자를 막으려 할 정도면 보이는 자는 당연히 막아야 할 것 같은데."

"산 사람은 조금 전 그 돌문에서 다 걸러졌을 것 같지 않냐? 너 같은 녀석만 빼면 말이지."

막시민의 말이 옳았다. 켈스니티가 말했다.

「하나는 오르막, 다른 하나는 내리막인 것 같습니다. 어느 쪽으로 가보시겠습니까?」

조슈아는 뜻밖에 고민하지 않고 말했다.

"내려가겠어."

「그러면 저는 여기서 기다리겠습니다. 혹시 위험해지면 되도록 이곳으로 돌아오세요. 별일 없기를 기원하겠습니다.」

"별일이 없으면 안 되지. 여기까지 왔으니 무언가 발견해야겠지."

조슈아는 통로 앞에 서서 한 걸음 들여놓더니 켈스니티를 돌아보며 말했다.

"그런데 예감이 좋지 않네."

막시민이 대신 대꾸했다.

"그런 말은 입 밖에 내봤자 하등 쓸데없다는 걸 좀 알아둬."

통로에는 드문드문 불이 켜져 있었다. 입구 계단과 비슷한 그림들이 양쪽 벽을 타고 이어졌지만 어느새 끊어지고 살풍경한 벽으로 변했다. 철창으로 막힌 옆방 같은 것이 없다는 것만은 다행스러웠다. 그 대신 도중에 몇 번씩 조그마한 방이 나왔다가 다시 좁은 통로로 이어졌다. 방은 모두 둥글었다. 마치 구슬 목걸이를 꿴 것 같은 구조였다. 통로는 완만한 나선을 그리며 아래로 내려가고 있었다.

"꽤 온 것 같아."

나란히 걷던 막시민이 턱끝을 조금 까딱거렸다. 하나마나

한 말을 들었을 때 그가 동의하는 방식이었다.

"이미 땅 밑인 걸까?"

역시 비슷한 반응이었다. 조슈아는 조금 사이를 두고 중얼 거렸다.

"아무것도 나오지 않으니 조바심이 나서."

"그건 네 녀석이 한가하다 보니 머릿속에서 상상한 것을 증폭시키고 있기 때문이라고."

대꾸 없이 얼마간 걷던 조슈아가 불쑥 물었다.

"내가 뭘 상상하는지 알아?"

"뭔가 끔찍한 것이겠지. 시체라든가 뼈다귀라든가."

"아니⋯⋯."

둘은 언제부터인가 뚜렷이 휘어지기 시작한 복도에서 무심 코 모퉁이에 부딪히지 않으려고 애쓰고 있었다. 그러다 보니 서로 팔이 자주 걸렸다. 네 번째 부딪혔을 때 막시민이 말했다.

"그런 상상 따위, 쓸모가 있을 것 같냐."

"쓸모가 있고 없고 하는 문제는 아니야. 생각하지 않을 수 가 없을 뿐이야. 나도 가능하다면 잊고 싶지만 내가 잊지 못 하는 거 잘 알잖아."

"잊지 못하는 것과 집착하는 건 다르지. 가벼운 문제가 아 니란 건 알아. 하지만 난 너를 이해하면서도 이해하지 못해. 왜냐면 나한테는 아버지도, 가문도, 조상도 없기 때문이다."

조슈아의 걸음이 느려지는 듯했다. 그가 말했다.

"너, 정말로 알고 있구나."

막시민은 대꾸하지 않고 계속 복도를 내려갔다.

마지막 방이 나타나기 전에 예감이 먼저 왔다. 무언가 달라 졌기 때문은 아니었다. 그저 냄새가 났다. 저도 모르게 느려 진 걸음이 마지막 입구를 통과하자 그곳에 끝이 있었다. 지금 껏 그랬듯 둥근 방이었다. 그러나 훨씬 넓었다. 천장 또한 높 았다. 통로는 더이상 없었다.

벽을 따라가며 램프가 설치되어 있었는데 그중 절반은 꺼 져 있었다. 하필 같은 쪽의 것들만 꺼져서 그쪽은 어두컴컴하 게 그림자가 져 있었다. 머리가 덜 마른 두 사람은 약간 한기 를 느꼈다. 지금껏 오던 통로보다 싸늘한 공기가 방안을 감돌 았다.

방 한가운데에 기둥을 절반 자른 것처럼 생긴 돌받침이 있 었다. 그 위에 돌을 깎아 만든 커다란 그릇이 있어서 다가가 들여다보니 맑은 물이 절반가량 담겨 있었다.

"이걸 누가 담아놓은 거지?"

고작 수십 일만 내버려둬도 말라버릴 텐데 이상한 일이었 다. 그러나 그릇 바닥에 물이 나오는 구멍 같은 것은 없었다. 둘은 거의 동시에 위를 올려다보았다. 천장은 어슴푸레해서 윤곽을 알아보기 힘들었다. 잠시 후, 조슈아는 천장에서 빛나는 점들의 정체를 깨달았다.

"저건 별이야."

들어오던 때는 밤이 아니었다. 무덤 속을 걷는 동안 온 밤이었기에 바로 알아보지 못했다. 높고 어두컴컴한 천장 가운데 하늘로 뚫린 구멍이 있었다.

막시민이 천장을 손가락질하며 말했다.

"저 구멍은 어떻게 된 거냐? 우린 줄곧 내려왔다고 생각했는데."

"우리가 따라 내려온 나선 통로가 이 방을 둘러싸고 있었던 것 같아. 빙글빙글 돌면서 중심으로 온 거지."

"돌문을 통과하려고 애쓸 거 없이 저기서 밧줄이라도 내려서 왔으면 됐을걸 그랬구만."

"글쎄. 저곳이 진짜 바깥일까? 난 왠지 저곳도 이 구조물의 일부일 것만 같아. 저리로 들어올 수 있다면 입구에서 방문객을 걸러낸 의미가 없잖아."

그 말도 일리가 있었다. 막시민이 잠시 생각하더니 말했다.

"혹시 올라가는 쪽의 통로로 갔으면 저기에 도착하게 됐으려나? 별이 보이는 걸 보니 야외일 테니까 저기가 아몬드꽃이 만발한 정원일지도 모르겠는데?"

그렇다면 잘못 온 것일까? 둘은 다시 물그릇을 들여다보았다. 그리고 떠다니는 꽃잎 몇 개를 발견했다. 이로서 저 위에

꽃이 핀 정원이 있는 것 같다는 생각은 더욱 굳어졌다.

"아몬드꽃은 아니겠지. 지금은 여름이니까."

"쓰읍, 어쩐다. 거기로 돌아가야 되려나?"

조슈아는 얼른 대답하지 못한 채 손을 물그릇에 넣었다. 꽃잎을 떠내어 무슨 꽃인지 알아내려고 한 것이었지만, 그 일은 완전히 잊었다. 조슈아는 놀라 숨을 들이켜며 몸을 젖혔다. 막시민도 마찬가지였다.

물그릇에서 빛이 솟구쳤다. 기둥처럼 솟아올라 천장의 구멍과 닿더니 더 멀리 뻗어나갔다. 주위가 대낮처럼 환해졌다. 둘은 흰빛 속에 하얀 꽃잎이 수없이 떠다니고 있는 것을 보았다. 마치 본래 방안 전체에 꽃잎이 날고 있었던 것처럼.

물그릇에 넣었던 조슈아의 손에서 물이 방울져 떨어져 바닥에 닿았다. 그러자 돌바닥이 마치 살아 있는 것처럼 조금 부풀어올랐다. 이윽고 툭 터지며 싹이 머리를 내밀었다. 두 소년이 눈만 크게 뜨고 있는 사이에 싹은 쭉쭉 자라 가느다란 줄기를 뻗더니 작은 나무로 자랐다. 다른 곳도 마찬가지였다. 순식간에 두 사람 사이로 작은 나무가 서너 그루나 생겨났다. 그들이 지켜보는 동안에도 나무는 더 자라려는 것처럼 움찔거리며 발돋움을 했다.

"이, 이, 이게 어떻게 된 거야?"

"아무것도 안 했는데……."

그렇게 말하면서도 조슈아는 손을 다시 물그릇에 넣었다가 빼며 허공에 흩뿌렸다. 물방울이 색깔 있는 씨앗처럼 날아가 떨어졌다. 한 번 또 한 번, 물을 받은 나무는 다시 쭉쭉 자라났다. 새로운 싹도 돋아났다. 사방에서 돌바닥을 뚫으며 솟아올랐다. 봄 한철, 여름 한철의 사건이 눈 몇 번 깜빡이는 사이에 벌어지는 중이었다. 변하지 않는 그들만이 시간을 거스르고 멈춘 듯했다.

"이러다가 바닥이 다 갈라지겠는데."

물이 올라 도톰해진 나무뿌리가 돌바닥을 찢으며 뻗어가는 것을 본 막시민이 중얼거렸다. 그는 잠시 후 이마를 문지르고 안경을 벗어 옷깃에 닦았다. 현실주의자인 그의 눈에 지금껏 이런 풍경이 비친 일은 없었다. 안경을 도로 쓰며 돌아보니 조슈아는 물그릇에 막 올라가려는 참이었다.

"너 지금 뭘 하는 거야?"

"자리를 내주려고."

"나무한테?"

돌그릇 테두리는 사람이 올라설 수 있을 정도로 넓었고 또 그릇이 묵직해서 뒤집어질 염려도 없었다. 막시민은 따라 올라가는 대신 고개만 쳐들었다. 빛 속에 들어간 조슈아의 한 손과 팔, 왼뺨이 새하얗게 빛나고 있었다. 그 사이로 꽃잎이 날았다. 허리를 굽히며 두 손으로 물을 떠내어 몸을 돌려 흩

뿌렸다. 물방울이 나무들에 닿는 순간 하얀 꽃 수백 송이가
날개를 폈다.

"……."

막시민은 아무 말도 못 하고 순식간에 사방을 메운 꽃가지
들을 보았다. 머리가 어지럽다고 생각됐다. 향 때문일 것이
다. 아닐지도 모른다. 사고가 잠시 멈추는 느낌이 드는 건 그
런 이유가 아닐지도 모른다. 마법과 기적을 따라 달리기에는
그의 머리가 너무 차갑기 때문일지도 모른다.

하지만 그의 눈은 흰 꽃을 보고 있었다. 바람이 어디에서
불어오는지 모른다. 천장일까? 꽃가지들이 흔들리며 내려앉
았다가 소곤거리면서 다시 부풀어올랐다. 그와 동시에 서늘
한 향이 뿜어져 나왔다. 빛기둥 속의 꽃잎들이 느리게 날아오
른다. 밖에는 별이 빛나지만 이곳은 꽃으로 밝혀져 있다.

이런 상황이면 그렇듯 오히려 초연해진 조슈아가 막시민을
불렀다.

"바닥에서 돌 한 조각만 주워줄래?"

막시민은 죄다 부서져버린 바닥의 돌조각을 한 움큼 집었
다. 건네주려 하자 조슈아가 고개를 흔들었다.

"물그릇 속에 넣어봐."

반드시 그러려고 했던 것은 아닌데 손에서 돌조각이 미끄
러져 물그릇 속에 떨어졌다. 둘은 그릇 속을 들여다보았다.

파문이 가라앉을 무렵 돌조각은 씨앗이 되어 있었다. 아니, 흔적조차 없었다. 그릇 속에서 움튼 가지가 순식간에 수면을 뚫고 나와 팔을 뻗었다.

막시민이 감상을 말했다.

"미치겠네."

물이 많기 때문인지 이 나무의 성장은 다른 나무들보다 더욱 빨랐다. 그리고 적당한 키에서 멈추지도 않았다. 올라선 조슈아의 머리를 넘고도 더 크게 자랐다. 둘은 거의 동시에 같은 생각을 해내고서 얼굴을 마주봤다.

"그럴까?"

나뭇가지가 뻗어 발 디딜 틈도 없어진 그릇이었지만 막시민도 어찌어찌 올라섰다. 떨어지지 않으려면 나무를 껴안다시피 잡는 수밖에 없었다. 줄기를 쥐자 껍질 속에서 뭔가가 움찔거렸다. 마치 어린애의 팔을 잡은 것처럼. 그런 묘한 기분으로 막시민은 나무를 타고 올라가기 시작했다.

"얼른 와."

조슈아가 곧 뒤를 따랐다. 막시민보다는 못해도 꽤 빠른 솜씨였다. 막시민이 흘끔 내려다보며 말했다.

"목장 놀이하며 가르쳐둔 보람이 있네."

"난 좋은 학생이라고."

"네놈이야 언제나 그렇지."

그러나 아무리 열심히 올라가도 나무가 자라는 것이 더 빨랐다. 절반 정도 올랐을까. 아래를 내려다보자 둥근 방은 흰 꽃나무로 가득차 있었다. 느린 바람이 감도는 것처럼 사방에서 꽃잎이 천천히 날아올랐다. 앞서 가던 막시민이 불쑥 말했다.

"리체나 데려올걸."

"나도 그 생각 했어."

"남자 놈들 둘이서 이런 걸 보다니 조금도 낭만적이지 않잖냐."

조슈아가 키득거렸다. 둘은 쉬지 않고 위로 올라갔다. 천장이 멀지 않았다. 나무는 먼저 도달해 있었다. 어느 순간, 그들이 부여잡은 가지에서도 꽃눈이 터지기 시작했다. 일생 처음 맡은 꽃향기처럼 생생한 향이었다.

"천장에 머리 안 부딪히게 조심해라. 저거 좁아 보이는데."

"네 안경이나 조심해."

밑에서 보던 것만큼 좁지는 않았다. 둘은 무사히 천장 구멍을 통과해서 밖으로 나왔다. 놀랍게도 밖은 지붕이 아니라 흙으로 덮인 정원이었다. 뛰어내릴 필요도 없이 걸어나오면 되었다. 내려서고 보니 나무는 처음부터 이 정원에 있었던 것처럼 자연스러운 크기로 멈춰 있었다.

주위를 둘러보았다. 밤이었지만 정체 모를 빛이 감돌아 그리 어둡지 않았다. 그러나 크게 자란 나무가 많아 얼마나 넓은 정원인지, 어디로 이어져 있는지 가늠하기 힘들었다. 차라리 숲에 가까워 보이기도 했다. 무엇보다 이렇게 나무가 크려면 흙도 깊어야 할 텐데, 어찌된 영문인지 몰랐다.

그들이 선 곳은 그런 숲속의 작은 빈터였다. 일부러 만든 쉼터처럼 보이기도 했다. 노을섬의 폐허에서 봤던 기둥을 잘라다 놓은 듯한 돌이 세 개, 의자처럼 놓였고 조각상 몇 개가 나무 사이에 서 있었다. 그 틈으로 작은 오솔길이 굽어지며 끝이 보이지 않았다. 머리 위에는 아래쪽 방에서 올려다본 것과 똑같이 멀어 보이는 별들이 있었다.

막시민이 몸에 묻은 꽃잎들을 털어내며 말했다.

"우리가 도로 내려갈 때까지 이 나무가 버텨주려나."

조슈아는 즉시 알아들었다.

"너무 빨리 자라서 어쩐지 일찍 시들 것 같지?"

"그래, 그랬다간 원래 있던 곳으로 돌아갈 수도 없을 텐데."

"야외라면 어떻게든 돌아갈 수가 있지 않을까?"

조슈아는 느긋한 태도였다. 좀더 정확히는 이 경이로운 풍경에 푹 빠져 있었다.

"위험하면 돌아오라던 얘기는 어쩌고."

"아, 켈스를 불러봐야겠다."

조슈아는 잠시 말이 없더니 고개를 흔들었다.

"안 오네."

"여기도 틀림없이 그 장벽 안쪽일 거야. 그냥 야외로 나왔을 리가 없지. 그렇게 중요한 것을 봉인해놓은 장소인데."

조슈아가 고개를 갸웃거리다가 말했다.

"아까 저 아래에서 막군 네가 말했잖아. 위로 오르는 통로를 택했더라면 처음부터 이리로 왔을지도 모르겠다고. 그 말이 맞는다면 여긴 옥상정원일지도 몰라. 나무가 저렇게 큰 것은 이상하지만, 어쨌든 옥상 가장자리를 찾아보자. 찾아낸다면 어떻게든 내려갈 수 있지 않을까."

"네가 쓸모 있는 소리를 다 하는구나."

아무 곳으로나 가도 상관없었지만 오솔길이 보이니 일단 그리로 발길이 갔다. 오솔길이 꺾이는 곳까지 갔을 때 그들은 이상한 것을 발견했다. 서서 보도록 만든, 돌로 된 책 받침대였다. 위에는 책도 한 권 놓여 있었다. 누가 보던 것처럼 중간쯤이 펼쳐진 책이었다.

"어라, 책이네?"

"설마 이 안에 아직도 사람이 있는 건가?"

조슈아는 다가가 책을 들여다봤지만 모르는 글자였다. 그는 입을 비죽거렸다.

"집에 돌아가면 가나폴리 말부터 배우든가 해야지."

"그게 가나폴리 말인 건 확실하냐?"

조수아는 책을 후루룩 넘겨보더니 말했다.

"그야 모르지만 아까 비석에서 본 것과 철자가 비슷해. 아직 똑같은 단어는 못 찾았어."

"찾을 리가 있냐? 비석에 기껏해야 이름밖에 더 씌어 있었겠냐고."

책을 내버려두고 오솔길을 따라가자 금방 트인 곳이 다시 나타났다. 이번에는 둥근 기단을 다섯 층 쌓은 연단 비슷한 곳이 자리잡고 있었다. 만일 연단이 아니라면 일인극이라도 하면 적당할까 싶었다. 주위에는 붓꽃이 파랗게 피어 있었다.

다시 오솔길을 따라갔다. 그런데 걷다 보니 이곳도 저 아래 구슬 목걸이 같던 통로처럼 공터와 오솔길이 반복되는 느낌이 들었다. 나무 탓인지 방향감각도 어느새 흐려졌다. 잠시 후 그들은 새로운 공터에 멈춰 섰다. 조수아는 걸음을 멈추자마자 말했다.

"여기, 우리가 처음 왔던 데야."

"확실한 거냐?"

조수아가 눈을 약간 치뜨더니 말했다.

"그냥 해본 말이지? 내가 잘못 볼 리가……."

조수아는 말을 멈춰버렸다. 의자처럼 보였던 짧은 기둥 세 개는 이제 비어 있지 않았다. 가운데 기둥에 한 사람이 앉아 있었다. 여자였다. 한쪽 다리를 올려 팔을 괸 채 그들을 물끄러미 보고 있었다.

여자가 말했다.

"너희는 누구지?"

상대가 누구인지 몰랐으므로 선뜻 대답할 수가 없었다. 조각처럼 꼼짝 않던 여자는 이윽고 팔을 펴더니 다리를 내리고 일어섰다. 로브 같기도 한 새카만 드레스가 발치까지 내려왔다. 치마 한쪽에 가느다란 당초무늬가 수놓아져 있었다. 그 외에는 아무 장식도 없었다.

평민으로 자란 막시민의 눈에도, 화려한 것을 많이 본 조슈아의 눈에도 그 옷은 낯설었다. 불편할 정도로 좁은 치마였지만, 좌우에 무릎까지 트임이 있었다. 트임 위로도 촘촘한 세로 주름이 잡혔다. 긴 소매가 손목을 덮었고 어깨 언저리에 칼로 벤 듯한 틈slash이 여러 줄 나 있어 살갗이 드러났다. 심지어 이 드레스인지 로브인지 모를 옷에는 두건까지 달려 있었다.

여자는 긴 시간을 주지 않았다.

처음에는 소리였다. 숲속에서 다가오는 기척이었다. 정체를 깨닫기도 전에 뭔가가 가슴을 휘감는가 싶더니 몸이 번쩍 들어 올려졌다. 동시에 두 팔이 좌우로 거칠게 당겨졌다. 발도 마찬가지였다.

"아……!"

무엇에 붙잡혔는지, 처음에는 투명해서 알아보지도 못했

다. 물컹하지만 탄탄한, 나무뿌리처럼 두꺼운 줄기였다. 그 것이 몸을 묶어 허공에 매달아버렸다.

급히 돌아보니 친구도 마찬가지 신세였다. 심지어 동시에 돌아봤으므로 눈까지 마주쳤다. 당황해서 멍해진 표정까지 똑같았다. 같은 공포가 머릿속을 스쳤을 터였다.

그러나 반응은 달랐다.

"이게 무슨 짓이야! 당신은⋯⋯."

막시민이 소리치자 새로운 투명한 팔이 다가와 그의 목을 스르륵 감더니 졸랐다. 이번엔 조슈아가 소리를 질렀다.

"그만둬요!"

여자는 매달린 둘을 올려다봤다.

"내가 물었어. 너희는 대답하지 않았어."

여자의 목소리에는 별다른 감정이 실려 있지 않았으나 억 양이 독특해서 살짝 오만한 듯도 들렸다. 조슈아는 저런 억양 을 어디서 들어보았다고 생각했다. 금방 기억해냈다. 아우렐 리에다. 그러면 노을섬 사람의 사투리 같은 것일까?

"저렇게 목을 졸라서는 대답을 하고 싶어도 할 수가 없잖 아요!"

그러자 막시민의 목을 졸랐던 팔이 풀어졌다. 조슈아는 안 도해서 가까스로 한숨을 내쉬었다.

"고마워요."

고맙다는 말은 이상했지만 달리 적당한 말도 없었다. 여자를 보니 누군가를 죽이려다가 살려줬다는 느낌은 들지 않았다. 무표정은 아니어도 이렇다 할 분노나 살의가 없었다. 길 가다 실수로 팔을 건드린 상대가 돌아보며 짓지 않을까 싶은 표정이었다.

극도로 긴장했던 마음이 가라앉으면서 상황을 돌아볼 여유가 생겼다. 손발이 묶였으니 달아나지 못하게 됐지만, 저런 능력을 가진 상대 앞에서 손발이 자유롭다 한들 의미가 있을 것 같진 않았다. 이곳에서는 조슈아도 유령을 불러내지 못한다.

조금 전에 막시민의 목을 졸랐듯, 저 사람이 마음만 먹는다면 둘의 목숨쯤은 간단히 끊어버릴 것이다. 물리력도, 마법도 없는 그들에게 자유로운 것은 입뿐이었다.

어떻게 말해야 할까. 이 점에서 둘의 판단은 정반대였다. 막시민은 캘룩캘룩 기침을 하다가 침을 한 번 뱉더니 말했다.

"큼, 대접이 불친절하고 사납네. 누구냐고 묻고 싶은 건 우리 쪽이거든? 당신이야말로 누군데 여기 있는 거야?"

여자의 대답은 간단했다.

"내 질문에 답해."

막시민은 턱을 쳐들더니 누군가의 말버릇을 흉내내어 말했다.

"길 가던 무해한 여행자와 그의 친구."

여자의 고개가 살짝 기울어졌다.

"여긴 휴양지가 아냐."

"아, 그러셔? 하지만 보기엔 숲도 울창하고 날씨도 시원한 것이 휴양하기에 딱 좋아 보이는데. 당신도 여름휴가라도 보내러 온 거 아냐? 나라도 이런 곳을 알고 있다면 매년 오고 싶을 것 같은데. 오기가 좀 어렵다는 점을 제외한다면."

여자는 막시민을 빤히 보다가 말했다.

"네 말이 빨라서 이해하지 못했어."

"……."

막시민이 말문이 막힌 사이 조슈아가 나섰다.

"저, 소개를 하자면 저는 조슈아, 제 친구는 막시민이라고 합니다. 저희는 뭔가를 찾으러 왔는데 이곳에서 사람을 만날 줄은 상상도 못 했어요. 그래서 놀랐죠. 아마 당신도 놀랐겠지만 그렇다고 이렇게 묶어놓을 필요는 없었어요. 저희는 둘 다 무기도 없고, 당신한테 위협이 될 만한 능력은 전혀 갖고 있지 않거든요."

여자는 잠시 생각하고 있었지만 그렇다고 그들을 풀어주지는 않았다.

"뭘 찾으러 왔지?"

그러자 조슈아도 잘라 말했다.

"그건 말할 수 없어요."

"넌 내게 감출 수 없어, 이곳의 일을."

"무슨 뜻이죠? 말하지 않아도 알아낼 수 있다는 건가요? 아니면 당신에게 이곳을 다스릴 권리라도 있다는 의미인가요?"

여자는 조슈아의 말을 이해하려는 것처럼 잠시 침묵했다. 이윽고 대답이 들렸다.

"둘 다."

조슈아와 막시민은 얼굴을 마주봤다. 각자의 머릿속에서 추리가 전광석화처럼 지나갔다. 막시민이 먼저 말했다.

"멋지고 무시무시한 마법사님, 당신은 그 사람의 자손이겠군. 이곳에 권리를 가질 핏줄은 그들뿐이니까. 어째서 이곳에 혼자 남은 거지? 왜 페리윙클로 건너가지 않은 거야?"

여자는 눈을 몇 번 깜빡였다. 조슈아는 다시 그녀의 눈을 보았다. 그림자가 깃든 초록빛이었다. 입술이 작고, 뺨이 얇고, 광대뼈가 낮은, 갸름하고 자그마한 얼굴이었다. 눈은 크지 않았고 쌍꺼풀도 없었다. 속눈썹이 짙거나 눈매가 또렷하지도 않았다. 오히려 눈을 감으면 윤곽조차 사라져버릴 듯 부드러운 선이었다. 갸름하고 연한 눈의 모양은 날씬한 물고기를 연상시켰다. 조슈아는 이렇게 신비로운 눈을 본 일이 없었다.

"난 이곳을 떠나지 않아. 너희가 떠나야 할 거야. 떠나지 않는다면 떠나게 해주겠어."

여자가 기둥을 짚었던 손을 떼는 순간 조슈아가 다급하게 소리쳤다.

"잠깐만! 우린 스스로 떠날 수 있어요. 대화를 원치 않는다면 언제든지 가겠어요. 하지만 그전에 한 가지 부탁만 들어주세요."

여자는 오른손을 내밀려다가 말고 말했다.

"들어주지 않을 수도 있어."

"두건을 내려줘요."

여자의 입가에 미소인지 비웃음인지 모를 것이 떠올랐다. 그녀는 두건을 잡아 내렸다. 그러자 틀어 올린 머리카락이 일시에 풀려 내려왔다. 폭포인 양 흘러내려 발치에 닿고, 바닥까지 흩어졌다.

머리카락은 숲의 어스름 속에서 핏빛이었다. 조슈아가 속삭였다.

"긴 머리의 아나로즈."

(7권에 계속)

룬의 아이들 - 데모닉 6

1판 1쇄 2020년 6월 12일
1판 5쇄 2024년 7월 10일

지은이 전민희

책임편집 임지호 ┃ **편집** 지혜림 이송 ┃ **일러스트** UK Nakagawa
표지디자인 이혜경디자인 ┃ **본문디자인** 이원경
저작권 박지영 형소진 최은진 서연주 오서영
마케팅 정민호 서지화 한민아 이민경 안남영 왕지경 정경주 김수인 김혜원 김하연 김예진
브랜딩 함유지 함근아 고보미 박민재 김희숙 박다솔 조다현 정승민 배진성
제작 강신은 김동욱 이순호 ┃ **제작처** 상지사

펴낸곳 (주)문학동네 ┃ **펴낸이** 김소영
출판등록 1993년 10월 22일 제2003-000045호

주소 10881 경기도 파주시 회동길 210
문의 031-955-8892(편집) 031-955-2696(마케팅) 031-955-8855(팩스)
전자우편 elixir@munhak.com ┃ **홈페이지** www.elmys.co.kr
인스타그램 @elixir_mystery ┃ **X(트위터)** @elixir_mystery

ISBN 978-89-546-7194-1 04810
      978-89-546-7187-3 (세트)